Georg Unterholzner

Die dritte Leich

Georg Unterholzner

Die dritte Leich

Oberbayern-Krimi

rosenheimerkrimi

Die Handlung dieses Romans ist frei erfunden. Eventuelle Ähnlichkeiten der Romanfiguren mit lebenden oder toten Personen sind nicht beabsichtigt, ebenso wenig eine Beschreibung der Verhältnisse in tatsächlich existierenden Institutionen, Organisationen oder Vereinigungen.

Besuchen Sie uns im Internet
www.rosenheimer.com

4. Auflage

Titelfoto: © macromagnon – Fotolia.com
Autorenfoto Buchrückseite: Patrick la Banca
Satz: Bernhard Edlmann Verlagsdienstleistungen, Raubling
Druck und Bindung: Finidr s. r. o.
Printed in Czech Republic

ISBN 978-3-475-54001-1

Inhalt

Kapitel I

Der Tanz beginnt

Mein Vater hatte mich mit dem Motorrad zur Bahn nach Wolfratshausen gebracht. Von dort ging es mit dem Abendzug nach Heiligenbeuern ins Internat, das von allen Schülern ›Beusl‹ genannt wurde.

Kurz vor sieben Uhr kam der Zug an. Einige Dutzend Schüler, von denen ich ein paar bereits durch die ersten vier Wochen im Beusl kannte, stürmten auf den Bahnsteig. Mit Koffern und Reisetaschen beladen gingen wir zum nahe gelegenen Kloster. Dorthin begleitete uns der Präfekt der ersten Klasse, der vor allem auf die Disziplin seiner Wurzler achtete.

Nachdem wir die Pforte passiert hatten, ging es links die Treppe hinauf zu den Studierräumen. Der Studiersaal meiner achten Klasse lag im ersten Stock und gleich daneben war unser Schlafsaal. Ich grüßte hierhin und dorthin, spürte aber, wie fremd ich immer noch war. Wie am ersten Tag, als mein Vater mich hier abgeliefert hatte, stach mir der Geruch der frisch gewachsten Treppen und Gänge in die Nase.

Pater Zeno, unser Präfekt, gab mir an der Tür zum Studiersaal die Hand und fragte: »Na – gut erholt?«

Er wartete meine Antwort nicht ab, sondern eilte gleich zu einem Klassenkameraden, der seine frischen Unterhosen lässig in den Spind hineingeworfen hatte.

»Das räumst du sofort auf«, bellte ihn der kleine, breit gebaute Mönch an.

Der Junge zog den Kopf ein und brachte Ordnung in sein Durcheinander. Er hatte Glück, wenn er ohne ›Parademarsch‹, das heißt ohne Strafaufgabe, bei der man endlose Reihen lateinischer Stammformen zu schreiben hatte, davonkam.

»Servus Kaspar, alte Kuhhaut.« Jemand hatte mir von hinten mit der Hand auf die linke Schulter geschlagen. Ich drehte mich um und da stand der rothaarige Max Stockmeier, mein Freund aus den ersten Wochen. Er und Erwin waren wie ich zu Jahresbeginn neu in die Klasse gekommen.

Nun zog Max einen großen, schweren Mann mit einem rotblonden Schnurrbart und freundlichen, hellen Augen zu mir heran. »Da, Papa, das ist der Kaspar, von dem ich dir schon erzählt hab.«

Herr Stockmeier streckte mir seine mächtige Rechte entgegen und ich grüßte ihn schüchtern. Das war also der Bräu von Wolfratshausen, dem man nachsagte, dass keiner in der Umgebung mehr Kraft hätte als er.

Max und ich verstauten die mitgebrachte Wäsche in unseren Spinden, dann begleiteten wir seinen Vater zum Parkplatz vor der Pforte, um uns dort von ihm zu verabschieden. Zurück im Studiersaal setzten wir uns an mein Pult und erzählten, was wir am Heimfahrtswochenende erlebt hatten.

Alle Zöglinge in Heiligenbeuern hätten bis spätestens sieben Uhr da sein sollen, doch einige kamen etwas später. Als Letzter traf mein Pultnachbar Erwin Kathan mit seinem Vater ein. Ich schaute gerade zur Eingangstür, als die beiden den Studiersaal betraten. Erwin war ein dunkelhaariger, schmaler und für seine vierzehn Jahre zu kleiner Junge. Er grüßte still. Sein Vater dagegen, ein schlanker, großer Mann mit streng zurückgekämmten, schwarzen Haaren, schien uns gar nicht zu bemerken. Er hatte Schweißperlen auf der kahlen Stirn.

»Papa, was ist denn? Ist dir nicht gut«, fragte Erwin besorgt.

Herr Kathan starrte vor sich hin, er schluckte. Seine Hände fingen jetzt an zu zittern und er schwitzte immer noch mehr. Dann hielt er sich an unserem Pult fest. Vielleicht wollte er nicht, dass wir seine Hände zittern sahen. Oder er hatte Angst hinzufallen, wenn er nicht irgendwo Halt fand.

Plötzlich sah er auf und fragte mit rauer Stimme: »Wo ist euer Präfekt? Ich muss mit Pater Zeno reden. Sofort.«

Die Frage erschien unsinnig, denn Pater Zeno unterhielt sich keine fünf Meter entfernt mit den Eltern eines Mitschülers. Mechanisch, wie von einer Schnur gezogen, ging Herr Kathan zu dem Mönch.

Die beiden sprachen kurz miteinander, um anschließend im Präfektenzimmer zu verschwinden. Wir warteten vergeblich, dass sie in den Studierraum zurückkehrten.

Erst um Viertel nach acht, zu der Zeit also, da wir ins Bett gehen mussten, kam Pater Zeno wieder. Er ging sofort zu Erwin, der still auf seinem Platz saß.

»Erwin, dein Vater wollt unbedingt noch mit dem Abt reden. Ich hab ihm zwar gesagt, dass das nicht möglich ist, weil die Ordensregeln einen so späten Besuch nicht vorsehen, aber er hat drauf bestanden.« Besorgt schüttelte der Pater den Kopf. »Sag mal, ist bei euch zu Hause etwas passiert. Dein Vater war ganz durcheinander. – Wenn was wär, kannst du jederzeit zu mir kommen.«

»Nein«, sagte Erwin, »es war nichts. Es war wirklich ein schönes Wochenende und Papa war besonders nett. Normalerweise ist er nämlich nicht so. Und jetzt auf einmal …«

Erwin fing an zu weinen und Pater Zeno legte ihm den Arm um die Schulter. Eine solche Geste hatte ich nie zuvor bei ihm gesehen.

»Ich weiß zwar nicht, was mit deinem Vater los ist, aber so schlimm wird es schon nicht sein. – So, Kinder«, damit erhob der Mönch seine Stimme, und sie hatte wieder den Klang, der keinen Widerspruch zuließ, »jetzt wird es Zeit, dass wir ins Bett gehen.«

Wenige Minuten später marschierten wir in den Schlafsaal.

Nachdem das Licht gelöscht war, hörte man Erwin noch eine Zeit lang leise weinen. Dann war Ruhe.

Am nächsten Morgen wurden wir wie üblich um sechs Uhr geweckt und versammelten uns nach dem Waschen und Anziehen im Studiersaal zum Morgengebet.

Pater Zeno wirkte traurig und vor dem Beten sagte er uns den Grund dafür: »Liebe Kinder, heute Nacht ist unser Abt gestorben. Wir wollen ihn in unser Gebet einschließen. Der Herrgott gebe ihm die ewige Ruhe.«

Ich schaute zu Max, der am Pult vor mir saß. Und als hätte der meinen Blick im Nacken gespürt, drehte er den Kopf um und sah mich geheimnisvoll an.

Auf dem Weg zum Frühstück fragte ich ihn, warum er so komisch geschaut habe.

»Der Aufenthalt im Beusl könnt spannend werden«, entgegnete er knapp.

»Warum?«, fragte ich.

»Warum?«, äffte er mich nach. »Sag mal, hast du gar kein Hirn? Gestern Abend läuft der Kathan rum wie eine lebendige Leich und muss unbedingt mit dem Abt reden. Und heut? Heut ist der Abt tot.«

Max blieb stehen und sah mir fest in die Augen.

»Hast du den Abt beim Abschlussgottesdienst vor dem freien Wochenend g'sehen? Sag, hat der krank ausg'schaut? Ein bisserl g'wampert war er schon, aber dass er gleich stirbt?« Max riss die grünblauen Augen beim Reden immer noch weiter auf. »Warum war der Kathan gestern so komisch? Und warum hat er unbedingt noch mit dem Abt reden müssen? Da stimmt doch was nicht, oder?«

Die ersten beiden Schulstunden fielen aus. Es wurde ein Trauergottesdienst für den Verstorbenen abgehalten, an dem alle Schüler teilnehmen mussten. Ich saß ein paar Plätze von Max entfernt und dachte darüber nach, was er gesagt hatte. Sollte das seltsame Verhalten von Herrn Kathan mit dem Tod des Abtes zusammenhängen? Ich konnte mir keinen Reim darauf machen.

Ab der dritten Stunde war Unterricht. Die Patres waren an diesem Tag eher nachsichtig mit uns Schülern, sogar in Latein. In der letzten Stunde wurde Erwin von Pater Zeno aus dem Unterricht geholt.

Ich sah zu Max hin, und der begegnete meinem Blick wieder mit diesem arrogant blöden Geschau, das er bereits am Morgen aufgesetzt hatte.

Nach dem Mittagessen, an dem Erwin nicht teilgenommen hatte, packte Max meinen Arm und zog mich in eine ruhige Ecke vor der Pforte.

»Da ist gestern was Dramatisches passiert«, meinte er aufgeregt. »Vielleicht sitzt der Kathan schon im Zuchthaus, und seine Frau will den Erwin vor der ganzen Schand bewahren und nimmt ihn aus der Schul.«

»Du spinnst ja. Also Max, jetzt spinnst wirklich.«

Er trat einen Schritt vor. »Sag mal, kannst du zwei und zwei wirklich nicht zusammenzählen? Die letzten fünfhundert Jahr' hat sich im Beusl nicht so viel Aufregendes abg'spielt wie in den vergangenen vierundzwanzig Stunden. Das hat doch einen Grund. – Hoffentlich kommt der Erwin bald, dass wir ihn fragen können.«

Kaum hatte er den Satz beendet, da fuhr der Wagen der Kathans, ein schwarzer Mercedes, in den Klosterhof ein. Hinter dem Steuer saß Frau Kathan und daneben Erwin. Sie parkte vor der Pforte, beide stiegen aus und Erwin gab seiner Mutter die Hand. Dann ging die kleine, dunkelhaarige Frau die Treppe hinauf zum Eingang der Pforte, während Erwin etwas verloren zurückblieb.

Max rannte sofort los und ich hinterher. Als wir bei Erwin ankamen, stand der immer noch wie gelähmt neben dem Auto.

»Du, Erwin«, sagte Max, »was ist denn los mit deinem Vater?«

Weiter kam er nicht, da heulte Erwin schon.

Max legte ihm den Arm um die Schulter und führte den armen Kerl in das Klostergebäude. Da die Sonne schien, war niemand im Studiersaal. Pater Zeno mochte es nicht, wenn sich die Schüler bei schönem Wetter im

Haus aufhielten. Deshalb scheuchte er uns bei jedem Sonnenstrahl an die frische Luft.

Max führte den viel kleineren Erwin an sein Pult, setzte ihn auf seinen Stuhl und fragte noch einmal: »Was ist denn los bei euch? Mit mir kannst du doch reden.«

Erwin schluchzte weiter. Er hatte ganz verweinte Augen und die Schultern waren noch mehr eingesunken als sonst.

Endlich fing er an. »Papa ist nicht mehr da«, sagte er leise. »Seit gestern Abend ist er verschwunden. Erst war er doch so komisch, das habt ihr ja mitgekriegt. Dann wollte er unbedingt mit dem Abt reden. Anschließend hat er meine Mama angerufen und gesagt, dass er erst Montagnachmittag, also heute nach Hause kommt. Er wollte am Vormittag noch etwas ganz Wichtiges hier in Heiligenbeuern erledigen. Er hat sich deswegen ein Zimmer im ›Gasthof zur Post‹ genommen, ist abends noch mal weggegangen und nicht mehr in den Gasthof zurückgekehrt. Der Wirt hat heute Morgen bei der Polizei angerufen und die hat anschließend meine Mutter verständigt. Er ist einfach verschwunden. Könnt ihr euch das vorstellen?«

Noch nie hatte Erwin so viel auf einmal geredet. Jetzt weinte er wieder leise vor sich hin.

»Hat dein Vater denn nix drüber g'sagt, warum er gestern Abend so komisch war?«, wollte Max wissen.

Erwin schüttelte den Kopf, und Max, der sah, dass er so nicht weiterkommen würde, änderte die Taktik und fragte vorsichtiger: »Wann ist es denn los'gangen, dass dein Vater so komisch war?«

Erwin schaute auf. »Also bei der Herfahrt war er noch bei guter Laune, für seine Verhältnisse wenigstens.

Er sprach davon, dass wir in den Allerheiligenferien den Hellabrunner Zoo besuchen. Dann sind wir aus dem Auto ausgestiegen und mit den Koffern durch die Pforte ins Kloster gegangen. Ihr wisst ja, was da unten an dem Abend für ein Betrieb war mit all dem Kommen und Gehen. Auf einmal hat er die Koffer abgestellt und ganz seltsam dreingeschaut. Gesagt hat er von da an kein Wort mehr, erst wieder hier oben im Studiersaal.«

Plötzlich ging die Tür vom Präfektenzimmer auf und Pater Zeno trat heraus. Er kam mit ernstem Gesicht auf uns zu, blieb beim Pult stehen und sagte: »Es ist sehr schön, dass ihr euch ein bisschen um den Erwin kümmert. Seine Mutter war gerade bei mir und meinte, ihr wäre es lieber, wenn der Erwin weiter hier bei uns bleiben würd. Nach dem unerklärlichen Verschwinden ihres Mannes braucht sie alle Kraft, um nach ihm zu suchen. Wenn ihr wollt, könnt ihr während der Studierzeit ein wenig ins Dorf gehen, damit der Erwin auf andere Gedanken kommt.«

»Ich glaube, ich bleibe lieber hier«, entgegnete Erwin still und sah auf den Boden.

»Wie du willst«, meinte Pater Zeno und verschwand wieder in seinem Zimmer.

Max und ich waren enttäuscht. Noch nie hatten wir einer Studierzeit fernbleiben dürfen, und diese einmalige Chance war jetzt auch vertan.

Erwin schien unsere Gedanken zu erraten und sagte: »Tut mir leid, dass ich euch um den Spaziergang gebracht habe, aber ich will jetzt lieber allein sein.«

Wir folgten seinem Wunsch und verließen den Studiersaal. Max packte mich auf dem Gang am Arm und zog mich in die Besenkammer, den einzigen Ort, wo man im Beusl wirklich ungestört sein konnte. Jeder von uns setzte sich auf einen umgedrehten Putzkübel.

»Und? – Was hältst jetzt von der G'schicht?«, fragte er und schaute mich erwartungsvoll an.

»Was soll ich davon halten?«, fragte ich zurück. »Ein bisserl komisch ist die Sache schon. Vielleicht hat sich der Kathan aber bloß über irgendwas aufg'regt und dann in einem Wirtshaus einen Rausch ang'soffen. Bei uns daheim dauert ein guter Kirchweihrausch manchmal einen oder zwei Tag', sagt der Opa. Er hat mal einen Knecht g'habt, der hat eine halbe Woch nimmer aufstehn können. Der wär ihm fast hin 'worden. So was kommt vor.«

Max sah mich enttäuscht an und meinte kopfschüttelnd: »Herrschaftzeiten, Kaspar. Der Kathan ist doch nicht ein versoffener Rossknecht. Hast du nicht g'sehen, wie der gestern Abend ausg'schaut hat? Er hat ausg'schaut, als hätt er ein G'spenst g'sehen. Nein – er hat ein Gespenst gesehen.«

Die Augen von Max leuchteten und er redete hastig weiter, wobei er mehr und mehr ins Hochdeutsche fiel. Das tat er immer, wenn er meinte, etwas besonders Schlaues zu sagen.

»Er muss jemanden gesehen haben, der für ihn wie ein Gespenst war. Das ist die Lösung.« Silbe für Silbe betonte er mit einer leichten Bewegung seines aufgerichteten rechten Zeigefingers. »Aber wen oder was kann er gesehen haben? Das ist die Frage. Und er muss diesen Jemand hier im Kloster das erste Mal gesehen haben. Das ist auch wieder seltsam, denn er war ja schon mindestens zweimal vorher hier, und zwar am Abend, als er den Erwin im

Beusl abgeliefert hat, und dann letzten Freitag, als er und seine Frau den Erwin für das freie Wochenende abgeholt haben.«

Ich hörte Max fasziniert zu, wobei ich noch nicht genau wusste, worauf er hinauswollte. Da schrillte auch schon die Klingel, die anzeigte, dass die Freistunde vorbei war. In spätestens fünf Minuten, beim zweiten Läuten, mussten wir an unserem Platz im Studiersaal sitzen.

»Kaspar, wir müssen rausfinden, wen oder was der Kathan gestern Abend auf dem Weg zum Studiersaal g'sehen hat. Aber jetzt pressiert's.«

Wir schlüpften aus unserem Versteck und rannten in den Studiersaal. Erwin saß immer noch so da, wie wir ihn verlassen hatten.

Die ganze Studierzeit ging mir im Kopf herum, was Max gesagt hatte. Irgendwie klang es logisch, doch ich kannte seinen Hang zu Sensationen. In der Schule war es dasselbe mit ihm. Er löste oft die schwierigsten Aufgaben in Mathe ohne Probleme. Einfache Rechnungen dagegen interessierten ihn nicht, da machte er gerne Leichtsinnsfehler.

Max war mein einziger Freund im Internat. Mit Erwin kam ich ganz gut aus, außerdem saß er neben mir im Studiersaal. Zu sagen hatten wir uns jedoch nicht viel, dafür waren wir uns zu fremd.

Als ›Neuer‹ war man in der eingeschworenen Gemeinschaft von Klosterzöglingen glatter Aussatz, beinahe so unberührbar wie ein Fünftklässler, ein Wurzler. Max hat sich jedoch gleich bei den ersten Raufereien durchgesetzt. Er hat zwar nicht jedes Mal gewonnen, aber großzügig blaue Flecken verteilt. Sogar eine Rauferei mit dem

Klassenstärksten ging unentschieden aus. Max musste allerdings danach ein paar Stunden in die Krankenstation und sich blutstillende Watte in die Nase pfriemeln lassen, weil sie nicht aufhören wollte zu bluten.

Erwin und ich wurden dagegen in Ruhe gelassen. Ich vermied jeden Streit und Erwin war so schwächlich, dass niemand ihn angerührt hätte. Da gab es eine Art Ehrenkodex.

Nach der Studierzeit ging es zum Nachmittagstee in den Speisesaal. Natürlich war Max sofort wieder bei mir und redete auf mich ein, als hätte eine Unterbrechung durch die Studierzeit gar nicht stattgefunden: »Es stellt sich folgende Frage: Wen oder was hat der Kathan auf dem Weg vom Auto zum Studiersaal g'sehen? Verstehst? Deswegen müssen wir uns den Weg ganz genau anschauen.«

»Aber den Weg kennen wir zwei doch. Was gibt's da Neues zu sehen?«

»Himmibirnbaum, Kaspar«, schimpfte Max und fiel dabei ins Bayerische zurück. »Du bist wirklich keine große Hilf. Du musst ein bisserl kriminalistischen Spürsinn entwickeln, sonst kommen wir nicht vorwärts.«

Wir rannten in den Hof zu den Parkplätzen. Von dort gingen wir langsam und alles genau beobachtend die mächtige Treppe zur Pforte hinauf und durch das Hauptportal in den Eingangsbereich des Klosters. Hier sah man rechts das Fenster, hinter dem normalerweise der einarmige Pförtner, Frater Innozenz, saß. Geradeaus ging es in den Kreuzgang, durch den man rechts in den Speisesaal und links in den Quergang zur Kirche gelangte. Davor, auf der linken Seite, war das breite Treppenhaus, durch das man in die oberen Stockwerke und somit auch zu unserem Studiersaal kam.

Ganz langsam gingen wir nun den Weg hinauf, den auch Herr Kathan mit Erwin gegangen sein musste. Wir sahen nichts Auffälliges.

Ich wollte schon weg, doch Max drängte auf eine Wiederholung.

Ein weiteres Mal liefen wir auf den Parkplatz und von da nach oben – nichts Besonderes. Und noch einmal gingen wir den Weg.

»Fällt dir was auf?«, fragte mich Max bereits am Parkplatz und sah mich groß an.

»Was soll mir schon auffallen? Zuerst bin ich an der Außentreppe, von da geht's zur Pforte hinauf. Oben steh ich dann vor der Pfortentür und seh über den ganzen Klosterhof auf den Springbrunnen und die großen Bäum'. Hier heraußen könnt sich ein Haufen Leute aufg'halten haben, die ihre Koffer raus- und reingetragen haben. Aber die Leute außerhalb vom Kloster hätt der Kathan wegen der Dunkelheit um halb acht gar nicht sehen können.«

»Sehr gut gedacht, Respekt«, lobte mich Max, »und jetzt weiter im Beusl selber. Die Lösung muss also irgendwo innerhalb der heiligen Mauern liegen.«

Mit einer Kopfbewegung deutete er in Richtung Klosterbau.

Wir öffneten das Pfortentor und gingen hinein. Gerade wollte ich wieder erzählen, was ich sah, da flog die Tür zur Pfortenkammer auf. Ich schrak zusammen, atmete aber erleichtert auf, als ich sah, dass der bärtige Pförtner Frater Innozenz herauskam und auf uns zuhinkte.

»Also, Jungens, so geht das nicht. Ihr rennt jetzt schon das dritte Mal raus und rein. Den ganzen Tag ist hier ohnehin ein ständiges Kommen und Gehen. Nun lasst mir doch bitte mein bisschen Ruhe, wenigstens am Nachmittag.«

Frater Innozenz sah müde aus und gähnte mehrmals. Sein Schimpfen wirkte auf uns Buben vom bayerischen Oberland jedoch wenig bedrohlich, da er hochdeutsch sprach, was sich bekanntermaßen weit weniger zum Schimpfen eignet als Bairisch. Er war wohl Pförtner im Beusl, weil er nur einen Arm und ein schlimmes Bein hatte und für eine andere Arbeit möglicherweise nicht taugte. Jeder mochte ihn gerne, da er trotz seiner Behinderungen immer noch das Fußballtraining für die Schüler leitete. Es war ihm anzumerken, dass er uns ›Jungens‹ mochte, doch offensichtlich hatten wir sein Nachmittagsschläfchen gestört.

»Entschuldigung, Frater Innozenz«, sagte Max schlagfertig, »aber wir müssen in Deutsch einen Aufsatz über das Kloster schreiben, und da haben wir gedacht, wir sollten uns das Gebäude einmal ganz genau anschauen. Der Kaspar und ich sind nämlich erst ein paar Wochen da. Wir kennen …«

»Ist ja schon gut, ist ja schon gut«, unterbrach ihn der Frater. »Aber nun macht, dass ihr woanders hinkommt, ihr Lausejungs.«

Er drehte sich um und schlurfte kopfschüttelnd in seine Pfortenkammer zurück. Wir gingen hinauf in den Studiersaal.

»Also – was haben wir g'sehen?«, fragte Max, nachdem wir uns an sein Pult gesetzt hatten.

»Den Parkplatz, die Pforte, die Treppe in den ersten Stock und den Ausschnitt zum Kreuzgang hin«, zählte ich auf.

»Du hast was vergessen«, sagte Max.

»Was soll ich vergessen haben?«

»Den Pförtner.«

»Und du meinst, der wär wichtig?«, fragte ich.

»Wer weiß.«

Während der nächsten Studierzeit musste ich über unsere Erkenntnisse nachdenken. Was konnte es gewesen sein? Was hatte Herrn Kathan irritiert? Da fiel mir ein, dass die Mönche abends nach dem Vespergebet in der Nähe der Pforte vorbeikamen. Wen oder was hat Herr Kathan gesehen? Ein Gegenstand konnte es nicht gewesen sein, da sich seit seinem ersten Besuch im Kloster nichts verändert hatte. Also wen, wen hat er gesehen? Wenn es ein Schüler aus einer anderen Klasse gewesen wäre oder dessen Eltern, dann hätte er wohl nicht unbedingt verlangt, mit dem Abt zu sprechen. Für die Schüler waren die jeweiligen Präfekten zuständig. Und für die Eltern? Für Eltern war niemand zuständig, soweit ich wusste.

Als gesuchte Person kam folglich nur einer der Mönche in Frage, die durch den Kreuzgang an der Pforte vorbeigekommen sind. Das waren fast fünfzig Leute.

Nach dem Abendessen berichtete ich Max von meinen Überlegungen, die er sich wortlos anhörte.

Zum Schluss resümierte ich: »Also, Max, was ist denn schon B'sonders passiert? Der Kathan ist blass g'worden, als er den Erwin im Beusl abg'liefert hat, und ist dann für einen Tag verschwunden. Morgen ist er sicher wieder da.

Der Abt hat sich vielleicht über irgendwas aufg'regt, und sein Herz hat nimmer mitg'macht. Ein bisserl dick war er ja schon.«

»Das glaub ich nicht«, sagte Max leise und hob dann langsam den Kopf. Er überlegte einige Augenblicke, drehte sich dann aber von mir weg und ging in die Besenkammer. Er wollte allein sein.

Am nächsten Tag in der dritten Schulstunde kam überraschend unser Präfekt ins Klassenzimmer. Wir hatten gerade Mathe bei Pater Armin, und so waren alle froh über die Abwechslung. Zeno sah noch bedrückter aus als am Tag zuvor. Er forderte Erwin auf, mit ihm zu kommen, und die beiden verließen den Raum.

Pater Armin versuchte, die Stunde fortzusetzen, doch niemand konzentrierte sich mehr auf den Unterricht. Erwin war gewiss nicht der Beliebteste in der Klasse, aber alle ahnten, dass mit seinem Vater etwas passiert war.

Plötzlich ging die Klassenzimmertür noch einmal auf. Pater Zeno stand im Türrahmen. »Es fällt mir nicht leicht, euch zu sagen, was ich sagen muss.« Er schluckte. »Erwins Vater ist tot in der Loisach gefunden worden. Er wurde erstochen. Die Polizei will nun die genauen Umstände seines Todes aufklären und wird deshalb alle Schüler der Klasse befragen. Die Schule ist für heute beendet. Ihr bleibt bis auf weiteres im Studiersaal. – Gott steh uns bei.«

Jede andere Gelegenheit für den Ausfall des Unterrichts war für uns der Himmel auf Erden. Dafür ging man sogar freiwillig in die Kirche. Diese Nachricht aber war niederschmetternd. Mit hängenden Köpfen trotteten wir in den Studiersaal und beschäftigten uns leise bis zum Mittagessen. Danach sollte die Befragung beginnen.

Ich sah öfter zu Max hin, der am Pult vor mir saß. Er schaute erst einige Minuten aus dem Fenster, dann zog er seinen Schreibblock aus dem Pult und schrieb eine Weile wie besessen. Danach hockte er wieder ruhig da und las das Geschriebene durch.

Auf dem Weg zum Mittagessen fragte ich ihn, was er denn aufgeschrieben habe.

»Ich hab alles notiert, was mir die letzte Zeit im Zusammenhang mit dem Kathan aufg'fallen ist«, sagte er. »Das halt ich dem Kommissar unter die Nase, und dann bin ich in den Ermittlungen drin. Verstehst?«

»Du redest immer nur von Ermittlungen«, meinte ich. »Tut dir der Erwin denn gar nicht leid?«

»Natürlich tut er mir leid. Aber jetzt ist sein Vater tot, und ich möcht rausbringen, wer ihn um'bracht hat. Als Dienst am Nächsten, sozusagen.«

Nach dem Mittagessen mussten wir uns im Studiersaal bereithalten. In alphabetischer Reihenfolge wurden wir in unser Klassenzimmer gerufen, wo die Befragung durch einen Polizeibeamten stattfand. Mir war recht mulmig zumute, Max dagegen konnte es kaum erwarten, bis es endlich losging.

Ich kam vor ihm dran. Mit weichen Knien betrat ich den Raum. Dort hatte man zwei Schultische zusammengestellt. Rechts saß ein etwa vierzigjähriger dunkelhaariger Mann mit gestutztem Schnurrbart und links eine junge, blonde Frau mit einem Schreibblock auf dem Schoß.

Der Mann sprach mich gleich an. »Also, du bist der Spindler Kaspar. Komm nur her, wir beißen nicht.« Dabei deutete er auf den Stuhl, der vor den Tischen stand. Dann sagte er zu seiner Assistentin: »Ich weiß zwar nicht, was sich der Chef von der Befragung der Zöglinge verspricht, aber wir haben es ja bald hinter uns, bei ›S‹ sind wir schon.«

»Ja, Gott sei Dank, Herr Kurzer«, meinte die junge Dame und strich sich den dunklen Rock glatt. »Mit dem Spindler sind es nur noch vier. Auf der Wache mache ich uns dann einen schönen Kaffee.«

»Der wird uns sicher guttun«, seufzte der Polizist und zupfte sich am Schnurrbart. »Aber jetzt zum Mitschüler Spindler.«

Der Kriminalbeamte nahm als Zeichen seiner Arbeitsbereitschaft den Bleistift in die Hand, sah jedoch nicht von dem leeren Blatt Papier auf, das vor ihm auf dem Pult lag. »Hast du vielleicht irgendetwas Besonderes mitbekommen? Dass der Herr Kathan am Sonntagabend recht durcheinander war, wissen wir bereits. Das haben wir schon x-mal gehört. Hast du außerdem etwas Auffälliges beobachtet?«

Ich überlegte kurz, dann sagte ich: »Also der Max meint, dass ...«

»Mein Lieber«, unterbrach mich der Kriminalbeamte, »ich habe dich nicht gefragt, was irgendein Max meint, sondern was du beobachtet hast. Also, hast du etwas Besonderes bemerkt?«

»Nein, aber ...«

»Nichts aber«, unterbrach mich der Polizist unwirsch. »Fräulein Schmalbach, nehmen Sie ins Protokoll auf, dass der Spindler Kaspar auch nichts Ungewöhnliches gesehen oder gehört hat.«

Nun wandte er sich zu mir und sah mich das erste Mal direkt an. »So, Kaspar, jetzt hast du gesehen, dass es gar nicht schlimm war. Schick uns doch bitte den Nächsten rein. Das dürfte der Stockmeier Maximilian sein.«

Ich verließ das Klassenzimmer, wobei ich vergaß, mich zu verabschieden. Ich hatte mir die Sache schon etwas anders vorgestellt. Dann gab ich Max Bescheid, der im Studiersaal bereits ungeduldig wartete.

»Und«, fragte der aufgeregt, »wie war's?«

»Bei dem Polizisten kommst du gar nicht zum Reden. Der will bloß möglichst bald einen Kaffee.«

»Das werden wir schon sehen«, meinte Max selbstsicher, steckte den zusammengefalteten Zettel ein und ging zum Klassenzimmer. Ich begleitete ihn und wartete gespannt vor der Tür auf dem Flur.

Bei Max dauerte es wesentlich länger als bei mir. Er war schon eine ganze Weile im Klassenzimmer, als ich Herrn Kurzer losschreien hörte:

»Ich brauche keinen solchen Rotzbuben wie dich, der mir erklärt, was die Kriminalpolizei zu tun hat. Und den Zettel mit deinen Phantastereien kannst du dir sonst wo hinstecken«, polterte der Beamte. »Los, schleich dich und hol mir den Nächsten, das ist der Unger Georg.«

Die Tür ging auf, und heraus kam Max, wie ich ihn noch nie gesehen hatte. Sein Gesicht mit den vielen Sommersprossen glühte, und die rotblonden Haare standen ihm zu Berge. Er schnaufte ein paar Mal kräftig durch, rannte – ohne mich eines Blickes zu würdigen – direkt in den Studiersaal und rief dort laut: »Unger Schorsch, sofort zur Befragung durch den dümmsten Polizisten westlich der Isar.«

Alle im Studiersaal zuckten zusammen, denn es bestand die Gefahr, dass entweder der Kriminalbeamte oder Pater Zeno das gehört hatten. Die Situation roch nach Parademarsch. Aber Max scherte sich nicht darum.

Demonstrativ ruhig ging er zu seinem Platz, setzte sich und holte einen Agatha-Christie-Band heraus. Den schlug er auf und tat so, als würde er darin lesen.

Ich lief hin zu ihm und meinte scheinheilig: »Du, Max, der Kriminalbeamte war ja richtig begeistert von deinen Ideen.«

Er drehte sich zu mir her. »Man kann den hiesigen Verbrechern bloß gratulieren zur Blödheit der zuständigen Polizei. Da kann ihnen nicht viel passieren.«

Mit hochgezogenen Augenbrauen wandte er sich wieder ab und schaute in sein Buch.

Ich gab aber nicht auf: »Du, Max, wie machst jetzt weiter?«

»Wir klären die Sach natürlich auf. Was denkst du denn«, sagte er trotzig ohne aufzusehen.

»Ich hab schon g'meint, du hättst vielleicht die Nase voll. Die Polizei ist ja nicht besonders scharf auf deine Mitarbeit.«

»Wenn ein solcher Depp wie der Kurzer nicht viel von meinen Ideen hält, dann heißt das eher, dass wir Recht haben. Wir brauchen jetzt bloß eine andere Taktik. Auf die hiesige Polizei können wir nicht zählen.«

Zu Beginn der ersten Studierzeit kam Pater Zeno wie üblich in den Studiersaal und setzte sich an sein erhöhtes Pult, das an der Frontseite des großen Raumes unter dem alten Kruzifix stand. Als wir alle still saßen und mit den Hausaufgaben beginnen wollten, stand er auf und sagte ruhig: »Liebe Kinder. Schlimme Dinge haben sich ereignet. Erst das unerwartete Ableben unseres Abtes und jetzt der gewaltsame Tod von Herrn Kathan. Dazu noch der Besuch der Kriminalpolizei in unseren heiligen Mauern. Erwin ist bereits zu Hause bei seiner Mutter, um ihr in der schweren Zeit beizustehen. Der Konvent der Patres hat nun beschlossen, dass alle Schüler der achten Klasse heute nach einer Andacht um siebzehn Uhr nach Hause fahren können. Es ist notwendig, dass wieder Ruhe in unser Kloster einkehrt. Wir haben das alle nötig. Die Eltern sind verständigt und werden euch nach dem Abendessen abholen. Jetzt sollt ihr euch ruhig beschäftigen. Ihr könnt lesen, wenn ihr wollt. Es ist aber auch nicht verboten, ein paar Vokabeln zu lernen.«

Damit schloss er seine Ansprache, setzte sich und schlug die Bibel auf.

Ich nutzte die Gelegenheit, um mein Wissen über Old Shatterhand aufzubessern.

Nach der Studierzeit ging es zum Nachmittagstee. Max setzte sich im Speisesaal neben mich und begann: »Mensch, Kaspar, während der Andacht müssen wir die Augen aufmachen. Am besten wär's, wenn wir an den Platz hinkommen, wo der Kathan letzten Freitag beim Abschlussgottesdienst g'sessen ist. Und dann müssen wir uns merken, welchen Pater wir von unserem Platz aus sehen oder besser, wen wir nicht sehen.«

Am vergangenen Freitagvormittag war ein feierliches Hochamt gewesen, zu dem alle Eltern eingeladen waren. Die meisten von ihnen hatten an dem Gottesdienst teilgenommen, bevor sie ihre Knaben für das freie Wochenende abholten. Das wurde von der Internatsleitung gerne gesehen.

Herr Kathan war während der Messe neben meinem Vater gesessen, in der Bank vor den Eltern von Max. Ich konnte mich genau daran erinnern.

»Also das versteh ich nicht«, warf ich ein. »Warum sollen wir darauf achten, wen wir sehen oder wen wir nicht sehen.«

»Kaspar, manchmal bist du schon ein bisserl begriffsstutzig.« Max machte ein enttäuschtes Gesicht. »Nach unseren bisherigen Erkenntnissen muss der Kathan eine bestimmte Person an der Pforte oder im Kreuzgang g'sehen haben, als er am Sonntagabend den Erwin wieder ins Beusl gebracht hat. Kannst du mir so weit folgen?«

Ich verdrehte die Augen. »Aber warum suchst du jemanden, den er nicht g'sehen hat?«

Max stöhnte. »Stell dich doch nicht blöder, als du bist.« Er schaute mich schon wieder so von oben herab an, wie ich es gar nicht leiden konnte. »Am vergangenen Freitagvormittag waren doch die meisten Eltern und der ganze Konvent der Patres in der Kirch. Eltern, also weltliche Personen, scheiden aus dem Kreis der Verdächtigen aus, sonst hätt der Kathan nicht drauf bestanden, dass er mit dem Abt reden muss. Der Abt ist ja bloß zuständig für die Angehörigen vom Kloster. Hätt der Kathan aber die fragliche Person schon am Freitag in der Kirch g'sehen, dann wär er sofort zum Abt g'rannt. Hat er aber nicht g'macht. Also hat er denjenigen am Sonntagabend in der Nähe von der Pforte zum ersten Mal getroffen. Da können alle Patres vorbeig'laufen sein, weil das Abendgebet grad zu Ende war. Jetzt ist es so, dass man von keinem

Platz in der Kirch aus alle Patres auf einmal sieht. Wegen dem Mauervorsprung, der den Altarraum vom Rest der Kirche trennt, verstehst? Jeder Pater hat aber seinen festen Platz im Chorgestühl links oder rechts vom Altar. Wir müssen also vom Herrn Kathan seinem Platz aus schauen, welche Chorstühl' verdeckt sind, und damit ist der Kreis der Verdächtigen schon viel kleiner. Hast du das jetzt begriffen?«

Ich war erstaunt über seine kalte Logik und ärgerte mich über seine Arroganz. Es wollte mir aber nicht in den Sinn, dass ein Mönch irgendetwas mit dem Tod von Herrn Kathan zu tun haben könnte.

»Also, Max, warum sollt ein Pater den Kathan umbringen? Da hat doch keiner einen Grund oder – wie Ihr Detektive sagt – ein Motiv.«

»Über das Motiv hab ich mir auch schon den Kopf zerbrochen. Ohne Ergebnis. Momentan haben wir bloß einen nackerten Mord. Kein Motiv, keine Verdächtigen. – Aber jetzt müssen wir in die Andacht. Schnell.«

Wir hatten völlig übersehen, dass es schon kurz vor siebzehn Uhr war. Wir rannten los und erreichten schwer schnaufend den Treffpunkt vor dem Seiteneingang der Klosterkirche. Dort wartete bereits die ganze achte Klasse, und Pater Zeno bedachte uns mit einem bösen Blick. Ich hatte natürlich ein schlechtes Gewissen wegen der Verspätung, aber Max ging gleich zu unserem Präfekten hin.

»Entschuldigen Sie die Verspätung«, sagte er leise, »aber mir geht's nicht so gut. Kann ich mich vielleicht in der Kirch weiter nach hinten setzen, damit ich leichter rauskomm, wenn's mir richtig schlecht werden sollte?«

»Soll mir recht sein«, brummte Pater Zeno und musterte meinen Freund. »Dein Freund, der Kaspar, darf sich gleich dazusetzen, damit er notfalls mit dir rausgehen kann.«

Somit hatte Max, dieser begnadete Lügner, eine Strafe abgewendet und andererseits erreicht, was er wollte.

Als wir Schüler die Kirche in langen Reihen diszipliniert betraten, scherte Max sofort aus und zog mich mit sich.

»Da muss er g'sessen sein, der Kathan«, flüsterte er, »direkt neben deinem Vater.«

Er schob mich in die drittletzte Bankreihe auf der linken Seite der Kirchenbestuhlung. Ich fühlte die Anspannung in mir immer größer werden. Die prächtige Klosterkirche füllte sich. Zuletzt kamen die Schüler der Abiturklasse. Auch die Patres traten, einer nach dem anderen, aus der Sakristei in ihre Chorbänke, aber ich sah sie diesmal nicht als Männer Gottes. Einer von ihnen war möglicherweise ein Verbrecher. Mir lief es kalt den Rücken hinunter.

Als die Andacht begann, konnten wir von unserem Platz aus alle Patres in den Chorstühlen auf der rechten Seite des Altarraumes sehen. Ein Teil der Plätze auf der linken Seite war durch einen Mauervorsprung verdeckt. Vielleicht saß dahinter der Mörder.

Wie selbstverständlich zog Max einen kleinen Notizblock aus seiner Jackentasche und begann zu schreiben. Von Zeit zu Zeit schaute er scheinbar andächtig nach vorne, um nicht aufzufallen.

Da die Präfekten in den vorderen Reihen ihre Klassen beaufsichtigten, fühlte sich Max relativ sicher. Flink ging der Bleistift über das Blatt, und es entstanden zwei Reihen von Namen, eine lange und eine kürzere.

Plötzlich tippte eine Hand auf seine Schulter. Ich fuhr herum, Max auch. Hinter uns stand Pater Pius, unser Musiklehrer. Er hatte Max von der Empore aus beobachtet. Weil er bei allen Anlässen die Orgel spielte, saß er nie bei seinen Mitbrüdern auf den Chorstühlen.

Pius merkte natürlich, dass hier etwas nicht stimmte. Er forderte uns mit einer knappen Geste auf, mit ihm zu kommen. Durch den seitlichen Schülereingang verließ er die Kirche und wir folgten ihm.

Nachdem wir die Tür hinter uns geschlossen hatten, fuhr uns Pater Pius an: »Was fällt euch ein, während der Andacht Spielchen zu spielen. Zeig mir, was du da hast.«

Max war blass geworden und hatte versucht, den Notizblock in seiner Jackentasche verschwinden zu lassen. Er druckste ein bisschen herum, aber der unnachgiebige Blick des großen Mönchs duldete keinen Widerspruch, und so rückte Max den Notizblock heraus. Pater Pius nahm den Block und zog dabei seine hohe Stirn in Falten. Die Augenlider fingen an zu zucken, dann schüttelte er ungläubig den Kopf.

»Wir sehen uns nach der Andacht im Musikzimmer«, war sein einziger Kommentar. Er steckte den Block ein, drehte sich um und eilte zurück in die Kirche.

Wir folgten ihm und setzten uns auf unsere Plätze, während Pater Pius durch eine verdeckte Tür die Treppe zur Orgelempore hinaufstieg. Er musste sich beeilen, um bis zum Agnus Dei wieder an seinem Platz zu sein.

»Das war ja ein voller Erfolg«, flüsterte ich Max zu, nachdem ich mich von dem Schrecken etwas erholt hatte.

Der versuchte, grantig zu schauen, aber sein blasses Gesicht wies nervöse Flecken auf.

Nach der Andacht gingen wir mit einem unguten Gefühl ins Musikzimmer, wo Pater Pius bereits auf uns wartete. Stehend blätterte er im Notizbuch und schien etwas ratlos.

»Du hast die Namen vieler meiner Mitbrüder aufgeschrieben, Stockmeier. Was soll das bedeuten?«

»Ich bin noch nicht lange in der Schule, wie Sie wissen, und kann mir Namen so schlecht merken«, log Max, wobei er seinem Gegenüber direkt in die Augen schaute.

»So – jetzt will ich dir mal was sagen.« Der Organist trat einen Schritt näher an meinen Freund heran. Die Adern an seinen Schläfen waren angeschwollen. »Wenn du mich für blöde hältst, dann gehen wir gleich zu Pater Zeno, und das bedeutet gewaltigen Ärger für dich und deinen Spezl. Also, Stockmeier, was soll das und warum zwei Reihen von Namen.«

Pius hielt Max den Notizblock hin, und Max wollte ihn schnell an sich nehmen. Plötzlich begannen die Augenlider des großen Mönchs wieder zu zucken und in seinen Augen erschien ein gefährliches Funkeln.

Pater Pius war für seine Launen bekannt und er schreckte auch im Unterricht nicht davor zurück, Schülern schon bei dem kleinsten Anlass ohne Vorwarnung eine runterzuhauen. Andererseits war er an guten Tagen nicht aus der Ruhe zu bringen, spielte – anstatt Unterricht zu halten – populäre Lieder auf dem Klavier und sang sogar dazu.

»Da steckt doch etwas anderes dahinter«, murmelte er sonderbar leise. »Ich werde das Blatt vorsichtshalber behalten. Und ihr beiden« – nun sah er uns mit einem eisigen Blick an – »nehmt euch in Acht. So billig kommt ihr mir nicht noch einmal davon.«

Pater Pius riss das beschriebene Blatt aus dem Block und gab ihn Max zurück. Starr vor Angst verließen wir das Musikzimmer.

»Wenigstens hat er uns keine runterg'haut«, meinte ich, nachdem wir außer Hörweite waren.

»Mir wär's viel lieber, er hätt's gemacht. Dann wär die Sache jetzt vorbei, und eine Watschn hat noch keinen um'bracht.« Max machte sich Sorgen, das hörte man an seiner Stimme. »Außerdem g'hört der Pius jetzt auch zu den verdächtigen Personen, denn er war ja während der Messe letzten Freitag auf der Empore und deswegen für den Kathan ebenfalls nicht zu sehen.«

»Aber wenn der Pius was mit dem Mord zu tun hätt, dann hätt er uns doch nicht laufen lassen«, entgegnete ich.

»Vielleicht grad deswegen«, meinte Max und sprach kein Wort mehr, bis wir den Studiersaal erreichten.

Ich überlegte. Was hatte Pater Pius gesagt? Wovor sollten wir uns in Acht nehmen?

Im Studiersaal stand bereits der Vater von Max mit unserem Präfekten zusammen. Als wir dazukamen, hörten wir Pater Zeno noch sagen, dass ihm die Ereignisse der letzten Tage furchtbar zugesetzt hätten und er jetzt etwas Ruhe bräuchte.

»Wissen S' was, Herr Pater«, meinte Maxls Vater fürsorglich, »ich kenn da eine viel bessere Kur. Kommen S' einfach am Sonntag zu uns nach Wolfratshausen. Da ist Fahnenweihe von den Gebirgsschützen und es wird groß auf'kocht. Sie sind natürlich mein Gast. Der Herr

Geistliche Rat Oberleitner tät sich ganz narrisch über Ihre Anwesenheit freuen. Sonst hat er's bloß immer mit den Pfeffersäcken von der Marktstraß, den Nantweiner Besenbindern und den groben Bauernschädeln aus Weidach und Gelting zu tun. Man weiß gar nicht, welche Rass schlimmer ist. Und die hohen Herren mögen sich doch gern mal ein wenig g'studiert unterhalten. Also, wenn's möglich wär, kommen S' zu uns nach Wolfratshausen. Den Bräu kennt ein jeder, und vom Bahnhof ist es nicht weit. Ansonsten wünsch ich eine gute Erholung.«

Damit verabschiedeten sich die beiden voneinander, und der Bräu wandte sich an mich: »Servus, Kaspar. Dich soll ich auch mit heim nehmen. Du bleibst heut Nacht bei uns. Dein Vater hat viel Arbeit auf'm Acker, deswegen hat er nicht weg können. Er holt dich dann morgen oder übermorgen bei uns in Wolfratshausen ab.«

Das gefiel mir natürlich sehr. Ich packte schnell etwas Wäsche und die Zahnbürste zu meinem Karl May, und schon fuhren wir los.

Ich hatte die ganze Rückbank des dunkelblauen Mercedes für mich allein und so konnte ich bequem durch das breite Rückfenster beobachten, wie das Loisachtal an mir vorbeiflog. Bichl, Penzberg, Beuerberg, Eurasburg und Wolfratshausen. Herr Stockmeier und Max unterhielten sich lebhaft, nebenbei spielte das Radio volkstümliche Weisen. Besonders lustig fand ich die Schnaderhüpferl vom Roider-Jackl. Die mochte bei uns zu Hause jeder. Sogar meine Schwester Maria, die sonst auf ihrem Plattenspieler, den sie von ihrer Taufpatin aus Rosenheim zu Weihnachten bekommen hatte, nur

Beatmusik spielte. »Negermusik mit Buschtrommeln«, wie der Rest der Familie meinte.

Beim Bräu empfing uns Frau Stockmeier mit einem köstlichen Abendessen – Schweinswürstel mit Sauerkraut. Nach der mageren Klosterkost wusste man das besonders zu schätzen, und die dicke Köchin, die Zenzi, lobte unseren großartigen Appetit.

Anschließend gingen wir in den Pferdestall, wo es bereits dunkel war.

Wir setzten uns auf die Futterkiste, und Max begann: »Die Aufregung mit dem Pater Pius hat uns eines gezeigt: Es kommen wahrscheinlich mehr Leut in Frage als bloß die, die von unserem Platz in der Kirche aus nicht zu sehen waren. Ich hab sechs Patres auf meiner Liste.«

Er schnäuzte sich mit den Fingern in Richtung Pferdemist. Die beiden Oberländler Wallache, die der Bräu zu Repräsentationszwecken hielt, sahen sich nur kurz um. Dann klaubten sie weiter das grobe Heu aus ihrer Raufe.

»Den Pater Cölestin und den Pater Petrus können wir gleich streichen. Der eine ist g'wiss schon über achtzig Jahr' alt und ganz klapprig, der andere hat ein steifes Bein. Der käm nicht mal alleine bis zur Loisach. Also wären es noch vier Verdächtige, die in Frage kommen. Pater Aurelian, Pater Bruno, Pater Ignaz und Pater Melchior.« Max zählte mit den Fingern mit. »Fangen wir mit dem Aurelian, unserem Lateinlehrer an. Der ist manchmal ein bisserl ung'schickt. Weißt noch, wie der einmal bei der Wandlung den Treppenabsatz in der Kirche übersehen hat und fast den Abt mit den Hostien umgerissen hätt? Den lassen die Kutten bei einem Hochamt gar nicht gern an den Altar. Der könnt beim Segen mit der Monstranz einen Mitbruder erschlagen. So ein Mordfall wär dann aber gleich gelöst. Da hätten wir einen Haufen Zeugen.«

Wir lachten, dann fuhr Max fort: »Pater Bruno käm schon eher in Frage. Der ist doch Präfekt in der zehnten Klasse, und die haben ganz schön Respekt vor ihm. Der haut gern und gut zu. Komischerweise ist er aber beliebt wegen seinem Gerechtigkeitssinn und seinen verrückten Ideen. Er hat doch glatt vor einer Woche zwei Streithähne aus seiner Klasse, die er beim Raufen erwischt hat, mit Boxhandschuh in der Turnhalle gegeneinander boxen lassen. Seitdem, so heißt's, verstehen sich die zwei besser. Pater Bruno ist schon ein harter Hund, aber kein übler Kerl.«

Max überlegte weiter: »Dann ist da noch der rothaarige Pater Ignaz. Der ist ein bisserl komisch und recht menschenscheu. Am liebsten ist der mit den Rosen im Klostergarten beschäftigt. Ich glaub, wenn die jemand niedertrampeln tät, würd ihn der Ignaz mit der Gartenschere erstechen. Der Kathan war aber nicht im Garten, also hat ihm von der Seite her auch nix passieren können.«

Ich musste laut lachen, als ich mir den schrulligen Pater Ignaz mit einer blutverschmierten Gartenschere vorstellte. Auch Max grinste, dann sagte er plötzlich:

»Mensch, Kaspar. Kannst du dich noch an die Predigt vom letzten oder vorletzten Sonntag erinnern? Die hat der Ignaz g'halten. Dabei ist es um das Böse auf der Welt und den Teufel gegangen. Und dass man das Übel mit der Wurzel ausreißen müsst, koste es, was es wolle. Vielleicht darf's dann auch ein Mord sein?«

Versonnen starrte Max eine Weile vor sich hin.

»Zum Schluss bleibt noch Pater Melchior, der Apotheker. Mein Gott, Kaspar«, Max schlug sich mit der flachen Hand an den Kopf. »Da hab ich noch gar nicht dran gedacht. Schau her: Der Abt ist doch plötzlich g'storben, er hat überhaupt keine Verletzung g'habt, und niemand hat eine vernünftige Erklärung für seinen Tod. Sicher ist aber nicht überprüft worden, ob er vergiftet worden ist. Und wer hätt einen besseren Zugang zu Gift als der Apotheker?«

Das klang logisch, obwohl ich mir nicht vorstellen konnte, dass Pater Melchior, dieser nette, bescheidene Mönch, dazu in der Lage wäre.

»Aber warum sollt er denn jemanden um'bracht haben?«, wandte ich ungläubig ein.

»Das ist ja unser größtes Problem«, stöhnte Max. »Wir haben kein Motiv. – Jetzt kommt der Letzte in der Liste der Verdächtigen, Pater Pius, der Organist. Er ist launisch und unberechenbar, das haben wir heut g'sehen. Fällt dir noch jemand ein, den ich vergessen hab?«

»Nein«, entgegnete ich, »die anderen Patres waren alle gut zu sehen.«

Wir mutmaßten noch dies und jenes. Dann gingen wir zurück ins Haus, wo wir von Frau Stockmeier sofort nach oben geschickt wurden.

In Maxls Zimmer hatte der Hausknecht ein Bett für mich aufgestellt.

»Schau nicht so blöd, sonst bleibt's dir«, meinte Max, als ich vor seiner Bücherwand stand.

Das waren mindestens dreihundert Bände. Wie kam ein Vierzehnjähriger zu so vielen Büchern?

Max deutete auf eine vollständige Karl-May-Ausgabe und sagte: »Die hab ich als Entschädigung fürs Beusl gekriegt. Wenn du magst, kannst dir einen Band ausleihen, aber du musst gut drauf aufpassen.«

Das sicherte ich ihm zu und entschied mich für den ›Schut‹.

»Ich mag ja den Karl May nicht so gern. Ich les lieber Krimis, Agatha Christie zum Beispiel.« Dabei deutete er auf eine lange Reihe von Taschenbüchern, auf deren Buchrücken zum Teil ›Krimi‹ stand.

»Saxendi«, meinte ich erstaunt, »hast du die vielleicht alle g'lesen?«

»Ja«, erwiderte Max trocken, drehte sich von mir weg und holte den ›Schut‹ aus dem Regal.

Als er mir das Buch in die Hand drückte, muss ich ihn wohl immer noch fragend angeschaut haben, denn er verzog sein Gesicht, als hätte er in eine Zitrone gebissen. Dann setzte er sich auf den Rand seines Bettes und sah traurig drein. So kannte ich ihn gar nicht.

Schließlich begann er: »Ja, die hab ich alle g'lesen. Alle. In den letzten drei Jahren.«

Ich setzte mich neben ihn, und er redete langsam und leise weiter.

»Da hab ich's genau beieinander g'habt. Offene TBC. Das war keine Gaudi. Deswegen bin ich ins Lungensanatorium nach Gauting 'kommen. Da war's so langweilig, dass mich sogar die Schul g'freut hat im Vergleich zu den alten Klosterschwestern, Betschwestern und den halbtoten Patienten dort.

Zu mir waren sie ja besonders damisch. ›Arms Buberl. Das ist was Schlimmes – so eine offene TBC. Und du bist ja noch so jung.‹ Wenn eine von den alten Gurgeln gar zu lästig geworden ist, hab ich sie g'fragt, ob sie mir nicht mal einen Schnaps b'sorgen könnt, weil ich so gern wenigstens einmal b'soffen g'wesen sein möcht, wenn ich schon so bald sterben muss. Dann haben sie bös g'schaut und g'schimpft, weil man im Angesicht des Herrn nicht so daherreden darf.

Mit solchen Leuten hab ich's da zu tun g'habt. Da brauchst Nerven. Mühle hab ich oft g'spielt und ab und zu Schach. Einer hat sogar g'sagt, dass ich Talent dafür hab.

Außerdem hab ich halt viel g'lesen. Zuerst den Karl May, aber das ist bald langweilig 'worden. Schließlich hat mir mein Onkel, also der Bruder von der Mama, einen richtigen Kriminalroman von der Agatha Christie mit'bracht, den ›Mord im Orient-Express‹. Ich hab ihm zuerst versprechen müssen, dass ich es der Mama nicht sag, weil die eigentlich gegen solche Sachen ist. Von dem Tag an ist es aber aufwärts 'gangen mit meiner Stimmung und auch mit der G'sundheit. Ich hab's dem Onkel g'schrieben und der hat mir dann gleich noch den ›Tod auf dem Nil‹ g'schickt. Schließlich haben mir die älteren Patienten Krimis aus der Sanatoriumsbibliothek b'sorgt, weil ich die sonst nicht 'kriegt hätt. Zum Schluss war sogar die Mutter von meinen g'sundheitlichen Fortschritten so überzeugt, dass sie noch fünf Bände Edgar Wallace beig'steuert hat.

Die bigotten Betschwestern im Sanatorium haben das natürlich nicht wissen dürfen, aber ich hab die Krimis in den Umschlag von einem Heiligenbuch g'steckt, und die sind mir nie drauf'kommen. Den Pater Zeno könnt man nicht so leicht hinters Licht führen. Der tät den Braten gleich riechen und dann gäb's zwei, drei Parademärsche extra.«

Jetzt sah Max zu mir her, und ein spitzbübisches Grinsen lag auf seinem Gesicht.

»Fast drei Jahre hab ich in Gauting bleiben müssen, damit ich niemanden ansteck. Jedenfalls bin ich jetzt Fachmann für Kriminalfälle. Ich kenn alles: Mord aus Geldgier, Eifersucht, Rache oder was du willst. Ich kenn auch alle Methoden: Erschießen, Erschlagen, Ertränken, Vergiften und so weiter und so weiter.«

Selbstbewusst und jetzt wieder ernst sah er mich an.

»Und aus dem Grund sag ich dir, und da kannst Gift drauf nehmen: In meiner Umgebung bringt keiner einen um, ohne dass ich ihm draufkomm!«

Wir hatten uns bereits hingelegt und das Licht ausgemacht, als Max von neuem begann: »Wir müssen die Sache mit dem Mord am Kathan ganz logisch angehen wie der Sherlock Holmes. Der hat ein Indiz zum anderen dazug'stellt und zum Schluss hat er den Täter g'habt. Verstehst du, Kaspar?« Max lachte sein sorgloses Bubenlachen. »Wir zwei sind genauso ein G'spann wie Sherlock Holmes und Doktor Watson.«

Ich hatte den Namen Sherlock Holmes zwar schon gehört, wusste aber nicht genau, wer das war. Um mir keine Blöße zu geben, blieb ich lieber still.

»Weißt, Kaspar«, fuhr Max fort, wobei er wahrscheinlich ahnte, dass mir die beiden Namen nicht viel sagten, »der Sherlock Holmes war der größte Detektiv, der jemals gelebt hat, und das bin in unserem Fall natürlich ich. Für dich bleibt dann der Doktor Watson.«

Ich sagte immer noch nichts. Ich kannte Max nun schon eine Weile und wusste, dass er jetzt einen Kommentar von mir erwartete, durch den ich mir eine Blöße gab. Den Gefallen wollte ich ihm aber nicht tun.

Offensichtlich ließ es ihm jedoch keine Ruhe, und er fing von neuem an: »Willst gar nicht wissen, in welchem Verhältnis der Doktor Watson zum Sherlock Holmes g'standen ist?«

Ich gähnte demonstrativ und meinte ganz nebenbei: »Wer wird das schon g'wesen sein. Wahrscheinlich sein Hausarzt.«

»Knapp daneben g'schossen.« Max kicherte. »Der Watson war nicht der Hausarzt vom Sherlock Holmes, sondern sein Hausdepp.«

Ich sprang aus dem Bett, stürmte mit dem Kopfkissen in der Hand zu Max und haute es ihm um die Ohren. Der konnte sich nicht einmal wehren, weil ihn ein Lachkrampf im Bett niedergestreckt hielt.

Kapitel II

Erste Informationen

Als ich am nächsten Morgen aufwachte, war es schon hell. Max war nicht mehr in seinem Bett, und so stand ich auf, zog mich an und ging nach unten, um ihn zu suchen. Ich fand ihn in der Küche am großen Gesindetisch auf der Bank kniend über eine Zeitung gebeugt.

»Gut' Morgen, Max«, sagte ich etwas irritiert, »was machst du denn da?«

Er schien meine Frage nicht zu hören. Konzentriert las er weiter.

Plötzlich hielt er inne und sah mich an: »Jetzt wird mir die Sache aber langsam unheimlich. Komm, lies das mal.«

Er schob mir die Zeitung hin und deutete auf einen großen Artikel mit dem Titel »Mysteriöser Mord in Heiligenbeuern«.

Am Dienstag, den 10. Oktober, wurde in der Rechenanlage des Kraftwerks Schönmühle bei Penzberg die Leiche eines 50-jährigen Mannes aus dem Landkreis Wolfratshausen gefunden. Sie wies Verletzungen im Brustbereich und am Kopf auf. Die Polizei geht von Raubmord aus, da das Opfer als vermögend galt und sowohl Geld als auch Papiere fehlen. Der Mann war in der Nacht vom Sonntag zum Montag von einem Gasthof in Heiligenbeuern allein zu einem Spaziergang aufgebrochen, von dem er nicht mehr zurückkehrte. Gesucht werden Zeugen, die den 1,80 m großen, schlanken, dunkelhaarigen Mann in einem beigen Trenchcoat nach 22°° Uhr noch gesehen haben.

Als Tatort wird von der Polizei die nähere Umgebung des Loisachufers zwischen Heiligenbeuern und Schönmühle angenommen. Die Leiche wurde vermutlich in den Fluss geworfen.

Die Polizei sucht auch nach einem Herrn Müller, der das Opfer etwa eine halbe Stunde vor dessen Spaziergang im Gasthof angerufen hatte. Für sachdienliche Hinweise hat die Familie des Opfers eine Belohnung ausgesetzt. Angaben können bei jeder Polizeidienststelle gemacht werden.

Sofort hatte ich ein flaues Gefühl im Magen. Ich sah mich um und suchte Max auf der Bank neben mir, aber der hantierte gerade an dem riesigen Küchenherd.

»Du, Kaspar«, rief er fröhlich, »wir haben Glück. Es gibt noch Schmalznudeln von gestern. Magst auch ein paar?«

Dann kam er mit zwei großen Tassen Kakao und anschließend mit einem Teller voller Schmalznudeln an den Tisch. Mir war der Appetit vergangen, und ich nippte nur etwas an meinem Kakao. Max dagegen zerrupfte nacheinander drei Schmalznudeln und schob sie sich Stück für Stück in den Mund.

»Weißt du, was blöd wär«, meinte er kauend. Ich konnte ihn nicht einmal anschauen vor lauter Grauen, aber er schien ohnehin keine Antwort von mir zu erwarten. »Blöd wär, wenn's der Pater Pius, der Organist, g'wesen ist. Dann hätt er uns nämlich ganz schön am Schlawitt'l.«

Jetzt war es mit meinem Appetit endgültig vorbei, und ich schob die Tasse weg. Max dagegen sah sinnierend vor sich hin und aß langsam fertig.

Nach dem Frühstück beschloss er, mir Wolfratshausen zu zeigen, denn es war herrliches Wetter. Die bunte Marktstraße mit den schönen Geschäftshäusern kannte ich bereits, da ich schon oft mit meinen Eltern beim Einkaufen in der Stadt gewesen war. In den kleinen Gässchen zum Bergwald hin fühlte ich mich jedoch nicht wohl. Hinter jeder Ecke vermutete ich einen blutrünstigen Mönch, der sich im nächsten Moment auf mich stürzen konnte. Meine Bedenken fand Max ungemein lustig und schlich herum wie ein Indianer auf dem Kriegspfad.

»Hast du eigentlich gar keine Angst?«, fragte ich ihn genervt. »Stell dir vor, es war der Pius. Der kann sich leicht denken, warum du die Liste g'macht hast. Dann will er uns am Ende genauso hinterrücks abstechen wie den Kathan.«

»Pass auf«, gab Max betont lässig zurück. »Wir haben es nicht mit einem Idioten zu tun, der gaudihalber Minderjährige abmurkst. Unser Täter ist clever, der ist mit allen Wassern gewaschen. Der schlägt bloß zu, wenn's notwendig ist und er keine Spuren hinterlässt.«

»Das ist ja sehr beruhigend«, meinte ich aufgebracht. »Der Pius weiß aber, dass wir ihm auf der Spur sind. Also sind wir auch in Gefahr.«

»Natürlich sind wir das. Zumindest ein bisserl. Aber wir müssen halt aufpassen und beieinander bleiben wie ein Liebespaar.«

Nun versuchte er, sich bei mir einzuhaken wie ein verliebter Primaner, doch ich stieß ihn ärgerlich weg.

»Und wie sollen wir das machen?«, fragte ich zornig, da Max mich in diese blöde Situation gebracht hatte.

»Wir müssen Acht geben, dass wir mit dem Mörder nie allein sind. Angst hilft uns nicht weiter, nur ein kühler Kopf.« Max blieb plötzlich stehen, seine Augen leuchteten hell auf. »Schau mal, Kaspar, wer da vorn rumrennt.«

Mein Freund zeigte mit seiner rechten Hand zum Bodevaar, einem Bekleidungsgeschäft auf der anderen Straßenseite. Ich schaute in die von ihm angedeutete Richtung und sah Frau Kathan und Erwin das Geschäft mit einer großen Einkaufstüte in Richtung Rathaus verlassen. Max rannte sofort los, ich natürlich hinterher. Erwin hatte uns auch schon bemerkt und blieb stehen. Er sagte etwas zu seiner Mutter, die daraufhin ebenfalls zu uns herüberschaute.

Erwin schien sich zu freuen, und auch seine Mutter begrüßte uns freundlich, als wir bei ihnen ankamen.

»Na, was macht ihr zwei denn in der Stadt? Ihr müsstet doch eigentlich in der Schule sein.«

»Nein«, entgegnete Max. »Wir haben den Rest von der Woch alle frei bekommen – die ganze Klass – wegen der furchtbaren Sache… Sie wissen schon… Es tut uns sehr leid…«

Zum ersten Mal, seit ich ihn kannte, war Max sprachlos. Er blickte verlegen auf seine Schuhe. Ich stand etwas abseits und schaute zur Pfarrkirche hinüber. Das Zusammentreffen war mir sehr unangenehm.

Nach einer kleinen Pause meinte Frau Kathan ruhig: »Erwin und ich haben es zu Hause nicht mehr ausgehalten.

Da sind wir in die Stadt gefahren, um uns ein wenig abzulenken. Außerdem braucht er einen schwarzen Anzug, wegen der Beerdigung.«

Während des Redens wurden ihre dunklen Augen feucht. Dann straffte sich ihr Körper und sie sagte energisch: »Wisst ihr was? Wir gehen jetzt in eine Konditorei und essen jeder ein schönes Stück Torte.«

Das war mir gar nicht recht. Ich wollte eigentlich so schnell wie möglich wieder weg.

Erwin dagegen schien sich wirklich zu freuen, dass er durch uns ein wenig Ablenkung hatte. Auch Max zierte sich kein bisschen und schließlich gingen wir ins Café am Rathaus, wo es die besten Torten gab, wie Max behauptete.

Frau Kathan wählte einen größeren Tisch in der Ecke des Gastraumes und legte Mantel und Einkaufstüte ab. Nachdem wir uns gesetzt hatten, bestellte sie vier Stück Sahnetorte, eine Portion Kaffee für sich und drei Tassen Kakao für uns Buben.

Anschließend sah sie uns freundlich an und sagte: »Ich finde es sehr schön von euch, dass ihr euch nicht verdrückt habt. Die meisten Leute wollen nämlich nichts mit einem zu tun haben, wenn man etwas so Schreckliches erlebt hat wie wir.«

Sie hatte sicher keine Ahnung, wie sehr sie mir aus dem Herzen sprach. Wenn es nach mir gegangen wäre, hätten wir sofort die Flucht ergriffen. Trotz Sahnetorte fühlte ich mich äußerst unwohl.

Frau Kathan fuhr fort: »Am schlimmsten ist, dass man mit niemandem über die Ereignisse sprechen kann. Zu ändern ist ja ohnehin nichts mehr.«

»Er war gar nicht mein richtiger Vater«, sagte Erwin plötzlich in seiner ruhigen, etwas langweiligen Art. »Er hat Mama geheiratet, als ich fünf Jahre alt war. Mein eigentlicher Vater ist Amerikaner. Der hat sich aber nie um uns gekümmert. ›Grad gut, dass du wenigstens kein Neger bist‹, hat Papa manchmal zu mir gesagt. Nein – ich habe ihn nicht besonders gern gehabt.«

Erwin schaute zu Boden, und seine Mutter sprach nach einem Schluck Kaffee weiter: »Ja, Eduard war ein sehr strenger Vater, immer auf Disziplin bedacht. Er war zwar nicht ungerecht – das nicht. Aber eben sehr streng. Sicher hatte er eine schwere Jugend, dann der Krieg und die Vertreibung aus Ostpreußen, seiner Heimat. Das hat ihn arg verbittert. Er hat gut für uns gesorgt – keine Frage. Er war immer korrekt, das haben vor allem die Kunden sehr geschätzt. Es war nur dieses Preußische, immer dieses Preußische …«

Nun traten ihr Tränen in die Augen. Sie holte ein weißes, gestärktes Taschentuch mit feinen Spitzen aus ihrer eleganten Handtasche. Abwechselnd hielt sie sich das Tuch unter die Nase und betupfte die Augen damit.

Mir wurde die Situation immer unangenehmer. Am liebsten hätte ich mich in Luft aufgelöst. Max dagegen saß mit weit geöffneten Augen und noch weiter geöffneten Ohren da. Er saugte das Erzählte auf wie ein Schwamm.

»Aber der Erwin kommt doch wieder zurück ins Beusl?«, fragte er Frau Kathan.

»Das kann ich jetzt wirklich noch nicht sagen«, entgegnete sie mit einem Achselzucken. »Vielleicht ziehen wir auch weg, wenn der ganze Trubel vorbei ist. Wir werden sehen.«

Sie war nun sehr gefasst und versuchte sogar ein kleines Lächeln. Sie mochte vielleicht vierzig Jahre alt sein, sah aber trotz ihres hübschen Gesichts eher älter und etwas verhärmt aus. Wenn ich mich recht erinnerte, so hatte sie auch vor den fürchterlichen Ereignissen keinen besonders glücklichen Eindruck gemacht.

Ich fragte mich, ob eine trauernde Frau wohl so aussieht wie sie?

»Warum ist Ihr Mann eigentlich in Heiligenbeuern über Nacht geblieben?«, fragte Max unvermittelt.

Frau Kathan antwortete schnell: »Ich weiß es nicht. Nachdem er Erwin im Internat abgeliefert hatte, rief er mich an und sagte, dass er in Heiligenbeuern übernachten würde. Ich fragte ihn warum, denn es sind nur knapp dreißig Kilometer bis zu uns nach Hause. Er antwortete, dass er gleich am Morgen etwas überaus Wichtiges zu erledigen hätte, und meinte, ich würde schon noch erfahren, worum es sich handelt. Dann legte er auf. Eduard konnte sehr schroff sein. Nun ja, man soll Toten nichts Schlechtes nachsagen, aber so war er nun mal.«

Sie atmete tief ein und warf den Kopf trotzig zurück.

»Hat er eigentlich viel Geld dabeig'habt, als er um'bracht worden ist?«, wollte Max wissen.

»Du fragst mich aus wie ein Polizist«, bemerkte Frau Kathan mit einem spöttischen Seitenblick auf meinen Freund. »Aber ich kann es wirklich nicht sagen. Ich habe mich nie in finanzielle Dinge eingemischt. Das hätte er auch nicht geduldet. Die Brieftasche war jedenfalls weg, und die Polizei glaubt, dass er beraubt worden ist. Ein solches Verbrechen hat es hier schon lange nicht mehr gegeben. Und dann trifft es ausgerechnet meinen Mann.«

Ihr stiegen wieder Tränen in die Augen. Ich mühte mich, die Torte zu essen, aber der Kuchen bildete in meinem Mund einen geschmacklosen Teigbatzen, von dem ich mit der Zunge kleine Teile abtrennte, die ich dann mit Mühe schluckte. Auch Erwin schien keinen rechten Appetit zu haben. Max dagegen war schon lange fertig mit seinem Stück und blickte interessiert auf meinen Kuchenteller. Erleichtert schob ich ihm meine Tortenreste hin.

Frau Kathan fragte mich, ob mit der Torte etwas nicht in Ordnung sei.

»Das nicht«, meinte ich verlegen, »aber ich hab gestern Abend zuviel gegessen, und mir ist immer noch ein bisserl schlecht.«

Ungläubig sah sie mich an und verlangte dann die Rechnung. Nachdem sie bezahlt hatte, bedankten wir uns für die Einladung und verabschiedeten uns. Anschließend rannten Max und ich zurück zum Bräu. Dort wartete bereits die Mutter meines Freundes und schimpfte ein wenig, weil wir so lange weggeblieben waren. Max erzählte ihr, dass wir Erwin und seine Mutter getroffen hätten und mit ihnen ins Café am Rathaus gegangen wären.

»Ihr habt euch hoffentlich nicht aufgedrängt?«, fragte sie besorgt. Sie schien ihren Sprössling gut zu kennen.

»Nein, überhaupt nicht«, versicherte ich, da meine Bestätigung in diesem Fall wohl mehr galt als die meines Freundes. »Die Frau Kathan hat sich g'freut und g'sagt, dass es in dieser schweren Zeit schwierig ist, jemanden zu finden, mit dem man reden kann. Alle Leut gehen ihnen aus dem Weg.«

»Das kann man sich leicht vorstellen«, meinte Frau Stockmeier und machte ein trauriges Gesicht. »Niemand will mit der Sache etwas zu tun haben. Ich hab den Herrn Kathan übrigens gut gekannt. Wir haben unsere Brandschutzversicherung bei ihm abgeschlossen. Ich hab ihn sehr geschätzt. Ein äußerst korrekter Mann war das. Mein Mann hat ihn nicht mögen. Der Herr Kathan war ihm zu steif, und mit solchen Leuten hätt er sich beim Militär genug herumärgern müssen, hat er g'sagt. Du weißt ja, Maximilian, wie dem Vater alles Militärische zuwider ist.«

Das kannte ich gut von zu Hause. Auch mein Vater war im Krieg gewesen, er sprach nur sehr ungern darüber und wenn, dann nichts Gutes.

»Der Herr Kathan war sicher Offizier«, fuhr Frau Stockmeier fort und ihr schlanker Körper streckte sich. »Er hatte so ein sicheres Auftreten, und man konnte sich auf ihn verlassen. Der war aus einem anderen Holz geschnitzt wie die Bauernfünfer, die groben, mit denen man hier bei uns in der Wirtschaft zu tun hat.«

»Gott sei Dank haben die Bauernfünfer ein bisserl mehr Charakter«, sagte da Maxls Vater laut und zornig. Er war, von uns unbemerkt, in die Küche gekommen und stand nun einige Meter hinter uns. »Außerdem leben die von ehrlicher Arbeit und nicht davon, dass man zuerst unschuldige Soldaten in den Tod schickt. Und wenn das G'schäft mit dem Krieg vorbei ist, schwatzt man den Leuten Versicherungen auf, die sie gar nicht brauchen.«

So hatte ich Herrn Stockmeier noch nicht gesehen. Er stand in seiner ganzen Größe da und der mächtige Schnurrbart zitterte vor Erregung.

Das war nicht mehr der umgängliche, humorvolle Mann, den ich kannte.

Seine Frau wusste das und sagte nichts.

»So einer hat sich sein Lebtag die Händ' noch nicht dreckig g'macht, und vor so einem kann ich auch keinen Respekt haben. Als ich ihn am Heimfahrwochenend im Internat getroffen hab, hat er mich gar nicht ang'schaut, obwohl wir im Kirchenstuhl fast nebeneinander g'sessen sind. Es sollt wohl niemand glauben, er hätt Umgang mit einem einfachen Bierbrauer.«

Der Bräu schnaufte durch den leicht geöffneten Mund und sah seine Frau zornig an.

»Komm, Max, reg dich nicht so auf«, versuchte Frau Stockmeier ihren Mann zu beschwichtigen und legte ihm die Hand auf den Arm. »Er hat dich halt nicht erkannt. Jemand wie der Herr Kathan hat's mit vielen Leuten zu tun, und dich hat er vielleicht fünf Minuten g'sehen wegen der Unterschrift unter den Vertrag. Nicht einmal einen Schnaps hast du mit uns zum Abschluss trinken wollen.«

»Ja, schöntun sollt ich einem solchen Menschen auch noch. Bei euch Weibern ist es ja genug, wenn einer einen guten Anzug anhat und süß daherred't. Mir war der Kerl von Anfang an zuwider. Und sein End braucht einen nicht wundern. Oft ist es so, dass unter einer glänzenden Oberfläche viel Dreck steckt. Weiß Gott, mit wem sich der alles abgegeben hat.«

Frau Stockmeier fing an zu weinen und verließ mit dem Taschentuch unter der Nase den Raum. An der Tür drehte sie sich noch einmal um und sagte schluchzend: »Weißt du, Maximilian, ein wenig Lebensart würde uns schon auch nicht schaden. Wenigstens als Vorbild für den Buben.«

Dann war sie draußen.

»Sakrament noch mal, ein Weibsbild bleibt ein Weibsbild. Da muss alles bloß schön ausschauen. Geh weiter, Zenzl, bring mir einen Schnaps. Wegen so einem Laffen hat man auch noch Ärger, wenn er schon hin ist.«

Die rundliche Köchin Kreszentia stellte ihm mürrisch die Schnapsflasche und ein Glas auf den Küchentisch.

Er goss sich ein und kippte den Schnaps in einem Zug hinunter, um danach das Glas gleich noch einmal zu füllen.

Die Köchin schimpfte aus der Ecke heraus: »Gell, Bräu, du weißt schon, was der Doktor g'sagt hat. Kannst es gar nicht erwarten, bis dich die Gicht mal wieder hat am Schlafittel.«

»Der Doktor kann leicht daherreden und sagen, was man tun und lassen sollt. Der hat kein Weib daheim, das zur rechten Zeit spinnt. Der ist g'scheiter g'wesen und hat erst gar nicht g'heiratet.«

Und er stürzte auch den zweiten Schnaps hinunter, wobei sein massiger Kopf noch röter wurde, als er ohnehin schon gewesen war.

»So, Max, und jetzt fahren wir den Kaspar heim. Sein Vater wird nix dagegen haben bei der vielen Feldarbeit. Und mir tut ein kleiner Ausflug ganz gut bei dem Verdruss daheim.«

Es dauerte nur eine gute Viertelstunde mit dem Auto, dann sahen wir schon den Kirchturm von Deining. Von dort ging eine Kiesstraße zu unserer Einöde. Herr Stockmeier schien sehr froh, von zu Hause weggekommen zu sein, und er lobte die Ortschaft und den Weg zu unserem Hof.

»Wenn man zu einem Anwesen hinfährt, und der Weg ist in Schuss g'halten, dann weiß man schon, dass es um den Hof gut b'stellt ist.«

Als wir angekommen waren, ließ er das Auto mitten im Hof stehen und wir stiegen aus. Sofort kam meine große Schwester Maria aus der Haustür gerannt, gefolgt von den Großeltern.

Maria rief laut in alle Richtungen: »Der Kaspar ist wieder da! Der Kaspar ist wieder da und er hat noch jemanden mit'bracht!«

Schließlich kam auch meine Mutter aus dem Haus. Sie wischte sich die Hände an der Schürze ab, ging auf Maxls Vater zu und gab ihm die Hand.

»Sie sind g'wiss der Herr Stockmeier aus Wolfratshausen. Mit Ihnen hab ich jetzt aber gar nicht g'rechnet.« Mutter strich sich verlegen durch ihr blondes, dichtes Haar und richtete es nach hinten. »Schön, dass Sie unseren Buben mitg'nommen haben und er bei Ihnen übernachten hat dürfen. Mein Mann hätt ihn heut Abend in Wolfratshausen abholen wollen, aber der Besuch jetzt freut mich ganz besonders. Geh, Maria«, befahl sie meiner Schwester, »und hol den Papa vom Feld. Wir haben hohen B'such.«

Maria hatte gar keine Lust dazu. Sie wies darauf hin, dass sie bereits siebzehn Jahre zähle, schon Kaffee kochen könne und dieser Auftrag folglich unter ihrer Würde sei.

»Ja, soll ich die Oma aufs Feld schicken, mit ihrem wehen Kreuz?«, fuhr meine Mutter sie an.

Missmutig nahm Maria ihr Rad, das an der Hausmauer lehnte, und fuhr aufreizend langsam in Richtung ›Burerland‹. An dem zornig roten Kopf meiner Mutter sah ich, dass es jetzt ein Donnerwetter gegeben hätte, wenn Herr Stockmeier nicht da gewesen wäre. Aber das wusste meine Schwester natürlich auch.

Nachdem die Besucher meinen Großeltern vorgestellt worden waren, gingen wir alle zusammen in die große Bauernküche.

Meine Mutter kochte Kaffee, und der Bräu lobte das Anwesen: »Sauber haben Sie alles beieinander, Frau Spindler. Respekt. Man merkt gleich, dass hier nicht g'schlampt wird. Meine Anerkennung.«

»Um Gottes willen, was sagen Sie da. Im Gegensatz zu Ihrer Brauerei und dem Wirtshaus ist das bei uns ja die reine Armseligkeit.«

Die beiden tauschten noch einige Höflichkeiten aus, bis Vater vom Feld heimkam. Als er Herrn Stockmeier sah, freute er sich und holte gleich den selbst gebrannten Schnaps aus dem Wandschrank.

»Der hohe B'such muss g'feiert werden«, meinte er. »Wir kriegen nicht oft Gäst' hier in unserer Einöd. Macht aber auch nix.«

»Du kannst doch dem Herrn Stockmeier keinen Schnaps anbieten«, sagte meine Mutter ärgerlich, »er muss noch Auto fahren. Das ist doch viel z'gefährlich wegen der Polizei.«

»Da machen Sie sich mal keine Sorgen, Frau Spindler«, meinte Maxls Vater leutselig und grinste breit. »Zwischen Deining und Heiligenbeuern wird's keinen Gendarm geben, der noch keinen Rausch in meinem Wirtshaus g'habt hat. Nach den Dienstbesprechungen in Wolfratshausen kehren die Herren Beamten nämlich immer bei uns ein, weil die Polizeistation im Untermarkt nicht weit weg ist. Da besteht also überhaupt keine Gefahr.«

Maxls Vater schien sehr froh zu sein, dass er seiner Frau wenigstens für ein paar Stunden entkommen war. Die Unterhaltung ging fröhlich hin und her, während meine Großeltern, Max und ich still dabeisaßen. Max schien es schon langweilig zu werden, als das Gespräch plötzlich auf den Mord an Herrn Kathan kam.

»Das ist eine fürchterliche Sach«, meinte meine Mutter. »Man kann ja seines Lebens nimmer sicher sein. Solche G'schichten gibt's bei uns heraußen Gott sei Dank noch nicht. Ich muss bloß immer an die arme Frau Kathan denken. So ein Verdruss.«

»Wie schon gesagt«, bemerkte Herr Stockmeier, »die Polizei verkehrt viel bei mir, und gestern Abend bin ich mit dem Inspektor Huber in der Gaststube ins Reden gekommen. Das ist ein recht junger Beamter. Der ist eigentlich als Kriminaler ausgebildet, er wollt aber nicht in München bleiben. Er hat sich nach Wolfratshausen versetzen lassen und wartet auf eine bessere Stellung in unserer Gegend. Der hat jedenfalls g'sagt, dass an der ganzen Geschichte irgendwas nicht stimmt. Erstens ist es mehr als ungewöhnlich, dass einer wegen einer Brieftasche gleich erstochen wird. Dann ist die Frage, woher der Täter überhaupt g'wusst hat, dass der Kathan Geld dabei g'habt hat. Und zuletzt wundert er sich über die Art der Verletzungen.«

Herr Stockmeier machte eine Pause und nahm noch einen Schluck aus seinem Schnapsglas. Ich hatte schon wieder ein flaues Gefühl, aber Max saß wie hypnotisiert da und hörte seinem Vater gebannt zu.

Der Bräu fuhr fort: »Also, die Verletzungen, die sind ungewöhnlich, meint der Huber. Der Täter hat dem Opfer ja z'erst mit einem harten länglichen Gegenstand wie zum Beispiel einem Eisenrohr von hinten auf den Kopf g'schlagen. Durch den Schlag ist das Opfer wahrscheinlich bewusstlos 'worden. Dann hat der Mörder dem Kathan mit einem Stich direkt ins Herz den Garaus g'macht. Auffällig dabei ist, dass der Schlag auf den Kopf von links hinten nach rechts vorne führt. So was lässt auf einen Linkshänder schließen, wenn das Opfer von hinten niedergeschlagen worden ist, wovon die Polizei ausgeht. Der Herzstich dagegen ist anscheinend von einem Rechtshänder ausg'führt worden. Das hat man an dem Stichkanal sehen können. Der Gerichtsmediziner hat außerdem g'meint, dass es sich bei der Waffe um ein ungewöhnlich langes Stilett g'handelt hat. Und der Täter hat recht gut damit umgehen können, weil der Stich absolut tödlich war. Vielleicht ist der Mörder aber auch beidhändig, oder vielleicht waren sie zu zweit? Der Huber wär jedenfalls ganz versessen auf den Fall, aber die Garmischer Kriminalpolizei, die für den Fall zuständig ist, will sich halt nicht dreinreden lassen.«

Der Wirt streckte verschwörerisch den Kopf nach vorne und fuhr mit gedämpfter Stimme fort: »Der Huber hat schon ziemlich was intus g'habt, als er mir das alles erzählt hat. Sonst hätt er sicher nicht so viel raus'lassen. ›Bräu‹, hat der Huber zu mir g'sagt, ›die sind so dumm wie Bohnenstroh, die Kollegen in Garmisch. Den Tatort, der ja offensichtlich flussaufwärts liegen muss, weil eine Leich so schlecht gegen den Strom schwimmt, den haben sie nicht g'funden und gar nicht richtig danach g'sucht.

Der Hund von einem Spaziergänger hat ihn aufg'spürt, und der Besitzer von dem Hund hat es dann gemeldet. Anhand der Blutspuren weiß man jetzt wenigstens, wo das Verbrechen stattg'funden hat, nämlich auf dem Weg vom Kloster zur Loisach. Und wo der Weg zur Loisach hinkommt, da ist die Leich ins Wasser g'schmissen worden.

Anstatt dass sich die Kriminaler für den Hergang von dem Verbrechen interessieren, haben sie schon eine ganze Menge Landstreicher und fahrendes Volk verhört und einen Scherenschleifer sogar eing'sperrt wegen Fluchtgefahr. So damisch sind die. Wie der Huber in Garmisch seine Hilfe angeboten hat, haben sie ihn ausg'lacht. Er sollt sich um seine Kirchweihraufereien in Wolfratshausen, Weidach und vor allem Nantwein kümmern und ihnen bei ihrer schwierigen kriminalistischen Arbeit ihre Ruhe lassen, haben sie g'meint. Der Huber ist jedenfalls nimmer gut auf die Garmischer zu sprechen.«

Meiner Mutter wurde während der Ausführungen des Herrn Stockmeier immer nervöser. Unruhig rannte sie herum, um den Tisch zu decken und das Geselchte aufzutragen. Als Maxls Vater nun eine Pause machte und von dem Geräucherten probierte, ergriff sie die Gelegenheit, das Gesprächsthema zu wechseln. Zuerst erkundigte sie sich nach dem Befinden der werten Frau Gemahlin, dann fragte sie nach etwaigen verwandtschaftlichen Beziehungen zu allen Stockmeiers in der Umgebung.

Max merkte bald, dass der interessante Teil der Unterhaltung beendet war und meine Mutter es nicht zuließ, dass in ihrem Haus noch weiter über Mord und Totschlag gesprochen wurde. Vor allem nicht vor den Kindern.

Also verließen wir die Küche, und ich zeigte Max meine Kammer und anschließend den Hof. Eigentlich wollten wir noch ein wenig zum Angeln gehen, aber da drängte sein Vater zur Heimfahrt. Es wurde ausgemacht, dass ich am Sonntagabend wieder zum Bräu kommen sollte, um von dort aus ins Internat zu fahren. Nach einer umständlichen Verabschiedung – denn inzwischen war auch mein Bruder vom Feld nach Hause gekommen – und nach der obligatorischen Besichtigung der Stallungen und des Viehbestandes fuhren Max und sein Vater zurück nach Wolfratshausen.

Ich beschloss, bis Sonntagabend keinen Gedanken mehr an den armen Herrn Kathan und die verschiedenen Möglichkeiten zu verschwenden, die zu seinem Ableben geführt haben könnten. Doch jede Nacht träumte ich von einer großen Blutlache am Wegrand zur Loisach und einer aufgequollenen Wasserleiche, die mit dem Mund nach Luft schnappte wie ein frisch geschlachteter Karpfen.

Kapitel III

Wir sind dabei

Am Sonntag besuchte die ganze Familie die Messe in Deining. Nach dem Gottesdienst ging Mutter noch zum Bäck, der für die auswärtigen Bauersleute sonntags geöffnet hatte. Vater war wie jeden Sonn- oder Feiertag zum Frühschoppen beim Neuwirt.

Die Tage davor waren verlaufen, wie ich es mir vorgestellt hatte. Ich half auf dem Feld, ging fischen und las Karl May. Meine Oma hörte nicht auf, auf meine Blässe hinzuweisen und zu betonen, dass das viele Studieren gar nicht gesund sei.

»Wenn die wüsste«, dachte ich mir, »weswegen ich mir wirklich Sorgen mach, dann wär's gleich vorbei mit dem Internat in Heiligenbeuern.«

Meine Mutter beobachtete mich genau. Jeden Abend nach dem Zubettgehen sah sie noch mindestens zweimal nach, ob ich schlafen würde, und war wohl zufrieden, da ich mich schlafend stellte. Herr Stockmeier und seine Kriminalgeschichten hatten ihr gar nicht gefallen. Deshalb verlor sie auch kein Wort mehr über dessen Besuch.

Gegen Mittag kam Vater vom Frühschoppen zum Essen nach Hause. Nachdem wir das Tischgebet gesprochen hatten, wurde der Braten ausgeteilt.

Ganz nebenbei, wie es seine ruhige Art war, sagte Vater: »Die Mutter soll nach dem Essen alles zusammenrichten für den Kaspar. Ich bring ihn schon am Nachmittag nach Wolfratshausen. Der Bub vom Stockmeier hat beim Neuwirt in Deining ang'rufen und g'sagt, dass er dem Kaspar was Interessantes zeigen will, und dafür muss es noch Tag sein. Mir ist das ganz recht, weil ich dann nicht bei der Dunkelheit mit dem Motorrad z'rückfahren muss. Morgen wird's wieder ein schwerer Tag.«

Mein Vater hielt die Sache für erledigt, er war Widerspruch nicht gewohnt. Langsam schob er einen Bissen nach dem anderen in den Mund und kaute sorgsam. Meine Mutter dagegen stocherte in ihrem Essen herum und machte ein verdrossenes Gesicht.

Schließlich sagte sie: »Hans, mir g'fällt das nicht.«

Vater sah auf und schaute Mutter fragend an.

»Ist doch wahr«, brach es aus ihr heraus. »Der Max hinum, der Max herum. Wenn der schreit, kommen wir natürlich g'laufen. Was bildet sich das Bürscherl eigentlich ein? Mir g'fällt das jedenfalls gar nicht.«

Vater schaute sie erst ungläubig, dann zornig an. Schließlich warf er sein Besteck auf den Tisch, stand auf und ging zur Tür.

Den Türgriff in der Hand, drehte er sich noch einmal um und befahl: »Also, Kaspar, in einer Stund bist fertig. Dann fahren wir.«

Die Tür flog ins Schloss, und am Tisch herrschte Totenstille. Der Appetit war uns allen vergangen. Einer nach dem anderen stand auf und verließ die Küche. Ich ging in meine Kammer und hatte ein furchtbar schlechtes Gewissen. Eigentlich war ja ich schuld an dem Streit, denn meinetwegen war der Stockmeier in unser Haus gekommen. Ich setzte mich ans Fenster, legte den Kopf auf die verschränkten Hände und schaute traurig zum Obstgarten hinaus. Dahinter ging es steil ins Isartal hinab und man sah in der Ferne das Kloster Schäftlarn mit seinem wuchtigen Vierecksbau. Da ging die Tür auf und meine Mutter kam herein. Sie trat zu mir ans Fenster und legte die Hand auf meine linke Schulter.

»Das war jetzt furchtbar dumm von mir«, sagte sie leise. »Ich kann dir nicht mal genau sagen, warum ich so dagegen war, dass du schon früher fährst. Ich hab da nur so ein komisches G'fühl. Weißt du, Kaspar, als der Stockmeier von dem ermordeten Herrn Kathan erzählt hat, da hab ich auf einmal eine furchtbare Angst um dich g'habt. Ich hab es später dem Vater erzählt, aber der hat mich bloß ausg'lacht und g'meint, wir hätten mit der Sach doch nix zu tun. Er hat mich aber nicht beruhigen können. Du musst mir jedenfalls versprechen, dass du dich in nix G'fährliches einmischst. Kaspar, du musst es mir versprechen.«

»Natürlich versprech ich es dir«, beruhigte ich sie. »Wie sollt ich denn auch was anstellen im Beusl? Die Patres passen schon gut auf uns auf. Viel zu gut nach meinem G'schmack.«

»Jedenfalls lässt du dich auf nix ein«, sagte Mutter. »Und von dem Max könntest du dich auch ein bisserl fernhalten. Der hat so was Wildes. Ich weiß, er ist dein Freund, aber ich bin deine Mutter und hab Angst um dich. So – und jetzt pack ich deine Wäsch zusammen. Geh besser gleich runter zum Vater und red mit ihm. Dem ist g'wiss auch nicht wohl nach dem Streit, dem saudummen.«

Als ich aufsah, hatte sich Mutter schon zum Kleiderschrank umgewendet und begann nun, die Wäsche für mich zu sortieren. Vielleicht wollte sie auch nicht, dass ich sie weinen sah.

Mutter ist es nie recht gewesen, dass ich weggegangen bin, aber von unserem Einödhof aus war keine höhere Schule zu erreichen. Die ersten drei Jahre habe ich in München das Luitpold-Gymnasium besucht. Gewohnt habe ich dort bei meiner Tante Rosina. Am Wochenende bin ich immer mit dem Bus nach Hause nach Deining gefahren. Dann ist die Tante aber krank geworden und im Sommer gestorben. Mein Vater hat ihre Wohnung in München geerbt und bald vermietet. Von der Miete bezahlte er nun die Kosten für das Internat.

Ich ging hinunter in die Garage, wo mein Vater an seinem Motorrad hantierte. Er sah kurz auf und sagte ruhig: »So ein Streit ist überflüssig wie ein Kropf. Ich hab's mit deiner Mutter g'wiss nicht schlecht getroffen, aber sie mag nix hören vom Umbringen und solchen Sachen. Du weißt, dass ihre zwei Brüder im Krieg g'fallen sind. Nach dem einen, dem Kaspar, bist du ja 'tauft. Das wird wohl der Grund sein, dass sie in der Beziehung gar so empfindlich ist. Jetzt meint sie, du solltest dich vom Max und seinem Vater ein bisserl fernhalten. Aber ich weiß, was es heißt, wenn man einen guten Freund hat. Und der Max, der ist schon in Ordnung. Sein Vater ebenfalls. So – jetzt verabschiedest du dich von allen und dann fahren wir.«

Ich ging wieder ins Haus, wo die ganze Familie in der Küche versammelt war, gab jedem die Hand und nahm ihre Glückwünsche mit auf den Weg.

Mutter sah mir dabei streng in die Augen: »Du weißt, was wir ausg'macht haben. Und jetzt schleich dich und geh oft an die frische Luft, dass du mehr Farb kriegst.«

Sie kam mit mir nach draußen. Ich stieg hinter den Vater auf seine 250er NSU und wir fuhren schweigend davon. Eine Zeit lang sah ich mich noch um und winkte.

Nach einer knappen halben Stunde waren wir in Wolfratshausen beim Bräu. Vater wollte sich nicht lange aufhalten, lud nur meinen Koffer vom Gepäckträger und fuhr gleich wieder nach Hause. Max hatte mich schon sehnlichst erwartet und nahm mich sofort mit in sein Zimmer. Dort erzählte er mir alles, was sich in der Zwischenzeit zugetragen hatte.

Er war gleich am Donnerstagvormittag zum Inspektor Huber in die Dienststelle am Untermarkt gegangen. Der Polizist wunderte sich zuerst, was der Sohn vom Bräu von ihm wollte.

»Aber ich hab ihm die Sache schon schmackhaft g'macht«, sagte Max selbstsicher. »Angefangen hab ich gleich damit, was dieser Kurzer von der Garmischer Polizei für ein Depp ist, und schon war er auf meiner Seite. Dann hab ich ihm noch erzählt, wie komisch sich der Kathan an dem Abend seiner Ermordung benommen hat. Der plötzliche Tod vom Abt kommt ihm ebenfalls spanisch vor, denn ausg'rechnet mit dem wollt der Kathan ja reden. Er hat g'meint, es wäre schon ein Mordshaufen Zufälle auf einmal. Aber es fehlt halt jeder Ansatz für ein Motiv. Es muss da eine Vorgeschichte geben. Irgendwas ganz Spannendes. Vielleicht sogar einen Skandal.« Jetzt erst bemerkte Max meinen skeptischen Blick und legte mir die Hand auf die Schulter. »Was meinst denn du, Kaspar?«

»Ich mein', dass ich die Nase voll hab von der ganzen G'schicht«, entgegnete ich. »Heut beim Essen haben meine Eltern g'stritten, weil du mich schon am Nachmittag herb'stellt hast. Meine Mutter ahnt, dass da was läuft, womit sie gar nicht einverstanden wär. Ich hab' ihr versprechen müssen, dass ich mich auf nix einlass, was g'fährlich werden könnt. Gut, dir macht die Sache Spaß, mir nicht. Richtig Magenweh hab ich schon g'habt wegen einer Angelegenheit, die mich eigentlich überhaupt nix angeht. Ich bin einfach nicht der richtige Komplize für deinen Kriminalfall, wenn's überhaupt einer ist. Such dir einen anderen Doktor Watson.«

Max starrte mich mit großen Augen an. Dann sprang er von dem Bett, auf dem wir beide saßen, und ging in dem geräumigen Zimmer hin und her. Immer wieder schüttelte er den Kopf und blieb schließlich stehen.

»Für feig hätt ich dich eigentlich nicht g'halten«, sagte er enttäuscht. »Merkst du denn nicht, dass wir hier an einer einmaligen Geschichte dran sind? Meine Mutter hat den Braten auch schon g'rochen und ist die ganzen letzten Tage nervös g'wesen. Aber willst du wirklich den Kerl, der den Kathan mit großer Sicherheit und wahrscheinlich auch den Abt auf'm Gewissen hat, einfach laufen lassen? Jetzt, wo wir schon so viel wissen, kannst du doch nicht einfach die Augen zumachen. Ich hab mit dem Huber ausg'macht, dass wir uns um vier Uhr in der Konditorei treffen. Er hat g'sagt, ich soll dich unbedingt mitbringen, weil er Leute im Beusl braucht, die bestimmte Dinge über die Verdächtigen herausbringen können. Er kann das nicht, weil er auf gar keinen Fall als Polizeibeamter im Beusl auftreten darf. Es ist eben nicht sein Fall, und der depperte Kurzer will ihn unter gar keinen Umständen dabei haben. Der Huber hat g'sagt, dass wir seine Augen und Ohren sein sollen – nicht mehr und nicht weniger. Da kannst du nicht einfach abspringen.«

Er stand vor mir und schaute mich fragend, ja fast bittend an. Wahrscheinlich hatte er einfach Angst, keinen Mitstreiter mehr zu haben, auch wenn er noch so großspurig und furchtlos tat.

Nach einer Weile des Schweigens gab ich zögernd nach: »Gut, ich geh mit zu diesem Huber. Aber wenn der irgendwas Gefährliches von mir verlangt, bin ich gleich wieder draußen.«

»Das ist ein Wort!«, rief Max fröhlich, und die Sommersprossen leuchteten in seinem Gesicht. »Aber jetzt pressiert's, sonst kommen wir zu spät.«

Er zog seine Jacke an, und wir gingen nach unten. In der Wirtschaft war viel Betrieb wegen der Kirchweih, und so bemerkte niemand, dass wir das Haus verließen. Wir gingen geradewegs die Marktstraße entlang zum Café am Rathaus und traten ein. Max zupfte mich am Ärmel und deutete auf einen Tisch im Eck, an dem ein etwa fünfunddreißigjähriger, stämmiger Mann in einem braunen Anzug saß und rauchte. Max zog mich quer durch das Café und blieb direkt vor dem Polizeibeamten stehen.

»Grüß Gott, Herr Huber«, sagte er munter, mit einem lässigen Tonfall, der mir sehr gekünstelt vorkam. »Das ist der Spindler Kaspar, mein Freund, mit dem ich alles ausgekundschaftet hab.«

Ich stand da und wusste nicht, wie ich dreinschauen sollte. Inspektor Huber gab mir die Hand, wobei er mir nicht in die Augen schaute. Er war nicht besonders groß, aber recht kräftig. Unter seinen dünnen Augenbrauen bewegten sich die hellblauen Augen auffallend flink, was einen starken Kontrast zu seinem behäbigen, breiten Gesicht mit dem schmalen Mund und einer für einen Mann ungewöhnlich zierlichen, spitzen Nase darstellte. Sein dunkles, kurz geschnittenes Haar war an den Schläfen bereits leicht ergraut.

Ich sah zu Max hin, der links neben mir auf dem nobel gepolsterten Stuhl bereits Platz genommen hatte. Sein Gesicht war vor Anspannung gerötet, und er grinste den Polizisten blöde an.

›Den hat der Huber ganz schön eingewickelt‹, dachte ich.

»Schön, dass du mitgekommen bist, Kaspar«, sagte der Inspektor freundlich mit einem leichten niederbayerischen Dialekt. »Es ist heutzutage nicht selbstverständlich, dass man gleich zwei Burschen trifft, die so viel Schneid haben.«

Ich sah verlegen zu Boden, zumal ich noch vor einer knappen halben Stunde ganz hatte aussteigen wollen und ich mich ganz und gar nicht schneidig fühlte.

»So, und jetzt setzt euch ein bisserl her und esst ein Stück Kuchen«, meinte Herr Huber leger und bestellte zwei Stück Himbeertorte und zwei Limonaden.

Während er sprach, sah er sich wiederholt im Raum um. Ich spürte, dass er sich nicht wohl fühlte.

Und ich mochte ihn nicht. Vom ersten Augenblick an habe ich ihn nicht gemocht, den seltsamen Mann mit seinen kleinen Schweinsaugen.

Was wollte er überhaupt von uns Buben? Er war der Polizist, er musste den Mörder fangen, nicht wir. Mein Vater fragte mich ja auch nicht, wann er das Heu mähen sollte. Die Erwachsenen hatten ihre klaren Aufgaben in ihren Berufen, und wir Schüler mussten in die Schule gehen. Fertig.

Die Situation hier erschien mir unwirklich, beinahe wie ein Traum.

»Ich hab interessante Neuigkeiten.« Huber hielt sich nicht lange mit Vorreden auf. »Am gestrigen Samstag war doch die Beisetzung vom Herrn Kathan in Icking. Genau zu der Zeit, als die Frau Kathan und ihr Sohn, der Erwin, auf der Beerdigung waren, ist in ihr Haus eingebrochen worden. Weil Icking zum Landkreis Wolfratshausen gehört und ich gerade Dienst hatte, bin ich sofort hingefahren. Der Täter muss g'wusst haben, dass niemand daheim war. Er hat auf der Rückseite vom Haus die Scheibe der Glastür eingeschlagen, als wäre er so in das Gebäude gekommen. Die Scherben lagen aber außerhalb der Tür, die gar nicht geöffnet worden war, wie man an den intakten Spinnweben hat sehen können. Der Einbrecher hat also einen Hausschlüssel g'habt und wollte uns den Bruch der Hintertür nur vortäuschen. Und das hat er nicht sehr professionell gemacht. Kein Nachbar hat etwas von dem Einbruch bemerkt, aber die meisten waren ja auf der Beerdigung. Dann hat der Täter das Haus auf den Kopf g'stellt. Viele Bücher und Unterlagen waren aus den Regalen gerissen und möglicherweise durchgesehen worden. Ob eine größere Summe Geld fehlt, wissen wir nicht, da Frau Kathan nicht sagen konnte, ob ihr Mann Geld im Haus versteckt hatte. Jedenfalls ist von ihrem Haushaltsgeld nichts mehr da. Ein Teil vom Schmuck fehlt ebenfalls. Außerdem hat der Täter eine sehr wertvolle Tischuhr mitgenommen. Und es fehlt ein Fotoalbum mit Aufnahmen von ihrem Mann aus der Zeit vor und während des Krieges. Jetzt dürft endgültig feststehen, dass es sich hier nicht um einen simplen Raubmord handelt.«

Max hatte sein Stück Obsttorte schon aufgegessen und trank gerade den letzten Schluck seiner Limonade. Er schien von den Neuigkeiten nicht überrascht.

»Jetzt hat der Täter einen Fehler g'macht«, meinte er selbstsicher.

»Warum?«, fragte ich.

»Er hat einen Fehler g'macht«, wiederholte Max, »weil der Einbruch unseren Verdacht bestätigt, dass es bei dem Mord nicht um die Brieftasche vom Kathan gegangen ist.«

»Du hast Recht, Max«, bekräftigte der Inspektor und holte noch weiter aus. »Jetzt würde das vielleicht sogar der Herr Kollege Kurzer in Garmisch kapieren. Ich möcht' die Sache aber gern mit eurer Hilfe aufklären. Wir müssen bloß Obacht geben, weil der Täter sehr gerissen und rücksichtslos ist.« Hubers Blick wanderte unruhig zwischen Max und mir hin und her. »Er kann nur innerhalb der Klostermauern zu finden sein. Anfangs hab ich gedacht, dass auch Frau Kathan selbst für den Mord in Frage käm, denn die große Liebe scheint das ja nicht g'wesen zu sein zwischen ihr und ihrem Mann. Zum Zeitpunkt des Einbruchs war sie auf der Beerdigung. Anderseits könnt sie den Einbruch auch in Auftrag gegeben haben. Verdächtig ist sie in jedem Fall.«

Er trank einen Schluck Kaffee und beugte sich vor. Weiterhin irrte sein Blick nervös in dem gut besuchten Raum und zwischen Max und mir hin und her, während er leise sprach.

»Jetzt will ich euch aber mal sagen, wie sich meiner Meinung nach der Mord am Kathan abg'spielt hat: Am Sonntagabend kommt er mit seinem Sohn ins Internat und sieht dort jemanden, mit dem er gar nicht gerechnet hat. Vielleicht weiß er etwas Unerhörtes von dieser Person, vielleicht hat er eine alte Rechnung mit ihr offen. Es muss ein Mönch sein, denn Herr Kathan besteht darauf, noch am selben Abend mit dem Abt zu sprechen. Kurz nach dem Gespräch stirbt der Abt. Vielleicht hat er sich über die Unterhaltung so stark aufgeregt. Ich glaube aber, dass unser Unbekannter ein bisserl nachg'holfen hat, damit der Abt am nächsten Tag niemandem mehr sagen kann, worum es in dem Gespräch gegangen ist.«

Huber schneuzte sich ausgiebig, bevor er weiterredete.

»Woher wusste aber der Täter, dass der Abt über ihn unterrichtet worden war? Der Abt muss es seinem Mörder selbst g'sagt haben, und zwar unmittelbar nach der Unterredung mit Herrn Kathan. Das wurde dem geistlichen Herrn zum Verhängnis. Um sein Geheimnis zu bewahren, muss unser Unbekannter auch den Kathan beseitigen und zwar noch am selben Abend.

Der hat sich im Gasthof zur Post ein Zimmer genommen. Etwa um halb zehn kriegt er einen Anruf von einem Herrn Müller. Anschließend ist er ganz aufgeregt, holt seinen Mantel aus dem Zimmer und geht noch einmal aus dem Haus. Von dem Spaziergang ist er, wie ihr wisst, nicht mehr zurückgekommen. Seltsamerweise wurde zwischen neun und halb zehn auch im Klosterbräustüberl und im Gasthof Heimgarten in Heiligenbeuern angerufen und gefragt, ob ein Herr Kathan ein Zimmer genommen hat. Der Anrufer hat also nur g'wusst, dass der Kathan in

Heiligenbeuern über Nacht bleiben wollte, aber nicht, in welchem Gasthaus.«

Huber nahm eine Zigarette aus dem Etui, zündete sie hastig an und fuhr fort: »Der Kathan hat den Täter im Dorf oder auf dem Weg zur Loisach getroffen und wurde von ihm erst niedergeschlagen und dann erstochen, wobei der Stich auf einen Rechtshänder, der Schlag aber auf einen Linkshänder hindeutet. Oder waren es vielleicht zwei Täter? Es könnte auch sein, dass der Mann beidhändig ist, oder er will von irgendetwas ablenken. Nachdem Kathan tot war, wurde er in die Loisach geworfen. Er hat kein Wasser eingeatmet, war also schon vorher tot. Der Mörder muss ziemlich kräftig sein, sonst hätte er das nicht geschafft. Herr Kathan wog immerhin gut hundertsechzig Pfund. – Ein paar Tage später bricht jemand in das Haus des Opfers ein. Er sucht möglicherweise nach verräterischen Fotos aus einer gemeinsamen Vergangenheit. Sie müssen ihm sehr wichtig gewesen sein und könnten wahrscheinlich eine Verbindung zum Täter darstellen. Deshalb ist er das Risiko eingegangen, beim Einbruch erwischt zu werden.«

Ich hatte dem Inspektor gebannt zugehört und mechanisch meinen Kuchen gegessen. Wenn ich Herrn Huber richtig verstanden hatte, so kannte er anhand der Fakten zwar die Vorgänge, hatte aber keine Ahnung, wer es gewesen sein könnte und warum.

Ich überlegte: »Am einfachsten wär's doch, wenn man die gestohlenen Sachen bei jemandem findet. Dann hätten wir den Mörder.«

»Der wird aber nicht so blöd sein und die Sachen behalten.« Max schüttelte den Kopf.

»Ich glaub auch, dass es uns der Täter nicht so leicht machen wird«, meinte Herr Huber. »Meine Taktik ist folgende: Wir tun so, als wäre der Tod vom Abt ein natürlicher gewesen und der Mord am Herrn Kathan ein Raubmord durch einen Unbekannten. Der Einbruch in Icking wird der Presse erst gar nicht gemeldet. Dafür hab ich schon gesorgt. Nun müsst ihr mir aber helfen herauszufinden, was unsere Hauptverdächtigen am Samstagnachmittag während der Beerdigung g'macht haben. Wer kommt denn alles in Frage?«

Huber zog ein Notizbuch aus der Tasche und schlug es auf: »Max hat mir seine Liste gegeben und wir sind die einzelnen Verdächtigen schon durchgegangen. Da wäre als Erster Pater Melchior, der Klosterapotheker. Er war in der Kirche nicht zu sehen und hat freien Zugang zu Giften. Für ihn wär's am leichtesten g'wesen, den Abt aus dem Weg zu schaffen.

Dann haben wir den Pater Ignaz, der von Kathans Platz aus ebenfalls nicht zu sehen war. Außer dass er sehr streng ist und den Teufel als direkte Bedrohung ansieht, spricht nichts für ihn. Genauso verhält es sich bei Pater Aurelian, eurem Lateinlehrer.

Der Vierte ist Pater Pius, der Organist. Seine Reaktion, als er euch mit der Liste in der Kirche erwischt hat, ist nicht normal. Mit dem stimmt was nicht.

Der fünfte Verdächtige ist Pater Bruno, der Präfekt der zehnten Klasse. Bei ihm haben wir außer der Tatsache, dass er von Kathans Platz aus nicht zu sehen war, keine Hinweise.

Zuletzt müssen wir auch an die Frau Kathan denken. Sie ist die Einzige, die ein Motiv gehabt hätte, zumal ihr

Sohn, der Erwin, unter seinem Stiefvater gelitten hat. Die Tat selbst ist ihr aber nicht zuzutrauen. Sie ist eine zierliche Frau und sicher nicht in der Lage, ihren Mann bewusstlos zu schlagen. Außerdem meinen die Gerichtsmediziner, dass der Täter mindestens einen Meter siebzig groß war, weil der betäubende Schlag nicht auf dem Hinterhaupt, sondern oben auf dem Schädeldach gelandet ist.«

Huber zog noch einmal tief an seiner Zigarette und bemerkte abschließend: »Schaut doch einfach mal, was ihr über die fünf Verdächtigen im Kloster rauskriegt. Lasst euch aber auf nichts ein. Ich möcht auf keinen Fall, dass euch etwas zustößt. Hast du mich verstanden, Max?«

Mein Freund verdrehte die Augen und meinte: »Ich hab dem Kaspar schon versprochen, dass wir uns zurückhalten und Ihnen versprech ich es auch.«

Wir gaben Herrn Huber zum Abschied die Hand und verließen das Café. Als ich mich an der Ausgangstür noch einmal umdrehte, sah ich, dass der Inspektor uns ernst und nachdenklich hinterherschaute. Als unsere Blicke sich trafen, zuckten seine Lider und er hob die rechte Hand ein wenig, als wollte er einen Gruß andeuten.

Er sah aus wie jemand, der nicht genau weiß, ob er gerade einen Riesenfehler gemacht hat.

Draußen auf der Straße begann ich sofort: »Das ist vielleicht ein komischer Kerl, dieser Huber. Mit dem stimmt doch irgendwas nicht. Wie der einen schon anschaut mit seinen wasserblauen Schweinsäugerl. Und dann seine ständige Raucherei. Einfach ekelhaft.«

Ich machte eine kleine Pause, um die Wirkung meiner Worte abzuwarten. Max sagte überhaupt nichts, er schaute in den Boden.

»Und außerdem: Was will der denn eigentlich von uns? Soll er doch selber seine Arbeit machen. Uns kann er in Ruh lassen.«

Obwohl es stark zu regnen begonnen hatte, blieb Max mitten auf dem Gehsteig stehen und sah mich ernst an. »Hast nicht g'merkt, dass es dem Huber selber zuwider war, dass er uns dabeihaben muss? Aber wenn er den Mord oder die Morde aufklären will, bleibt ihm nix anderes übrig. Er ist halt bloß ein Stadtgendarm in Wolfratshausen, und ohne uns kommt er an die bärige G'schicht nicht hin. Verstehst?«

»Soll er sich halt nach Garmisch zur Kriminalpolizei versetzen lassen oder was anderes machen. Das geht doch uns nix an.«

»Jetzt pass mal auf.« Max war ganz nah an mich herangetreten. Zwischen unseren Gesichtern war kaum noch eine Handbreit Platz. »Wenn ich den Huber nicht hab, komm ich nie auf den Mörder. Und wenn der Huber uns nicht hat, schaut's für ihn genauso aus. Hast das jetzt begriffen?«

Max hatte beim Reden die Augen weit aufgerissen und wischte sich immer wieder den Regen aus dem Gesicht.

»Außerdem kann der Huber nicht nach Garmisch zur Kripo gehn, weil er nämlich von der Münchener Kripo nach Wolfratshausen strafversetzt worden ist. Er ist praktisch kaltg'stellt worden.«

Jetzt war die Katze aus dem Sack.

»Ich hab ihm versprechen müssen, dass ich das niemandem weitererzähl«, brachte Max zögernd heraus. »Aber bei dir ist ein solches Geheimnis ja gut aufg'hoben, oder?«

Er sah mich immer noch ernst an.

»Jedenfalls ist da in München bei irgendwelchen Ermittlungen was falsch g'laufen. Und zum Schluss ist dann alles dem Huber in die Schuh' g'schoben worden. Was genau war, hat er mir nicht g'sagt. Jedenfalls ist er – der Beste von seinem Jahrgang in der Polizeischul – jetzt in Wolfratshausen. Und wenn nicht ganz was B'sonderes passiert, bleibt er auch da. Die einzige Gelegenheit, dass er von hier wieder wegkommt, ist der Mord am Kathan. Und die einzige Möglichkeit, dass er an den Mordfall hinkommt, sind wir. Deswegen lässt sich der Huber auf so was ein. Hast das jetzt begriffen?«

Max trat einen Schritt zurück und fuhr sich mit der Rechten über das regennasse Gesicht.

»Dann ist es ja recht«, entgegnete ich. »Ihr zwei G'scheiderl löst den Mord am Kathan, und mir lassts meine Ruh.«

Ich wandte mich ab und ging Richtung Bräu. Sollten sie doch machen, was sie wollten. Und wenn der Max so vernarrt war in den Huber, auch gut. Ich lief immer schneller, um bald in die warme, trockene Küche vom Bräuwirt zu kommen.

»Halt, Kaspar«, hörte ich Max hinter mir rufen. »Bleib stehen.«

Ich hielt an und drehte mich um.

Max kam mit fliegender Joppe auf mich zugerannt. Schnaufend stand er endlich vor mir, das tropfnasse rotblonde Haar ins Gesicht gepappt.

»Kaspar, du kannst mich doch nicht einfach so stehen lassen.«

»Warum nicht?«

»Warum nicht? Warum nicht?«, maulte Max.

Zornig schaute er mich an, aber ich blieb hart.

Schließlich streifte sein Blick die gegenüberliegende Häuserreihe, machte einen Schwenk nach links und blieb am Pflasterstein vor meinen Füßen haften.

Er begann langsam und gedehnt: »Du kannst mich einfach nicht so stehen lassen, weil ich … – Allein … – Verstehst?«

Ja, jetzt verstand ich ihn. Sehr gut sogar. Da war er – unser Held – und hatte Schiss. Zurück konnte er nicht mehr. Schließlich kitzelte ihn die Sache zu sehr. Und sicher hatte er vor dem Huber schon ganz groß getan.

Allein machte er sich aber doch in die Hosen.

»Ist schon gut«, meinte ich knapp. »Ich überleg's mir noch mal.«

Das reichte, um in Max den alten Lebensmut wieder zu erwecken.

»Bist doch mein bester Freund!« Er lachte und schlug mir fröhlich auf die Schulter. »Und wirst sehen, das wird ein Mordsspaß.«

Als wir beim Bräu ankamen, wurden wir bereits von Frau Stockmeier erwartet. Sie schimpfte ein bisschen, weil wir uns so lange rumgetrieben hatten und patschnass waren. Dann forderte sie uns auf, etwas Trockenes anzuziehen.

Nach dem Abendessen mussten wir zusammenpacken, denn Herr Stockmeier wollte bald fahren.

Bis spätestens sieben Uhr sollten wir ja im Beusl sein.

Auf der Fahrt nach Heiligenbeuern sprachen wir wenig. Wir waren neugierig, ob Erwin wieder in die Schule kommen würde – und tatsächlich war er bereits da, als wir im

Studiersaal eintrafen. Max und ich gingen sofort zu ihm hin und gaben ihm hochoffiziell die Hand.

»Schön, dass du wieder da bist, Erwin«, sagte ich.

Max meinte, dass er sich ruhig mehr an uns halten könne, dann würde ihm mit Sicherheit nicht langweilig werden. Erwin schien sich auch über das Wiedersehen zu freuen und versuchte ein scheues Lächeln.

Um acht Uhr schickte Pater Zeno alle Eltern aus dem Haus. Dann begann erneut die Routine. Zubettgehen um viertel nach acht, Zähneputzen, Waschen und »Gute Nacht, in Gottes Namen«.

Im Bett musste ich immer wieder an Erwin, seinen ermordeten Vater und den toten Abt denken. Es dauerte lange, bis ich endlich einschlief.

Kapitel IV

Im Krankenrevier

»Du bist ja komplett überg'schnappt«, war das Einzige, was ich zu dem Vorschlag von Max sagen konnte. Es war Montag, aber mein Freund konnte natürlich mit seinem Vorhaben keinen Tag warten. Er hatte mir eine Zigarette gezeigt, eine ›Salem Ohne‹, und gemeint, dass die einer von uns beiden essen sollte, damit ihm richtig schlecht wird. So würde er leicht in die Krankenstation hineinkommen.

»Von mir aus kannst du das gräuslige Ding ruhig fressen, aber ich nicht«, sagte ich und zeigte ihm einen Vogel.

Max gab jedoch nicht so schnell auf.

»Mein Vater hat mir erzählt, dass sie im Krieg sogar Schießpulver g'schluckt haben, damit sie von einem gefährlichen Einsatz aus'kommen sind. Mein Gott, Kaspar, verstehst du nicht? Einer von uns muss in die Krankenstation, damit er dem Pater Melchior ein bisserl auf die Finger schaut. Vielleicht ist es auch zweimal notwendig, und als Zweiter bin ich natürlich dran. Wenn du also die Zigarette gleich isst, dann hast du's schon mal hinter dir.«

Dabei schaute er mich so selbstverständlich an, als sollte ich kein Drama aus einer solchen Kleinigkeit machen.

»Wir könnten doch einfach sagen, dass sich einer am Arm wehgetan hat oder so«, meinte ich ausweichend.

»Da kennst du den Pater Zeno aber schlecht. Der schickt dich nämlich erst in die Krankenstation, wenn du ihm vor die Füße kotzt, und den Gefallen werden wir ihm halt tun.«

Schließlich einigten wir uns darauf, dass jeder die Hälfte der Zigarette aß. Es schmeckte scheußlich. Anschließend gingen wir in den Studiersaal, setzten uns auf unsere Plätze und warteten, was passieren würde. Pünktlich zu Beginn der Studierzeit merkte ich, wie es in meinen Gedärmen zu rumoren begann. Max, der einen Platz vor mir saß, drehte sich bald darauf zu mir um. Er hatte eine gräulich-grüne Gesichtsfarbe, blinzelte mir aber fröhlich zu. Dann ging er vor zum Pult von Pater Zeno und sprach leise mit ihm, um anschließend den Studiersaal zu verlassen.

Nun wurde es auch bei mir ernst. Ich stand auf und ging nach vorn. Pater Zeno sah mich finster an und stand auf. Mit einer Kopfbewegung bedeutete er mir, mit ihm zu kommen. Bevor wir den Studiersaal verließen, prophezeite er den Klassenkameraden noch, dass es eine Extrastudierzeit gäbe, wenn er draußen auch nur einen Ton von ihnen vernehmen würde.

Dann eilten wir zusammen zur Toilette, wo man durch die Tür bereits hörte, wie Max sich erbrach. Ich stürzte mich auf die freie Schüssel in der Nachbarkabine.

»Ich lass euch jetzt einen Moment allein und such Pater Melchior. Der soll sich weiter um euch kümmern.« Die Stimme von Pater Zeno klang verärgert. Er mochte es nicht, wenn jemand krank war.

Kurz darauf kam der freundliche Pater Melchior zu uns. »Was ist denn mit euch los?«, fragte er besorgt.

Bei Max schien der Magen bereits leer zu sein. Er verließ gebückt sein Häuschen, sah Pater Melchior schmerzvoll an und meinte, dass wir beide in der Freizeit ein Stück Schokolade gegessen hätten, das schon ein wenig schimmelig gewesen wäre.

»Wie kann man nur so dumm sein?« Pater Melchior schüttelte ungläubig den Kopf. »Aber jetzt kommt erst mal mit.«

Der unmittelbare Brechreiz hatte nachgelassen. Also konnte ich das Häuschen verlassen und zusammen mit Max hinter dem Mönch ins Krankenrevier trotten, wo er uns zwei Betten zuwies.

Dann ging er in der Küche, um Kamillentee für uns zu besorgen.

Wir zogen die Hosen aus und legten uns in die nebeneinander stehenden Betten. Das Krankenzimmer war gewiss kein Platz, wo man sich gerne aufhielt. Es lag im Parterre des Klosterbaus. Der Raum war mit einer gelblichen, abwaschbaren Farbe gestrichen und enthielt fünf Betten und entsprechend viele Nachtkästchen. Eine Tür führte direkt vom Gang in den Raum. Außerdem gab es noch eine weitere Tür.

»Es würd mich schon interessieren, wo die hinführt«, sagte ich zu Max.

Mein Freund bewegte sich nicht und gab auch keinen Laut von sich.

»Komm schon, Max«, meinte ich, »der Melchior holt gerade Tee. Mir brauchst du nix vormachen.«

»Ich mach dir nix vor«, murmelte er. »Mir geht's wirklich nicht gut. Die blöde Tür ist mir jedenfalls momentan scheißwurscht.«

Den hatte es anscheinend richtig erwischt. Mir ging es schon wieder etwas besser, und so stand ich auf, um zu sehen, wohin die Tür führte. Zuerst schaute ich aber noch auf den Gang, ob die Luft rein war. Dann versuchte ich, die geheimnisvolle Tür zu öffnen. Sie war verschlossen. Also legte ich mich unverrichteter Dinge wieder ins Bett.

Kurz darauf kam der Apotheker mit einer Kanne Tee und zwei Tassen. Er stellte alles auf den Nachttisch zwischen den Betten und erkundigte sich nach unserem Befinden.

»Bei mir geht's schon wieder, aber der Max schaut schlimm aus. Er hat auch mehr von der damischen Schokolade gegessen als ich. Ich könnt eigentlich schon wieder gehen.«

Im Krankenzimmer stank es nach altem Kamillentee und Desinfektionsmittel.

»Das kommt überhaupt nicht in Frage«, stellte Melchior klar. »Ihr habt euch wahrscheinlich einen Schimmelpilz zugezogen, also bekommt ihr jetzt von mir Tee und Medizinalkohle. Das wird eure Darmflora wieder in Ordnung bringen.«

Er stand auf und zog aus seiner schwarzen Kutte einen großen Schlüsselbund, wie ihn alle Patres hatten. Dann ging er zu der verschlossenen Tür, sperrte sie auf und betrat den angrenzenden Raum. Man hörte, wie eine Schranktür knarrte, und bald darauf erschien der Mönch wieder an unseren Betten. Er hatte auf eine Untertasse einige schwarze Tabletten gelegt und meinte, wir sollten alle zwei Stunden eine davon nehmen.

»Sie schmecken nicht besonders, aber dafür neutralisieren sie die Gifte im Darm«, meinte er.

»Sind Sie eigentlich ein richtiger Arzt?«, fragte ich.

Er hatte sich schon zum Gehen gewandt, blieb jetzt aber stehen und drehte sich um.

»Warum willst du das wissen?«

Er sah mich mit seinen großen braunen Augen ganz merkwürdig an.

»Ich mein' nur, weil Sie sich so gut auskennen.«

»Nein, ich bin kein Arzt, sondern habe nur vor dem Krieg ein paar Semester Medizin studiert«, sagte er versonnen.

»Warum haben Sie dann nach dem Krieg das Studium nicht beendet?«, wollte ich wissen.

Er kehrte um, setzte sich auf mein Bett und sah mir zum ersten Mal in die Augen.

»Ich musste an der Front als Hilfsarzt Dienst machen. Danach war ich nicht mehr in der Lage, diesen Beruf auszuüben.«

»Aber hier im Kloster arbeiten Sie doch auch in der Krankenstation.«

Er lachte kurz auf. »Glaub mir, mein Lieber, das kannst du nicht vergleichen. Hier hat mal jemand Bauchweh, Grippe oder schlimmstenfalls eine Fraktur, also einen Knochenbruch. Doch was ich im Krieg gesehen habe, werde ich niemals vergessen.«

»Mein Vater war auch im Krieg, aber er erzählt nie was davon. Und wenn andere drüber reden und groß tun, dann sagt er ihnen, sie sollten damit aufhören, weil's an einer Front nix anderes gibt wie Dreck, Angst, Läus' und Hunger.«

»Dann ist dein Vater ein kluger Mann«, meinte Pater Melchior leise.

Ich mochte diesen großen, grauhaarigen Mönch mit seinen hängenden Schultern. Seine traurigen Augen sahen jetzt zu einem fiktiven Punkt an der Wand. Dabei atmete er ein paar Mal tief ein und aus, sodass die Flügel seiner großen, schlanken Nase leicht bebten. Dann sprach er leise weiter, wobei sich seine schmalen Lippen kaum bewegten.

»Weißt du, die Stümpfe der abgeschossenen Arme und Beine sieht man. Die Wunden in den Köpfen aber kann sich niemand vorstellen, der das nicht erlebt hat. Plötzlich hat eine Grippe keine Bedeutung mehr.« Er sah weiterhin geradeaus auf den undefinierbaren Punkt an der Wand. Dann strich er mir über die Haare, stand kraftlos auf, zog die Vorhänge an dem einzigen Fenster im Krankenzimmer zu und verließ ohne ein weiteres Wort den Raum.

Ich nahm die Kohletablette – sie schmeckte wirklich wie ein Klumpen Sand – trank danach einen Schluck Tee und schloss die Augen. Max war inzwischen eingeschlafen.

Was mochte wohl hinter der geheimnisvollen Tür sein? Ich überlegte angestrengt, während ich auf dem Rücken lag und zur Decke sah.

Plötzlich fiel mir ein, dass Pater Melchior vergessen hatte, die Tür abzusperren. Ob ich es wagen konnte, das Nebenzimmer zu inspizieren? Es würde großen Ärger geben, wenn ich dabei vom Apotheker erwischt würde. Aber die Gelegenheit war einmalig. Also stand ich auf und schlich barfuß in das Nebenzimmer.

Es handelte sich um ein kleines Kämmerchen mit einem Bett, einem Schrank, einer Glasvitrine und einem nachttischgroßen Metallkasten an der Wand. In der Vitrine lagen Verbände, Salben und einige Medikamentenfläschchen. Auch eine gelbe Dose mit Kohletabletten stand darin. Viel mehr interessierte mich natürlich der metallene Kasten an der Wand. Ich versuchte vergeblich, ihn zu öffnen. Bei genauer Betrachtung stellte ich fest, dass im Bereich des Schlosses der Lack verkratzt war. Außerdem war die Tür etwas verbogen, so als wäre das Schränkchen schon einmal aufgebrochen worden.

Plötzlich hörte ich die Tür vom Gang zum Krankenzimmer aufgehen. Was sollte ich jetzt machen? Ohne weiter nachzudenken, krümmte ich mich zusammen, presste die Hände vor den Bauch und rannte aus dem Kämmerchen ins Krankenzimmer, wo Pater Zeno mich verdutzt ansah.

»Wo ist der Abort?«, rief ich verzweifelt.

Der Präfekt öffnete die Gangtür und deutete nach draußen.

Ich rannte an ihm vorbei und stürmte ins Häuschen. Dort setzte ich mich erschöpft auf die Klobrille und war sehr stolz auf mich. Nach einer Weile, die ich für glaubwürdig hielt, um sich zu erleichtern, ging ich zurück ins Krankenzimmer. Dort stand der untersetzte Pater Zeno am Fenster und sah zwischen den Vorhängen hinaus auf den dämmrigen Hof.

»Na, Kaspar, wie schaut's aus«, fragte er mich freundlich, nachdem er sich mit einer schwungvollen Bewegung umgedreht hatte.

»Bei mir geht's schon wieder, aber den Max hat's ganz schön erwischt«, erwiderte ich.

»Es hat eben seine Vorteile, wenn man die widerstandsfähige Natur eines oberbayerischen Landmanns hat«, meinte der Pater süffisant. Dann sagte er streng: »Den Nebenraum dürft ihr übrigens nicht betreten. Pater Melchior würde fuchsteufelswild, wenn er jemanden dabei erwischen sollte.«

»Warum?«, fragte ich.

»Wahrscheinlich, weil es seine Kammer ist und er selbst da schläft, wenn jemand schwer krank ist und auch in der Nacht Pflege braucht. Außerdem sind dort einige Medikamente gelagert, die weggeschlossen werden müssen. Pater Melchior ist sehr pflichtbewusst. Er wäre sicher ein guter Arzt geworden. Jetzt ist er aber ein guter Mönch und Krankenpfleger.« Pater Zeno wandte sich zum Gehen.

»Wann kann ich denn hier wieder raus?«, probierte ich es bei Zeno.

»Erst wenn Pater Melchior das richtig findet. Und nun wünsche ich euch gute Besserung. Ich schaue wieder vorbei.«

Nachdem unser Präfekt den Raum verlassen hatte, legte ich mich ins Bett und schloss die Augen. Jetzt erst konnte ich meinen Triumph genießen. Wenn mir das mit der Toilette nicht eingefallen wäre, hätte es sicher auch von Pater Zeno ein gewaltiges Donnerwetter gegeben. Aber ich hatte schon einiges gelernt von Max. Vor allem in Sachen Ausreden und Schwindeln war ich schon um Klassen besser als noch vor ein paar Wochen.

Allmählich schien wieder Leben in den kranken Krieger zu kommen. Wenigstens drehte er sich von Zeit zu Zeit unter Stöhnen um. Er hatte offenbar wirklich keinen stabilen Magen. Ich trank noch etwas Tee, und bald darauf kam Pater Melchior.

»Na, du bist wohl schon wieder ganz obenauf?« Er grinste mich an.

Ich konnte das nur bestätigen, zumal ich wirklich so schnell wie möglich diesen ungemütlichen und stinkenden Raum verlassen wollte. Dann ging er zu Max und rüttelte ihn sanft wach.

»Komm, mein Junge«, sagte er freundlich, »trink ein bisschen Tee und nimm eine Kohletablette. Das hilft.«

Max war nicht in der Lage zu widersprechen. Er trank eine halbe Tasse Tee in kleinen Schlucken und nahm mit offensichtlichem Grauen eine Tablette. Dann ließ er sich wieder zurück ins Bett fallen und drehte den Kopf von uns weg.

»Den hat es ja ziemlich erwischt«, meinte Melchior halb besorgt, halb belustigt. »Wenn es ihm heute nicht mehr besser geht, muss ein Arzt kommen, oder wir bringen ihn ins Krankenhaus.«

»Der packt das schon«, versuchte ich, den Mönch zu beruhigen.

»Du hast ja nicht viel Mitleid mit deinem Freund«, meinte Pater Melchior und sah mich an.

»Nein, Mitleid hab ich wirklich nicht. Schließlich war's seine Schokolade, die an allem schuld ist.«

Daraufhin musste Melchior laut lachen. Jetzt erst schaute ich ihn mir genauer an. Er war recht groß, schlank und etwa vierzig Jahre alt, obwohl er wegen seiner grauen Haare älter wirkte. Sein etwas fahriges Wesen passte eigentlich nicht zu den freundlichen, dunklen Augen.

Sah so ein Mörder aus? Ich verwarf den Gedanken sofort. Im Augenblick wollte ich nicht darüber nachdenken.

»Gefällt es dir eigentlich im Beusl?« Pater Melchior hatte mit dieser Frage zwei ungeschriebene Gesetze gebrochen. Erstens sprach ein Pater nie vom ›Beusl‹, zweitens wurde vorausgesetzt, dass es für keinen jungen Mann einen besseren Aufenthalt auf der ganzen Welt gäbe als eben dieses Beusl.

»Eigentlich schon«, antwortete ich. »Die ersten Tage hab ich ein bisserl Heimweh g'habt. Dann hat sich der Max mit mir angefreundet und seitdem …« Ich wusste nicht, wie ich den Satz beenden sollte, also wechselte ich das Thema. »Momentan muss ich immer an den Herrn Kathan denken. Ich sitz nämlich neben seinem Sohn, dem Erwin. Und der tut mir furchtbar leid.«

»Ja, das ist eine schlimme Sache«, meinte Pater Melchior bedrückt.

»Haben Sie den Herrn Kathan eigentlich gekannt?«, fragte ich.

Pater Melchior drehte den Kopf zu mir her und sah mich sonderbar an: »Nein, woher sollte ich. Ich habe hier nur mit den Zöglingen zu tun, die zum Beispiel verdorbene Schokolade essen. Ansonsten erteile ich in verschiedenen Klassen Erdkunde- und Biologieunterricht. Warum fragst du?«

»Es hätt ja sein können, dass Sie ihm einmal begegnet sind.«

»Nein. Aber jetzt haben wir lange genug geschwätzt. Ich muss noch arbeiten.«

Abrupt stand Pater Melchior auf und ging in das kleine Zimmer nebenan. Ich war also wieder mit Max allein. Zu sehr hätte es mich interessiert, was sich in dem verschlossenen Arzneimittelschränkchen befand.

Außerdem dachte ich über Pater Melchior nach. Er sah nicht aus wie ein Mörder. Vielmehr schien er ein sehr netter Mann zu sein und wesentlich zugänglicher, als ich erwartet hatte. Warum war er ins Kloster gegangen, wo er doch Arzt hatte werden wollen? Gab es da etwas in seiner Vergangenheit? Warum hat er nicht vom Tod des Abtes gesprochen, obwohl Herr Kathan in derselben Nacht ums Leben gekommen ist? Ich hätte eine Äußerung wie ›auch wir hatten einen großen Verlust durch den Tod des Abtes‹ erwartet. Wollte er mit jemandem reden und traute sich nicht? Andererseits war ein vierzehnjähriger Zögling nicht der richtige Gesprächspartner für ein solch heikles Thema.

Inzwischen war es dämmrig geworden im Krankenzimmer. Plötzlich ging die Tür auf und Pater Pius, der Organist, hetzte herein. Er schien Max und mich nicht zu bemerken, riss die Tür zum Nebenzimmer auf und stürmte in den Raum.

»Melchior, ich halte es nicht mehr aus«, rief der Organist gehetzt.

Sofort wurde die Tür von innen geschlossen, und ich hörte leises Reden. Ohne lange zu überlegen, stand ich auf, ging zur Tür und lauschte am Schlüsselloch.

Ich hörte Pater Melchior beschwörend sagen: »So beruhige dich doch. Du weißt genau, dass es nicht mehr geht. Nicht nach all dem, was passiert ist.«

Seine Stimme klang zornig, aber auch Angst schwang darin mit.

»Du kannst dir nicht vorstellen, wie ich mich fühle«, fuhr der Organist fort. »Ich kann nicht mehr denken, nicht mehr essen, nicht mehr Orgel spielen. Du musst mir helfen, du musst.« Die Stimme von Pater Pius schien sich zu überschlagen.

»Sei doch endlich leise«, befahl Melchior barsch. »Nebenan sind zwei kranke Buben. Die sollen schließlich nichts mitkriegen.«

»Schau dir meine Hände an. Ich kann nicht mehr spielen, ich kann nicht mehr denken. Komm, hilf mir. Ich halt's nicht mehr aus.«

»Gut, aber du weißt, dass ich nicht mehr viel habe und ich brauche jeden Tag etwas für Pater Zyprian.«

Ich hörte das klirrende Geräusch eines Schlüsselbunds, dann war Ruhe. Ich lauschte sehr angestrengt, doch die Unterhaltung war wie abgeschnitten. Aus Angst, die Tür könnte sich gleich öffnen, schlüpfte ich schnell wieder ins Bett und zog mir die Decke über die Nase. Es dauerte aber noch eine ganze Weile, bis die Tür zum Nebenzimmer aufging.

Mit einem knappen »Danke« verabschiedete sich Pater Pius von Melchior und schlich aus der Krankenstation. Kurz darauf hörte ich wieder den Schlüsselbund scheppern. Die Ruhe wurde mir allmählich unheimlich, zumal ich nur den regelmäßigen Atem von Max hörte. Nach etwa einer halben Stunde ging die Tür zum Nebenzimmer erneut auf. Pater Melchior betrat den Raum und schaltete das Licht ein.

»Jetzt werde ich uns erst einmal etwas zu essen holen.« Pater Melchior versuchte fröhlich zu klingen. Er verschloss die Tür und verließ zögernd die Krankenstation. Nach einigen Minuten kam er mit einem großen Tablett zurück. Er stellte es auf den Tisch in der vorderen Ecke des Krankenzimmers.

»Wie geht's dir denn jetzt?«, fragte er Max, der mittlerweile wenigstens die Augen geöffnet hatte.

»Saugut«, erwiderte der und versuchte sogar zu lächeln. Seine Augen steckten tief in den Höhlen und die Nase wirkte sehr spitz.

»Dann schau mal, ob das mit dem Essen schon genauso gut klappt wie mit deinen Scherzen«, meinte Melchior.

Ich hatte bereits am Tisch Platz genommen und quälte die ekelhaft schmeckende Haferschleimsuppe in mich hinein. Wie konnte man nur das Wort Schleim bei der Bezeichnung einer Suppe verwenden. Vor so etwas musste es einem ja grausen. »Bei dem Essen macht sicher keiner freiwillig krank«, dachte ich mir.

Die Suppe tat aber sehr gut und mein Magen schien sich zu beruhigen. Auch Max setzte sich an den Tisch. Er war noch blass und sah die Suppe verzweifelt an.

»Du musst nichts essen, aber es würde dir sicher guttun«, sagte Pater Melchior.

Max aß ein paar Löffel und schob den Teller dann weg. Wenigstens trank er noch eine Tasse Tee.

»Das Tablett mit der Suppe lasse ich euch da. Ich muss noch einen Krankenbesuch bei einem Mitbruder machen und bin in etwa einer halben Stunde zurück. Kaspar, du kannst heute Abend wieder in deine Klasse zurück. Der Max bleibt über Nacht hier.«

Er verließ den Raum, und sofort wollte ich Max die Ereignisse der letzten Stunde erzählen.

Der aber winkte ab. »Merkst du nicht, dass ich grad über das Sterben nachdenk? Lass mich bloß in Ruh mit irgendwelchen Morden oder solchem Zeug. Ich bin schon froh, wenn ich morgen selber noch leb.«

Kapitel V

Der rote Ignaz

Die Hoffnung meines Freundes ging in Erfüllung.

Sein Interesse an den Ereignissen steigerte sich am nächsten Tag von Stunde zu Stunde. Schließlich beschlossen wir, Inspektor Huber einen Brief mit meinen Erlebnissen in der Krankenstation zu schreiben, und schickten ihn heimlich weg.

In dem Brief stand auch, dass wir den Inspektor am Samstagnachmittag vor der Pforte erwarteten. Er sollte sich als Onkel von Max ausgeben.

Uns stellte sich nun die Frage, was es mit Pater Zyprian und seinen täglichen Medikamenten auf sich haben mochte. Max und ich hatten noch nie von diesem Mönch gehört. Das musste aber nicht viel heißen, denn wir waren noch keine zwei Monate in der Schule. Doch auch unsere Klassenkameraden kannten Pater Zyprian nicht.

Endlich fanden wir einen Schüler der zwölften Klasse, der uns Auskunft geben konnte.

»Mit dem werdet ihr es wohl nicht mehr zu tun bekommen. Pater Zyprian hat früher Latein und Griechisch unterrichtet. Ich hab ihn noch in den ersten zwei Klassen gehabt. Latein, und zwar vom Feinsten. Bei dem musste man noch richtig lernen, nicht so wischiwaschi, wie das jetzt ist.« Er sah uns verächtlich an. »Seit ungefähr fünf Jahren ist der Zyprian verschwunden. Er soll schwer krank sein, aber warum wollt ihr das überhaupt wissen?«

»Ach, ich sollt ihm bloß einen schönen Gruß b'stellen von einem ehemaligen Schüler. Aber wenn der Pater Zyprian so arg krank ist, wird das wohl nicht gehen. Dankschön jedenfalls für die Auskunft«, sagte ich.

Ohne ein weiteres Wort drehte sich der Zwölftklässler um und ging davon. Max sah mich fragend an. Wir konnten uns beide keinen Reim auf diese Auskunft machen.

Voller Ungeduld warteten wir auf den Samstag. Inzwischen stellte sich die Internatsroutine in unserem Leben wieder ein. Die täglich gleiche Abfolge von Schlafen, Lernen, Essen und Freizeit hatte auch etwas Beruhigendes.

Am Mittwoch war ein komischer Tag. Irgendetwas lag in der Luft.

Als wir ins Bett gingen, hatte ich ein ungutes Gefühl. Es war so, als würde sich ein Gewitter anbahnen. Dabei bildete ich mir ein, dass Clemens und der intime Streberkreis, den unser Klassenbester im Laufe der Jahre um sich gebildet hatte, schon den ganzen Tag ziemlich viel zusammensteckten und kicherten.

Als ich Max nach dem Abendgebet von meinen Beobachtungen erzählte, machte er nur eine wegwerfende Handbewegung.

»Meinst nicht, dass wir ganz andere Sorgen haben als dem Clemens sein damisches Grinsen?«

Meine Vorahnung ließ aber nicht nach und so lag ich noch eine Weile wach, nachdem Pater Zeno das Licht gelöscht hatte. Die trübe Nachtlampe glomm im Schlafsaal und tauchte die Betten und Nachtkästchen in ein unwirkliches graues Licht. Ich drehte mich von einer Seite zur anderen. Konnte es sein, dass sich im Kloster ein Mörder aufhielt? Konnte es sein, dass Max und ich in Gefahr waren? Szenenweise flogen die Ereignisse der letzten Tage an mir vorbei.

Nach der zweiten Kontrolle durch Pater Zeno schlief ich endlich ein.

Da traf mich der erste Schlag.

Ich war sofort hellwach und schnellte mit dem Oberkörper in die Höhe. Einen Sekundenbruchteil sah ich Stefan rechts neben meinem Bett stehen, dann flog mir das Kissen ein zweites Mal ins Gesicht. Ich lag niedergestreckt da. Schnell drehte ich mich nach links weg, griff mir mein Kopfkissen und sprang aus dem Bett. Der Blitzangriff des benachbarten Schlafsaals schien ein voller Erfolg zu sein. Die meisten der Unseren lagen noch im Bett und deckten ihren Körper mit Händen und Füßen ab, während die Eindringlinge mit den Kopfkissen auf sie eindroschen. Nur Max und der Unger Georg standen schon auf ihren Betten und hieben, so gut es ging, auf die Angreifer ein.

Ich wurde von Clemens quer durch den Schlafsaal verfolgt. Am letzten Bett direkt neben dem Fenster, konnte ich nicht mehr ausweichen. Ich drehte mich um, hielt mein Kissen schützend über den Kopf und rannte nach vorne. Darauf war Clemens nicht gefasst gewesen. Er flog rücklings ins Bett vom Unger Georg. Der Georg und ich waren jetzt über ihm und schlugen mit unseren Kopfkissen auf ihn ein. Er lag zusammengerollt da und rief immer wieder: »Friede. Ich kann nimmer. Aufhören.«

Aber Pardon wurde nicht gegeben.

Max hatte inzwischen die Verteidigung unseres Schlafsaals organisiert und feuerte seine Mitstreiter an: »Geh weiter, Franz. Attacke. Gib Obacht, Fritz, da kommt einer von hinten.«

Wie einst Achilles die Trojaner, so trieb Max die Eindringlinge vor sich her.

Clemens hatte sich inzwischen aus seiner schlechten Position mit einer Rolle rückwärts befreit, die ich ihm gar nicht zugetraut hätte.

»Rückzug«, rief er laut und rannte mit einigen Getreuen zur Tür.

Da ging das Licht an und Stefan wäre fast mit Pater Zeno zusammengestoßen. Die Hände in die Hüften gestemmt, stand unser Präfekt in der Tür. Er glich einem etwas zu kurz geratenen Racheengel in längs gestreiftem, blauweißem Pyjama.

Augenblicklich blieben alle wie paralysiert stehen. Wer gerade noch einen Hieb hatte platzieren wollen, hielt immer noch das Kissen über dem Kopf.

»Ihr seid ja wohl komplett überg'schnappt.« Laut schnaufend betrachtete Zeno das Schlachtfeld. Die Betten und Nachtkästchen standen kreuz und quer. Die Oberbetten waren überall im Raum verteilt. Wo man hinsah, lagen Federn herum, weil ein Kopfkissen aufgerissen war. Dessen Besitzer hielt es jetzt wie ein nasses Handtuch in der Hand, wobei er blöde grinste.

»Euch werd ich helfen.« Das Gesicht des Präfekten war rot angelaufen. »Marsch, marsch. Alle in den Studiersaal.«

Ganz kleinlaut gingen wir zu unseren Betten, die Klassenkameraden aus dem anderen Schlafsaal verließen mit hängenden Köpfen den Raum. Niemand traute sich, Pater Zeno anzusehen.

»Was ist mir dir, Erwin? Du hast nicht mitgemacht, oder?«, fragte der Mönch.

Jetzt erst bemerkte ich, dass Erwin als Einziger noch in seinem Bett lag. Angstvoll schaute er zu unserem Präfekten hin.

»Wenn du nicht dabei warst, kannst du liegenbleiben. Die anderen dürfen ihre überschüssige Energie bei ein paar ›Parademärschen‹ auslassen. Zuerst bringt ihr aber den Saustall hier wieder auf Vordermann.«

Pater Zeno verschwand.

Wir machten Ordnung, so gut es ging. Danach halfen alle, die Federn einigermaßen einzusammeln.

Max klaubte neben mir herum und raunte mir zu: »Das war eine bärige Kissenschlacht. Die war es leicht wert, dass wir jetzt noch ein bisserl schreiben.«

Ich grinste ihn an.

Von niemandem bemerkt, war auch Erwin aufgestanden, und als wir in den Studiersaal gingen, folgte er uns.

Am Donnerstag war die ganze Klasse ein bisschen müde. Zu allem Überfluss hatten wir in der vierten Stunde Latein bei Pater Aurelian. Er war der beste Altphilologe im Stift und bekam stets die achte Klasse, um den Schülern die letzten Feinheiten der lateinischen Grammatik einzubläuen. Eigentlich war Pater Aurelian – ein mittelgroßer, hagerer Mann um die fünfzig – ein freundlicher und umgänglicher Mensch, aber wenn es um die lateinischen Stammformen oder dergleichen ging, kannte er keinen Spaß. Oft lief er im Unterricht mit hinter dem Rücken verschränkten Armen und zur Decke gerichteten Augen nervös vor der Tafel auf und ab, während er über grammatikalische Eigenheiten referierte. Wenn jemand beim Übersetzen einen Leichtsinnsfehler machte, riss er die Augen auf, rannte zu dem verschreckten Schüler, baute sich vor dessen Platz auf und rang mit offenem Mund nach Luft. Er nahm jeden kleinen Fehler offensichtlich als Beleidigung der hochheiligen lateinischen Sprache und somit auch seiner Person.

An diesem Donnerstag verlief bereits der ganze Unterricht nicht zu seiner Zufriedenheit. Der Unger Georg hatte schon einige Lücken beim Imperfekt gezeigt, was ihm eine Strafarbeit und der ganzen Klasse ein ungutes Gefühl in der Magengrube bescherte. Als Pater Aurelian nun die Endungen der einfachen Vergangenheit noch einmal – zum tausendsten Mal, wie er betonte – an die Tafel schrieb, nahm Max sein Lineal und stieß es dem armen Georg von hinten in die Rippen. Dieser schrie auf, und Pater Aurelian fuhr wie von der Tarantel gestochen herum.

Sofort erkannte er, dass es Georg gewesen war, der geschrien hatte, und warf ihm mit einer blitzschnellen Bewegung die Kreide an den Kopf. Dann nahm er von der Tafelablage ein zweites Stück Kreide und wiegte es in der linken Hand, wobei er uns drohend anschaute. Natürlich war es jetzt mucksmäuschenstill in der Klasse, und der Mönch nahm die Kreide wieder in die rechte Hand, drehte sich um und schrieb weiter an die Tafel.

Ausgestattet mit einer besonders umfangreichen Hausaufgabe gingen wir nach dem Unterricht zum Mittagessen und anschließend war Freizeit. Auf dem Weg aus dem Speisesaal kam Georg ganz nahe an Max heran und zischte ihm zu, dass er das mit dem Lineal nicht umsonst gemacht hätte. Max grinste ihn an und meinte, er solle sich bei einem solchen Vorhaben nicht überheben. Dann gingen wir in den Studiersaal, wo wir uns allerdings nicht lange aufhalten konnten, weil uns Pater Zeno mit dem Hinweis auf das schöne Wetter hinausscheuchte.

Um dem Trubel im Klosterhof zu entgehen und in Ruhe lesen zu können, begaben wir uns in den offenen Kreuzgang, der den Schülertrakt mit der Kirche verbindet. Dort setzten wir uns auf die etwa einen Meter hohe Mauer und lasen eine Weile, bis wir eilige Schritte hörten. Pater Ignaz kam ums Eck und hatte das Vorkriegsmodell einer Gartenschere in der Hand. Wir standen pflichtgemäß auf und grüßten den Mönch höflich.

Der Mönch warf uns einen flüchtigen Blick zu, murmelte etwas Unverständliches, was vielleicht ein knapper Gruß gewesen sein könnte, und ging durch eine gut mannsbreite Aussparung in der Innenmauer des Kreuzganges in den Klostergarten hinein. Dort standen die vielfarbigen Rosensträucher, an denen er sich gleich zu schaffen machte.

Ich las weiter, und auch Max schien zunächst nicht auf den Pater zu achten. Nach ein paar Minuten legte er jedoch sein Buch weg, stand auf und ging langsam in den Klostergarten hinein und auf Pater Ignaz zu. Dieser schien ihn zunächst nicht zu bemerken und schnitt konzentriert an einem üppigen Strauch.

»Meine Mutter hat auch einen Haufen Blumen im Garten, aber die sind bei weitem nicht so schön wie diese Rosen.« Max hatte beim Reden die Hände in die

Hosentaschen gesteckt und betrachtete die Blüten voller zur Schau gestellter Bewunderung.

Pater Ignaz arbeitete ruhig weiter, als wäre er taubstumm. Dann ging er zum nächsten Strauch und machte sich daran zu schaffen. Schließlich schnitt er einen Zweig ab, drehte sich um und eilte auf Max zu, der ungefähr fünf Meter hinter ihm gestanden hatte.

»Schau dir das einmal an.«

Der rothaarige Mönch hielt Max das Ästchen direkt unter die Nase. Dieser nahm den Zweig und betrachtete ihn ganz genau, wobei er ihn nach allen Seiten hin drehte und wendete. Ich hatte aufgehört zu lesen und beobachtete das ungleiche Paar. Zur Rechten stand der hagere Pater mit auf dem Rücken verschränkten Armen leicht nach vorne gebeugt da wie ein Lehrer, der gerade einen Schüler abfragt. Max schien sich der Situation bewusst und schaute noch intensiver nach, warum der Rosenfreund ihm den Zweig wohl in die Hand gedrückt haben mochte. Ich kannte Max nun lange genug, um genau zu wissen, dass er sehr angestrengt überlegte.

Plötzlich hellte sich sein breites Gesicht auf, und er deutete auf ein Blatt.

»Da sind ja die Mistviecher«, entfuhr es ihm. »Die Rosen haben Läus'.«

Pater Ignaz richtete sich auf, und ich glaubte schon, er würde Max wegen des Ausdrucks »Mistviecher« ausschimpfen, aber nichts dergleichen geschah. Ich meinte sogar, ein leichtes Lächeln auf dem kantigen Gesicht des rothaarigen Mönchs zu erkennen.

Dann stieß er hervor: »Mistviecher sind das. Genau. Mistviecher. Der Herrgott hat uns leider nicht nur die

Schönheit der Rosen geschenkt, sondern auch die Pestilenz dieser niederträchtigen Kreaturen. Aber wir werden sie schützen, die Schönheit der Schöpfung, wir werden sie schützen.« Pater Ignaz atmete tief durch, sah Max fest in die Augen und fragte: »Willst du mir dabei helfen, mein junger Freund?«

»Natürlich, aber ich hab nicht viel Zeit, bloß eine gute halbe Stund bis zur Studierzeit.« Max deutete auf seine Armbanduhr. »Vielleicht hilft uns der Kaspar noch, dann geht's schneller.« Mein Freund schaute etwas verlegen zu mir her, um nach einer kleinen Pause fortzufahren: »Meine Mutter spritzt immer Kernseifenlauge auf die Pflanzen, die Läus' haben.«

»Da habe ich schon was Besseres«, entgegnete Pater Ignaz resolut. »So – und nun holt ihr beiden einen Kübel Wasser. Den Eimer bekommt ihr an der Pforte. Ihr braucht nur zu sagen, dass das Wasser für mich ist.«

Max drehte sich sofort um und kam auf mich zu. Ich hatte die Szene ja mitbekommen, stand auf, und wir rannten gemeinsam zur Pforte zu Frater Innozenz.

Als Max dem Pförtner sagte, er bräuchte einen Kübel für Pater Ignaz, lachte der auf und ging in einen Nebenraum, um mit einem großen Metalleimer zurückzukommen.

»Geht's heute den armen Läusen wieder an den Kragen? Generaloffensive, was?«, fragte er amüsiert und gab uns das antike Gefäß.

Auf dem Gang war ein Wechsel, wo wir den Eimer mit Wasser füllten.

»Jetzt bin ich ja g'spannt, wie's weitergeht«, raunte Max mir auf dem Rückweg zu.

Ich schaute ihn fragend an, aber er beachtete meinen Blick nicht weiter. Da der Eimer mehr als 15 Liter fasste, hatten wir ganz schön zu schleppen, bis wir wieder im Klostergarten vor dem verlausten Rosenstock standen. Es dauerte nur einige Augenblicke, bis auch Pater Ignaz mit fliegender Kutte daherkam. In der linken Hand hielt er eine metallene Gartenspritze und in der rechten eine große braune Flasche. Vorsichtig stellte er diese auf den Boden und legte die Gartenspritze daneben. Dann krempelte er umständlich die Ärmel seiner schwarzen Kutte hoch und nahm liebevoll die dunkle Flasche in die Hand.

»Jetzt werden wir dem Guten in der Welt wieder ein wenig zu seinem Recht verhelfen.« Mit diesen Worten schraubte er die Flasche auf und schüttete etwas von dem Inhalt in den Eimer. Augenblicklich verfärbte sich das Wasser dunkel, und Pater Ignaz rührte mit dem vorderen Teil der Gartenspritze noch ein wenig um. Dann zog er die Spritze mit der Brühe auf und ging zu dem befallenen Rosenstock. Sorgsam bespritzte er jeden einzelnen Zweig und machte dabei ein zufriedenes Gesicht. Nachdem er mit dem einen Strauch fertig war, legte er die Spritze beiseite und kontrollierte die anderen Rosenstöcke. Max und ich folgten ihm von einer Pflanze zur anderen.

»Was haben Sie eigentlich in das Wasser hineingetan?«, wollte Max plötzlich wissen.

Pater Ignaz drehte sich um und schaute ihn mit seinen grünen Augen verwundert an. »Warum interessiert dich das?« Seine gute Laune schien auf einmal dahin.

»Meine Mutter hat doch auch solche Probleme mit den Läusen, und da könnt sie ja mal was anderes nehmen als Seifenlauge. Die hilft nämlich nicht grad b'sonders gut.«

Pater Ignaz verzog nervös sein blasses, von Sommersprossen überzogenes Gesicht. Dann stieß er hervor: »Also – wie das Zeug heißt, kann ich gar nicht sagen. Ich habe es heuer im Frühjahr von einem befreundeten Bruder aus dem Kloster Ettal bekommen. Er hat bloß gesagt, man müsste furchtbar mit dem Mittel aufpassen, weil es so giftig ist.«

»Dann werden aber die Rosen auch eingehen«, entfuhr es mir.

»Nein, denen passiert gar nichts«, erklärte Pater Ignaz mit einer wegwerfenden Handbewegung. »Das Mittel ist nur für Insekten, Wirbeltiere und Menschen gefährlich, nicht aber für Pflanzen. Aber weil es ein Gift ist, habe ich die Flasche in meiner Zelle im Spind weggeschlossen.«

Das Läuten der Glocke kündigte den Beginn der Studierzeit in fünf Minuten an und wir verabschiedeten uns von Pater Ignaz. Er bedankte sich linkisch und beinahe freundlich für unsere Hilfe und meinte abschließend, dass er uns morgen nach dem Mittagessen etwas zeigen wolle. Wir waren natürlich begeistert und sagten zu. Dann rannten wir los und erreichten gerade noch rechtzeitig unsere Plätze im Studiersaal.

Mit den schriftlichen Hausaufgaben war ich überraschend schnell fertig. Zur Belohnung schlug ich mein Erdkundebuch auf und schaute hinein. Da es nichts gab, was mich noch weniger interessierte als Erdkunde, konnte ich auf diese Weise gut nachdenken, worüber ich wollte. Heute dachte ich an Pater Aurelian und Pater Ignaz.

Irgendetwas in der Lateinstunde war seltsam gewesen. Da war etwas Ungewöhnliches gewesen. Ich dachte angestrengt nach und ließ die Ereignisse noch einmal vor meinem inneren Auge ablaufen. Max hatte Georg ein Lineal in die Rippen gestoßen, woraufhin dieser laut aufschrie. Und Pater Aurelian hat Georg dann die Kreide an den Kopf geworfen.

Was war so befremdend dabei gewesen? Ein Stück Kreide am Kopf war eine Kleinigkeit im Vergleich etwa zu einer Ohrfeige von Pater Pius.

Plötzlich fiel es mir ein: Pater Aurelian hatte die Kreide mit der linken Hand geworfen, daran konnte ich mich ganz genau erinnern. Geschrieben hat er aber dann wieder mit der Rechten.

Wir hatten nur einen Linkshänder in der Klasse, den Franz. Und der erklärte mir, als ich ihn darauf ansprach, dass er alles mit der linken Hand machen würde, da er mit der rechten ganz ungeschickt wäre. Nun schlug ich das Aufgabenheft für den Lateinunterricht auf, das Pater Aurelian von Zeit zu Zeit korrigierte. Darin sah ich mir die rot geschriebenen Korrekturen Seite für Seite an, blätterte vor und wieder zurück, und plötzlich fiel mir etwas auf. Normalerweise waren die Anmerkungen in einer hohen, eleganten und von rechts oben nach links unten verlaufenden Schrift geschrieben. Ich versuchte, ein paar Wörter ganz ähnlich zu schreiben, und es gelang mir auch. Bei der Korrektur einer Extemporale vor etwa zwei Wochen aber sah die Schrift ganz anders aus, wie von einer anderen Person. Sie war gedrungener und runder und zeigte eher von links oben nach rechts unten. Ich versuchte, sie nachzumachen, aber es fiel mir schwer. Dann versuchte ich es mit der linken Hand, und abgesehen davon, dass mir kein vernünftiger Buchstabe gelang, kippte die Schriftrichtung nach links. Pater Aurelian hatte also zumindest dieses eine Mal seine Korrekturen mit der linken Hand geschrieben.

Ich sah zur Uhr, die über dem Pult des Präfekten hing. Die Studierzeit dauerte noch knapp zehn Minuten, aber ich konnte es kaum erwarten, Max von meinen Überlegungen zu erzählen.

Endlich war es so weit. Die Hausglocke kündete das Ende der Studierzeit an, und die meisten Mitschüler rannten gleich los, um als Erste die Nachmittagssemmeln zu bekommen. Auch Erwin, der ja neben mir saß, machte sich sofort auf den Weg in den Speisesaal. Max dagegen räumte – ganz gegen seine Gewohnheit – erst noch umständlich die Bücher und Hefte von seinem Pult und sah dann auffordernd zu mir her. Ich ging vor zu seinem Schreibpult und setzte mich darauf.

»Ein komischer Heiliger ist das schon, der Pater Ignaz«, begann er. »Hast du g'sehen, wie viel Spaß es ihm g'macht hat, die armen Läus' abzumurksen?«

»Die murksen ja schließlich auch seine armen Rosen ab«, erwiderte ich ungerührt und zuckte mit den Schultern. »Was meinst du denn, wie mein Opa die Wühlmäuse auf den Feldern umbringt. Die werden mit Schlagfallen g'fangen und finden das sicher auch nicht lustig. Außerdem – was macht denn deine Mutter mit ihrer Seifenlaug?«

»Das mit meiner Mutter und der Seifenlaug stimmt doch gar nicht.« Max grinste über beide Backen. »Ich hab doch bloß was g'sagt, damit ich an den Pater Ignaz hinkomm. Dass man Seifenlauge bei Läusen hernimmt, weiß ich von unserem Hausknecht, der das bei den Pferden immer so macht. Und dass es nicht besonders gut gegen die Läus' wirkt, weiß ich auch von ihm. Das Zeug vom Tierarzt mag er aber nicht hernehmen, weil's ihm zu giftig ist.«

»So ein Schmarrn«, entgegnete ich. »Das eine sind Pflanzen, das andere ist ein Ross.«

»Das ist kein Schmarrn«, Max fühlte sich obenauf. »Du hast ja g'hört, dass das Gift gefährlich ist für Menschen und Tiere.«

»Aber der Tierarzt tät euch doch nix geben, was g'fährlich für die Rösser wär«, beharrte ich.

»Vielleicht«, meinte Max.

Auf dem Weg in den Speisesaal redete Max noch vom siebten Sinn. Auch gute Detektive bräuchten den, sonst könnten sie so manchen Fall nicht lösen. Ihm sei jedenfalls aufgefallen, mit welcher Freude Pater Ignaz die Läuse vergiftet habe.

Im Speisesaal holten wir die zwei uns zustehenden Semmeln und setzten uns etwas abseits an einen Tisch. Dann erzählte ich Max von meinen Beobachtungen bei unserem beidhändigen Lateinlehrer.

»Du machst dich«, meinte er anerkennend. »Das ist mir noch gar nicht aufg'fallen, aber es passt recht gut auf den Mord am Kathan. Der Schlag mit der linken Hand und dann der Stich mit der rechten. Da hast aber gut aufgepasst, Kaspar.«

Er biss genüsslich in seine Marmeladensemmel und kaute zufrieden wie eine alte Kuh.

Ich war mächtig stolz auf mich, denn ein Lob war bei uns eher rar. Mein Vater sagte oft: »Nicht g'schimpft ist g'lobt genug«. Max hielt es ähnlich.

»Ich bin ja g'spannt, was uns der Pater Ignaz morgen zeigen will.« Max sah versonnen zur Decke und schob dabei das letzte Stück Semmel in den Mund.

Gleich nach dem Mittagessen am Freitag gingen Max und ich wieder in den arkadenartigen Durchgang, um Pater Ignaz dort zu treffen. Da die Mahlzeit der Patres im Refektorium meist länger dauerte als unser Essen, war der Mönch noch nicht da.

»Was macht der Pater Ignaz eigentlich, wenn er sich nicht grad um seine Rosen oder die Läuse kümmert?«, fragte ich Max.

Der zuckte mit den Achseln. »Keine Ahnung. Jedenfalls ist er kein Präfekt oder Lehrer. Das wüssten wir.«

»Wie man dann als Pater im Beusl wohl den ganzen Tag rumbringt?«

»Das werde ich euch jetzt zeigen.« Pater Ignaz war durch die Tür gekommen, die vom Durchgang zur Kirche führt, und deshalb von uns nicht bemerkt worden. Mit einer Handbewegung, die uns andeutete, dass wir ihn begleiten sollten, drehte er sich um und ging wieder in die Kirche hinein. Wir folgten ihm wortlos und durchquerten den hinteren Teil des barocken Gotteshauses. Dann sperrte der Mönch eine Tür auf, durch die wir in den Durchgang auf der Nordseite des Klosters gelangten. Hier waren Max und ich noch nie gewesen, denn dieser Teil des Klosters war ausschließlich den Patres vorbehalten. Durch eine weitere Tür gelangten wir in einen breiten Gang.

Hier gab es kein ausgetretenes Linoleum, sondern graue Steinplatten bildeten den Fußboden. Die Wände und Fensterbretter waren alt, jedoch nicht durch grobe Schülerstreiche ramponiert wie auf der Schülerseite der Abtei. Pater Ignaz war einige Augenblicke stehen geblieben, damit wir uns umsehen konnten.

Einerseits war ich fasziniert von der weitläufigen Schönheit des Ganges, andererseits stieg mir ein modriger Geruch in die Nase. Ich überlegte, wie viele Generationen von Ordensleuten hier schon gelebt hatten und gestorben waren. Pater Ignaz ging nun zu einer breiten Tür, die mit feinen Schnitzereien verziert war. Auf einer breiten Stuckzierade stand ›Bibliothek‹.

Der Mönch sperrte auf und verstaute seinen Schlüsselbund wieder in der schwarzen Kutte. Mit hochgezogenen Augenbrauen forderte er uns auf einzutreten.

Max ging zielstrebig in die Bibliothek, legte die Hände in den Rücken und drehte sich langsam um die eigene Achse. Als ich den weitläufigen, lichtdurchfluteten Raum betrat, musste ich nach wenigen Schritten stehen bleiben, denn es verschlug mir den Atem. Auf kunstvoll verzierten Regalen sah ich Tausende von Büchern bis zur bemalten Stuckdecke hinauf sorgsam eingeordnet. Noch nie hatte ich etwas gesehen, was mir so viel Respekt und Ehrfurcht eingeflößt hätte. Dabei war in dieser Umgebung nichts Bedrückendes. Ich atmete einige Male tief ein und wieder aus. Am liebsten hätte ich die wundervollen Bücher und das fröhliche Ambiente ganz in mich aufgesaugt. Es war absolut still in dem Raum, und doch meinte ich einen leisen, kontinuierlichen Ton zu hören.

Ich war wohl eine Zeit lang so dagestanden, da hörte ich Max sagen: »Schau nicht gar so blöd, sonst bleibt's dir.«

Er war dicht neben mir und sah zum Deckenfresko hinauf, das einen griechischen Tempel mit Pallas Athene, der Göttin der Weisheit, darstellte.

»Du brauchst nimmer so ergriffen zu gaffen«, fuhr er fort. »Der Ignaz ist für ein paar Minuten weggegangen und hat g'sagt, wir könnten uns in Ruhe umschauen. Bloß antappen sollen wir nix.«

Nun gingen wir nebeneinander durch die langen Reihen der Bücher.

Während ich den überwältigenden Anblick der Bände genoss, die zum Teil recht antik aussahen, suchte Max etwas Bestimmtes. Beim zweiten Rundgang wurde uns klar, dass die Bücher streng nach Sachgebieten geordnet waren. Der größte Teil war theologische Literatur, dann gab es eine große Anzahl lateinischer und griechischer Bände und zuletzt kleine Abteilungen der Naturwissenschaften und der Medizin.

Dieser Bereich interessierte Max, denn er stellte sich vor das Wandregal und ließ seinen Blick über die Buchrücken gleiten.

»Was suchst denn?«, fragte ich ihn.

»Mich würd interessieren, ob es hier auch ein Buch über Gifte gibt. ›Venenum‹ heißt Gift auf Lateinisch. Schau doch, ob du ein solches Buch findest.«

Vergeblich durchforschten wir die vielen Titel aus dem Gebiet der Chemie, Physik, Biologie, Medizin und Geographie nach einem Anhaltspunkt. Plötzlich hörten wir eilige Schritte näher kommen, und als wir uns umdrehten, stand Pater Aurelian, unser Lateinlehrer, vor uns.

»Was macht ihr denn hier?« Er sah uns freundlich, aber gleichzeitig überrascht an.

»Der Pater Ignaz hat uns hier reingelassen und g'sagt, wir könnten uns ein bisserl umsehen.« Max hatte wie immer eine schnelle Antwort parat.

»Und wonach sucht ihr dann so eifrig, wenn ich die beiden großen Gelehrten fragen darf?« Unser Lateinlehrer hatte ein breites Schmunzeln auf den Lippen.

»Wir suchen ein Buch über Gifte«, entgegnete Max ungeniert und bemerkte wohl ebenso wie ich ein Stirnrunzeln im Gesicht des Paters.

»Wozu braucht ihr ein Buch über Gifte?«

»Das interessiert mich einfach«, erklärte Max. »Außerdem möcht ich Bierbrauer werden und wissen, wie man es nicht machen soll. Man will ja die Kundschaft nicht umbringen.«

Pater Aurelian lächelte immer noch, doch es war ihm anzusehen, dass er Max kein Wort glaubte: »Also, meine Lieben, dann wollen wir doch einmal sehen. Was heißt denn eigentlich Gift auf Lateinisch?«

»Venenum«, kam es wie aus der Pistole geschossen von Max und mir gleichzeitig.

»Gut«, meinte Pater Aurelian mit einem Nicken, das wir vom Unterricht her sehr gut kannten. »Aber das hilft uns hier nicht viel weiter. ›Venenum‹ ist ein Begriff für Gifte, der in der Naturwissenschaft keinen Anklang gefunden hat, vielleicht wegen seiner Ähnlichkeit zu ›Vena‹, was ja die Blutader bedeutet. Hier müssen wir vielmehr nach ›toxicum‹ suchen, was eigentlich Pfeilgift heißt, aber unter dem Namen Toxikologie die Lehre von Giften benennt.«

Anders als sonst, wenn Pater Aurelian im Lateinunterricht eine umfangreiche Erklärung für einen Begriff abgab und Max oft die Augen Hilfe suchend Richtung Himmel verdrehte, hing er dem Lateinlehrer jetzt interessiert an den Lippen.

»So – dann wollen wir doch einmal sehen, was wir hier haben.«

Routiniert suchte Pater Aurelian die Bücherreihe ab und zog flink drei Bände heraus. Diese nahm er und trug sie zu einem der in die Fensternischen eingebauten Stehpulte, wo er das erste Buch aufschlug.

Mittlerweile war Pater Ignaz in die Bibliothek zurück gekommen. Er schaute zunächst etwas verdutzt, als er Pater Aurelian bei uns stehen sah. Dann kam er flink zu uns ans Stehpult.

»Ich hab doch extra noch gesagt, dass ihr keine Bücher anfassen sollt«, nörgelte er.

»Ich habe den Buben die drei Bücher rausgesucht«, entschuldigte uns Pater Aurelian. »Die jungen Herren interessieren sich übrigens für Gifte.«

Pater Ignaz hatte inzwischen alle drei Bücher angeschaut, zuckte mit den Mundwinkeln und meinte, er hätte gar nicht gewusst, dass es in der Bibliothek Bücher über Toxikologie gäbe.

»Da stellen Sie Ihr Licht aber gehörig unter den Scheffel«, entgegnete Pater Aurelian lächelnd. »Sie stehen in dem Ruf, dass Sie jedes einzelne der Bücher hier kennen.«

»Das ist gewiss zu viel der Ehre«, entgegnete Pater Ignaz und presste die Lippen zusammen. »Die Klosterbibliothek umfasst über dreißigtausend Bände, und da wäre es unmöglich, alle zu kennen. Außerdem bin ich ein Freund der alten Sprachen, wie Sie ja wissen, lieber Mitbruder, und kein Naturwissenschaftler.« Er zupfte sich nervös an der Nase und wandte sich wieder an Max und mich. »Was wollt ihr denn eigentlich mit diesen Büchern?«

Max hob die Achseln und erklärte, dass es ihn interessieren würde, mit welchem Gift die Blattläuse gestern bekämpft worden wären.

»Aber das steht doch nicht in den Büchern, sondern auf dem Gefäß, in dem das jeweilige Präparat verwahrt wird. Außerdem wolltest du gerade noch die Biertrinker vor einem zu frühen Tod bewahren.« Pater Aurelian sah ihn an, er lächelte nicht mehr.

»Der Bub hat irgendwie schon Recht«, schaltete sich da Pater Ignaz in das Gespräch ein. »Wir haben gestern die Rosen im Klostergarten entlaust und dafür ein Präparat verwendet, das ich vom Klostergärtner aus Tegernsee bekommen habe. Wie das Mittel heißt, hat mich nicht interessiert, sondern nur dass es wirkt. Dabei hat der Gärtner aber gesagt, man müsse auch mit der Verdünnung, die zum Besprühen der Pflanzen verwendet wird, sehr vorsichtig umgehen, da das Gift für Menschen gefährlich sei. Ich sehe jedoch keine Möglichkeit, anhand eines Buches herauszufinden, um welchen Wirkstoff es sich bei dem Läusemittel handelt. Außerdem sind die Bände hochwissenschaftlich geschrieben, und kein Laie kann verstehen, was mit den vielen undurchsichtigen Ausdrücken überhaupt gemeint ist.«

Dabei blätterte er eines der drei Bücher hastig und oberflächlich durch.

»Serumspiegel, Psychopharmaka, Antioxidantien. So was versteht doch kein Mensch.« Er nahm die Bücher, sah auf die Nummer an deren Buchrücken und stellte sie kurzerhand zurück auf ihren angestammten Platz. Daraufhin drehte er sich um, sah uns an und versuchte ein scheues Lächeln, das so gar nicht auf sein sonst mürrisches, faltenreiches Gesicht passte.

Dann kam er auf uns zu und sagte: »Pater Aurelian hat euch wahrscheinlich schon erzählt, dass ich hier der Bibliothekar bin. Jetzt will ich euch einmal ein paar wirklich schöne Bücher zeigen. Bücher, die einen echten Wert haben und nicht von unappetitlichen Dingen wie Giften handeln und außerdem so geschrieben sind, dass sie kein anständiger Christenmensch versteht.«

Pater Ignaz ging geradewegs in die Nordwestecke des Raumes und blieb vor dem in die Wand eingelassenen Bücherregal stehen. Pater Aurelian zwinkerte Max und mir zu, dann folgten wir drei dem Bibliothekar.

»Seht her, das hier sind alles Schriften des genialen Platon, Texte, Interpretationen in vielen verschiedenen Ausgaben aus allen möglichen Ländern und Zeiten. Ich kann euch nur raten, euch in der Schule anzustrengen, um möglichst bald in den Genuss der Originallektüre zu kommen. Erst wenn ihr die tiefsinnigen Dialoge des großen Sokrates gelesen habt, werdet ihr wissen, was es heißt, zu denken, zu reden und zu schreiben. Das ist nicht die ekelhafte Sprache so genannter moderner Autoren, nicht das Gestammel infantiler Schreiberlinge. Dies hier ist ein Höhepunkt abendländischen Denkens. Oder hier«, er wandte sich der links neben den Platonausgaben gelegenen Bücherwand zu, »Aristoteles, Aristophanes und Xenophon.«

Unvermittelt drehte er sich zu uns um und sah Max streng in die Augen.

»Das hier ist es wert, gelesen zu werden. Bei einem Insektengift lohnt es nicht, mehr darüber zu erfahren, als dass es hilft, die Rosen vor der ekelhaften Läusebrut zu schützen. Hierfür«, und dabei machte er eine umgreifende Geste zu seinen geliebten Klassikern, »hierfür müsst ihr euch interessieren. Was die großen Köpfe des Altertums vor mehr als zweitausend Jahren gedacht haben, galt damals, gilt heute und wird auch morgen gelten. Ein Buch über moderne Naturwissenschaften ist fünf Jahre nach dem Erscheinen bereits veraltet, zum Teil widerlegt. Wer dagegen widerlegt die wunderbare Kunst des Dialoges von Sokrates? Niemand und niemals. Damals hat man Bücher für die Ewigkeit geschrieben und nicht irgendwelche Berichte mit beschränkter Gültigkeit.«

Ich stand da und war fasziniert von den Ausführungen des rothaarigen Mönchs. Noch nie hatte jemand so ernsthaft mit mir gesprochen. Noch nie hatte mir jemand erklärt, warum ich Latein und Griechisch lernen sollte. Ich hatte den ganzen Aufwand um die alten Sprachen für ein notwendiges Übel gehalten, über dessen Sinn nie diskutiert worden war.

Leise hörten wir das Klingeln der Klosterglocke. Es war höchste Zeit, dass wir uns auf den Weg in den Studiersaal machten. Pater Aurelian hatte während des gesamten Monologs des Bibliothekars mit verschränkten Armen zwischen Max und mir gestanden. Jetzt forderte er uns auf, mit ihm in den Schülertrakt hinüberzugehen, damit wir nicht zu spät zur Studierzeit kämen.

Max und ich verabschiedeten uns knapp von Pater Ignaz, und ich dankte ihm dafür, dass wir die Klosterbibliothek hatten sehen dürfen. Er schien sich darüber zu freuen, sagte aber nichts.

Nun gingen wir den gleichen Weg durch die Kirche zurück in den Südteil des Klostergebäudes. Pater Aurelian begleitete uns und schloss die entsprechenden Türen auf. Als wir an der Pforte vorbeikamen, klingelte die Glocke das zweite Mal. Die Studierzeit hatte bereits begonnen, und wir waren noch nicht auf unseren Plätzen.

Pater Aurelian bemerkte offenbar, dass ich beim zweiten Klingeln zusammengezuckt war. Ich war noch nie zu spät gekommen. Darauf setzte es saftige Strafen.

»Keine Angst, ich rede mit eurem Präfekten«, sagte er und eilte mit uns die Treppe hinauf.

Als wir die Tür zum Studiersaal öffneten, drehten sich alle Köpfe zu uns herum. Wir schlüpften schnell durch die Tür, die der Lateinlehrer aufhielt, und liefen an unsere Plätze. Pater Zeno warf uns einen fragenden und zugleich strengen Blick zu, stand von seinem erhöhten Pult auf und ging zu Pater Aurelian hin, der ihm gewinkt hatte. Die beiden Mönche flüsterten einige Augenblicke miteinander, dann verließ der Lateinlehrer den Raum, und unser Präfekt machte eine Runde durch die Reihen der Schülerpulte, um sich schließlich wieder auf seinen Platz zu setzen.

Ich hatte mit meinen schriftlichen Hausaufgaben in Mathe und Latein begonnen und erledigte diese in etwa der Hälfte der Studierzeit. Danach wollte ich mich auf den morgigen Biologieunterricht vorbereiten, aber es gelang mir nicht, mich auf die Einteilung der Amphibien zu konzentrieren. Das Biologiebuch hatte eine beinahe so kontemplative Wirkung auf mich wie das Erdkundebuch.

Wenn es offen vor mir lag, konnte ich an alles Mögliche denken, meine Gedanken waren frei.

Pater Ignaz und die Bibliothek hatten einen gewaltigen Eindruck auf mich gemacht. Konnte es sein, dass Menschen vor mehr als zweitausend Jahren Dinge gedacht hatten, die heute noch Gültigkeit besaßen? Das, was in der Bibel stand – gut –, das musste ja stimmen, aber sonst? Waren die Leute damals etwa klüger gewesen als heute?

Auf dem Weg zum Nachmittagstee nach der Studierzeit erzählte ich Max von meinen Überlegungen.

»Was du schon wieder zusammenspinnst«, meinte er nur und schüttelte den Kopf.

Wir stellten uns in die Reihe bei der Ausgabe der Semmeln, suchten, als wir dran waren, zwei möglichst wenig verbrannte Exemplare aus und setzten uns an einen der langen Tische des Speisesaals. Die erste Semmel aßen wir wortlos, Max in Gedanken versunken, ich ein wenig beleidigt, aber inzwischen kannte ich ihn ja schon. Dann schnitt Max die zweite Semmel in der Mitte auseinander, strich dick Marmelade drauf und sah mich ernst an.

»Es ist schad, dass du dich einfach nicht aufs Wesentliche konzentrieren kannst.« Er biss in seine Marmeladensemmel und sprach mit vollem Mund weiter: »Hast du g'sehen, wie schnell der Ignaz die Giftbücher wegg'räumt hat? Das stinkt doch.«

»Was hätten uns die Giftbücher denn g'holfen, wenn der Pater Ignaz selber keine Ahnung hat, wie das Lausmittel heißt«, wandte ich ein.

»Das kann er seiner Großmutter erzählen. Für seine alten Schinken hat er ja auch Zeit und Interesse. Der Pater Aurelian war uns sofort behilflich, das zu finden, wofür wir uns interessiert haben. Der hat nicht danach g'fragt, ob es sich um einen alten Griechen oder was Vernünftiges handelt.«

»Vielleicht ist der Aurelian aber derartig raffiniert, dass er so tut, als würden ihn Gifte nix angehen, obwohl er selber den Abt umgebracht hat.«

Kaum hatte ich das gesagt, erschrak ich über meine eigenen Worte.

»Gar nicht schlecht.« Max biss kräftig in die Semmel und schleckte sich dann die Marmelade von den Lippen. »Dann wär der Aurelian natürlich ein ganz b'sonders gerissenes Bürscherl. Vielleicht hat er uns auch bis zum Studiersaal begleitet und mit dem Pater Zeno g'redet, damit er möglichst menschenfreundlich erscheint.«

Max schob das letzte Stück Semmel in den Mund und spülte mit einem Schluck Tee nach.

Anschließend gingen wir in den Studiersaal, denn es hatte angefangen zu regnen, und an einen Aufenthalt im Freien war nicht zu denken. Die Tischtennisplatte war von einer Menge Mitschüler belagert, wobei man jeweils den Sieger eines Spiels fordern konnte. Der Unger Georg, unser bester Tischtennisspieler, spielte also immer so lange, wie er wollte, denn niemand war in der Lage, ihn zu schlagen. Auch ich hatte schon ein paar deftige Niederlagen einstecken müssen, während Max niemals Tischtennis spielte. Er nannte das Spiel kindisch. Meiner Meinung nach hatte er aber einfach Angst zu verlieren.

Wir blieben in der Nähe der Platte stehen und sahen zu, wie der Müller Peter vom Unger Georg 21:6 abgefertigt wurde. Als Nächster durfte sich Erwin versuchen, aber der hatte natürlich auch keine Chance. Von uns allen unbemerkt war die Tür zum Präfektenzimmer aufgegangen, und Pater Zeno kam heraus. Er ging zu der versammelten Schülerschar und sah eine Weile dem Spiel zu.

Ohne das Ende des ungleichen Matches abzuwarten, meinte er plötzlich: »Lasst es mich doch auch einmal probieren.«

Das war noch nie passiert. Ungläubig sahen alle auf den Präfekten, der bereits die Ärmel seiner weiten schwarzen Kutte hochkrempelte. Die Unterarme des Paters waren ungewöhnlich kräftig und stark behaart.

»Und«, fragte er in die Runde, »wer ist der beste Spieler von euch?«

Der Unger Georg stand immer noch mit dem Schläger in der Hand an der Platte, und die Mitschüler riefen laut durcheinander: »Der Georg, der Georg soll spielen.«

Pater Zeno ließ sich von Peter dessen Schläger geben und stellte sich dem Unger Georg gegenüber an die Platte. Er sah seinen jungen Gegenspieler herausfordernd an und zeigte ihm mit einer aufmunternden Kopfbewegung an, dass er den Ball ins Spiel bringen sollte.

Georg machte eine leichte Angabe und Pater Zeno spielte den Ball routiniert zurück. Der Ball wechselte einige Male die Seite, bis der Präfekt endlich ausholte und mit einem gewaltigen Schmetterschlag dem Georg keine Chance ließ.

Die Menge johlte vor Begeisterung.

Georg holte den Ball aus der freien Ecke des Studiersaals. Seine nun folgende Angabe war stark angeschnitten, und Pater Zeno hatte Mühe, den Ball im Spiel zu halten. Georg versuchte jetzt, bei jedem Schlag die Seite des gegnerischen Feldes zu wechseln. Das machte er aber nur zweimal, dann flog ihm der Schmetterschlag des Präfekten erneut um die Ohren.

Der Mönch grinste und strich das dünne, blonde Haar mit der linken Hand zurück. Danach legte er den Schläger auf die Tischtennisplatte und krempelte die Ärmel wieder hinunter.

Wir Schüler waren begeistert und klatschten, während Georg dastand wie ein begossener Pudel.

»Ein bisserl musst schon noch üben, mein Lieber, bevor du es mit einem ehemaligen Miesbacher Stadtmeister aufnehmen kannst.«

Dann kam Pater Zeno zu Max und mir und meinte, er hätte mit uns im Präfektenzimmer etwas zu reden. Ich konnte mir schon vorstellen, dass es wegen des Zuspätkommens zur Studierzeit war, aber schlimm konnte es nicht werden, sonst hätten wir unsere Strafarbeit längst bekommen.

In seinem Zimmer trat Pater Zeno zunächst ans Fenster und sah hinaus in den oberbayrischen Nieselregen.

Nach einer Weile drehte er sich um und fragte ruhig: »Ihr wart also heute mit Pater Ignaz in der Bibliothek?« Als wir nickten, fuhr er freundlich fort: »Nicht dass ihr das nicht dürft, gewiss nicht, aber Pater Ignaz hat meines Wissens noch nie Schüler mit in die Bibliothek genommen.«

Max erzählte nun, dass wir dem rothaarigen Mönch gestern bei der Gartenarbeit geholfen hatten und dass der sich für unsere Mitarbeit revanchieren wollte und uns deshalb die Bibliothek gezeigt hat.

»Ich habe ja gar nichts dagegen.« Pater Zeno atmete tief durch, und man sah ihm an, dass er nicht recht wusste, wie er uns das jetzt folgende ›Aber‹ beibringen sollte. »Versteht mich recht. Unser Bibliothekar ist ein sehr gescheiter Mann, ungewöhnlich gescheit, aber eben auch ein wenig – wie soll ich sagen ...« Hilflos blickte sich Pater Zeno im Raum um. Dann schnaufte er noch einmal tief durch und begann von neuem: »Eben auch ein wenig seltsam.«

Wir sahen den Präfekten fragend an, doch der wich unseren Blicken aus. Er drehte sich noch einmal zum Fenster, schaute kurz hinaus und wandte sich gleich wieder uns zu.

»Max, Kaspar, bitte gebt Bescheid, wenn ihr mit dem Pater Ignaz irgendwohin geht, und macht das nie alleine. Ich habe nichts gegen eine Freundschaft zwischen euch und dem Mitbruder, gewiss nicht, aber bitte haltet euch an das, was ich gerade gesagt habe.« Er schien erleichtert, dass er diese ihm unangenehme Sache hinter sich gebracht hatte, und meinte abschließend: »So, und jetzt schaut, dass ihr euch in der restlichen Freizeit noch ein wenig erholt.«

Die Audienz war beendet, und wir verließen, den Kopf voller Fragen, das Präfektenzimmer.

An der Tischtennisplatte wurde immer noch gespielt, und viele der Mitschüler standen herum und sahen zu. Max und ich gingen an unsere Plätze. Wie so oft schon ging es mir auf die Nerven, dass man nie allein sein konnte im Beusl, vor allem nicht bei schlechtem Wetter. Wenn es nicht regnete, konnte man den anderen im Freien besser aus dem Weg gehen.

Als ich mich an meinen Platz gesetzt hatte, kam auf einmal Erwin daher.

»Was ist denn heute in der ersten Freizeit gewesen, dass Pater Aurelian euch zur Studierzeit gebracht hat, noch dazu verspätet?«

Seine dunklen Augen sahen mich neugierig an. Wäre es nicht Erwin gewesen, ich hätte wohl nicht geantwortet. So aber erzählte ich ihm von unserem Ausflug in die Bibliothek und dem dortigen Treffen mit Pater Aurelian.

»Meine Mama hat mir erzählt, dass die Bibliothek des Klosters weltberühmt ist. Ich würde sie auch gerne einmal sehen. Meinst du, dass du Pater Ignaz fragen könntest, ob er sie mir zeigt? Du weißt doch, wie sehr ich Bücher mag.«

Ich sah in sein langweiliges Gesicht und er tat mir leid. Also versprach ich ihm, Pater Ignaz darauf anzusprechen, sobald sich die Gelegenheit dazu ergäbe. Er schien mit meiner Antwort zufrieden. Dann holte er sein Steckschach heraus und stellte es auf. Stundenlang konnte er so dasitzen und nur von Zeit zu Zeit eine Figur bewegen.

Mir war das zu langweilig.

Plötzlich fiel mir wieder ein, was Pater Zeno gesagt hatte. Wir sollten uns auf keinen Fall allein bei Pater Ignaz aufhalten.

»Warum?«, schoss es mir durch den Kopf, und ich beschloss, unter gar keinen Umständen Erwins Bitte zu entsprechen. Vielleicht würde ihm Pater Aurelian einmal die Bibliothek zeigen, er war ja sehr nett zu uns gewesen.

War er sehr nett gewesen oder zu nett?

Ein Verdacht stieg in mir auf.

Kapitel VI

Huber greift ein

Am nächsten Tag, es war Samstag, erwarteten wir sehnsüchtig das Eintreffen von Inspektor Huber. Etwa eine Stunde nach dem Mittagessen wurden wir endlich zu Pater Zeno gerufen.

Er sagte, dass ein Onkel von Max an der Pforte auf uns warten würde. »Ihr könnt mit ihm ein wenig ins Dorf gehen, wenn ihr wollt, aber bis zum Abendessen seid ihr spätestens wieder da.« Dann zog er streng die Augenbrauen zusammen und schickte uns weg.

An der Pforte trafen wir den Inspektor. Wir gaben ihm die Hand und gingen mit ihm nach draußen.

»Es ist gar nicht so einfach, euch ohne Haftbefehl aus dem Beusl rauszukriegen.« Huber schien darüber sehr amüsiert. »Ich musste Frater Innozenz an der Pforte sogar meinen Ausweis zeigen, und dann hat's noch ewig gedauert, bis ihr endlich gekommen seid. Inzwischen hab ich mich mit dem Pförtner unterhalten. Nachdem er in meinem Dienstausweis g'sehen hat, dass ich Polizeiinspektor bin, sprachen wir ein wenig über meine Arbeit. Er meinte, als Pförtner brauche er auch oft kriminalistische Fähigkeiten, besonders bei den Schülern aus den oberen Klassen. Die würden schon mal versuchen, in der Nacht auszubüchsen, aber er würd die Schliche natürlich kennen und wüsst, welche Fenster sich am ehesten zum Aus- und

Einsteigen eignen. Am besten ginge das über den Speisesaal. Da muss man eben sehen, dass die entsprechenden Fenster immer verschlossen sind. Ich fragte ihn dann, ob die Patres in der Nacht das Kloster unbemerkt verlassen könnten, aber die Frage hat ihm gar nicht g'fallen. Er hat g'meint, dass es sich hier um ein Kloster handeln würd, nicht um ein Gefängnis. Und natürlich hätte jeder der Patres einen Hausschlüssel.«

Inzwischen waren wir an der Hauptstraße und gingen Richtung Oberdorf. Ich sah mich neugierig um, denn schließlich war ich noch nie in Heiligenbeuern selbst, also im Dorf, gewesen. Der Inspektor sprach immer noch über den Pförtner.

»Ein netter Mann ist das, der Frater Innozenz. Bloß schade, dass er nur noch einen Arm hat. Den anderen hat er vor dem Krieg bei einem Verkehrsunfall verloren. Kann einem wirklich leidtun, der Mann. Übrigens hatten an dem Samstagnachmittag, als der Kathan beerdigt wurde, alle Patres frei, also keine Verpflichtungen. Es könnt demnach jeder von ihnen gewesen sein, außer dem Pförtner selbst, denn die Pforte muss ja immer besetzt sein.«

Während er all das erzählte, waren wir im Café Lugauer angekommen, das bekannt war für seine guten Obstkuchen und Torten. Herr Huber bestellte sich eine Portion Kaffee, heißen Kakao für Max und mich und ein Stück Torte für jeden.

Er hatte unseren Brief bekommen und berichtete nun von seinen neuesten Erkenntnissen. »Frau Kathan hat noch einmal die ganze Wohnung durchgesehen. In einem Geheimfach im Schreibtisch ihres Mannes hat sie ein Tagebuch und einige Fotos aus den Kriegstagen ihres Gatten gefunden. Jetzt erklärt es sich auch, warum er etwas verschlossen war. Kathan war Unteroffizier im Krieg und hat dabei sehr viel Schreckliches mitgemacht. In dem Tagebuch schildert er die Erlebnisse des Russlandfeldzuges. Plötzlich, am 14. September 1944, brechen die Eintragungen ab. Seine Einheit, eine Kompanie Infanterie, lag damals in Ostpreußen und erwartete jeden Tag den entscheidenden russischen Angriff.«

Umständlich zündete sich der Inspektor eine Zigarette an. Mit halb geschlossenen Augen blies er den Rauch des ersten Zuges nach oben. »Ich habe nachgelesen, dass in diesen Tagen zwar russische Attacken erfolgt sind, doch der Durchbruch durch die deutsche Front erfolgte erst später. – Seltsam.«

Huber hatte zuletzt nur noch leise gemurmelt und schien ganz in Gedanken. Plötzlich richtete er sich auf und trank einen Schluck Kaffee. Dann nahm er einen tiefen Zug, schaute uns streng an und redete nun in einem befehlenden Ton, den ich nicht an ihm gekannt hatte: »Macht mir ja keine solchen Alleingänge mehr wie bei eurem Besuch im Krankenzimmer. Das könnt sehr gefährlich für euch werden, und ich würd es mir nie verzeihen, wenn euch was passiert.«

Max und ich sahen zu Boden. Der Mann erzählte einen solchen Unsinn. Warum sitzen wir denn überhaupt hier, wenn er so viel Angst um uns hat, fragte ich mich. Der hat doch nur diesen Mordfall und sein ewiges Rauchen im Kopf. Mit seinen Befindlichkeiten sollte er mich bitte in Ruhe lassen. Schon wieder hielt er eine Zigarette zwischen dem kleinen und dem Ringfinger. Wenn er daran zog, versteckte er sein Gesicht hinter der Hand.

Max interessierten diese Dinge nicht. »Herr Inspektor«, sagte er, »wir haben uns die letzten zwei Tage ein bisserl mit dem Pater Ignaz anfreunden können.«

Dann erzählte er von den zwei Begegnungen mit dem rothaarigen Bibliothekar, dem Vergiften der Läuse, dem seltsamen Benehmen bei unserer Suche nach einem Toxikologiebuch und der Warnung von Pater Zeno, auf keinen Fall allein etwas mit Pater Ignaz zu unternehmen.

Der Inspektor hörte aufmerksam zu. Als Max geendet hatte, wollte er gerade ansetzen, etwas zu sagen. Max war aber schneller und erzählte noch geschwind von meinen Beobachtungen bei unserem Lateinlehrer, von dessen offensichtlicher Beidhändigkeit und seinem unerwarteten Erscheinen in der Bibliothek. Der Inspektor nahm einen Schluck Kaffee und sah uns ernst an. Er atmete ein paar Mal tief durch, sah zur Decke und schüttelte den Kopf.

»Mit eurem Alleingang im Krankenzimmer bin ich nicht einverstanden, das habe ich schon gesagt. Nachdem wir aber dadurch gewisse Erkenntnisse gewonnen haben, werden wir die auch verwenden.« Unruhig rutschte er auf seinem Stuhl hin und her. Er fühlte sich gar nicht wohl.

»Im Moment kommen wir so nicht weiter. Ich muss unbedingt herausbekommen, was sich in der Klosterapotheke befindet. Ich würde ja sehr gerne eine Befragung der Hauptverdächtigen durchführen, zu denen auch Pater Ignaz und Pater Aurelian im weiteren Sinn gehören, aber ich kann nicht.«

Er nahm hastig eine neue Zigarette aus dem verkratzten Etui und zündete sie an der letzten, die noch glomm, an. Das ging ganz mechanisch. Er hatte jetzt einen grüblerischen Gesichtsausdruck.

»Deshalb müssen wir uns erst einmal auf die Schlüsselfigur in der Sache konzentrieren, und das ist nun einmal der Krankenpfleger Pater Melchior. Der hat eine Weile Medizin studiert, also kennt er sich mit Giften aus. Und ein Kriegstrauma hat er genauso wie der Herr Kathan. Seine Konsequenz aus dem Erlebten war im Gegensatz zu Kathan wahrscheinlich die, dass er ins Kloster gegangen ist. Jetzt wär's noch interessant, zu wissen, ob er während des Krieges mit Herrn Kathan zu tun hatte. Außerdem möcht ich zu gerne erfahren, was in dem verschlossenen Arzneischrank ist. Eine Hausdurchsuchung in einem Kloster ist aber nur sehr schwer durchzusetzen. Vor allem auch deshalb, weil die mit dem Fall betrauten Kollegen in Garmisch es bereits abgelehnt haben, mit mir zusammenzuarbeiten, und ich nichts habe als ein paar Vermutungen. Ich hätte also Folgendes im Sinn.«

Huber beugte sich etwas über den Tisch und flüsterte:

»Wenn ich irgendwie in die Krankenstation hineinkomm und ihr den Pater Melchior ablenkt, könnt ich versuchen, den Arzneischrank aufzumachen. Einen anderen Weg, den Inhalt des Schrankes kennen zu lernen, seh ich nicht.«

Mir war nicht wohl bei der Sache, und auch Max schien Bedenken zu haben.

Er fragte leise: »Kann das nicht ganz schlecht für Sie ausgehen? Ich mein' – so ganz legal ist das doch nicht? Oder?«

»Lasst das mal meine Sorge sein«, erwiderte Huber knapp und zog die Augenbrauen hoch. »Die G'schicht könnt schief gehen. Das würd mich meinen Posten und die Beamtenpension kosten. Was für euch auf dem Spiel steht, weiß ich nicht. Natürlich könnt ihr jederzeit aussteigen. Dann finden wir den Mörder nie.« Nun hob er den Kopf ruckartig und sah Max und mich ernst an: »Also, macht ihr mit?«

Zurück im Kloster, verabschiedeten wir uns vor der Pforte von Herrn Huber. Als wir gerade die Treppe zu unserem Studiersaal hinaufgehen wollten, hörten wir hinter uns ein leises Stöhnen.

Der Inspektor hatte sich mit der linken Hand an der Mauer neben der Ausgangstür abgestützt und hielt das Gesicht in der rechten. Nach einigen Augenblicken sank er in die Knie und fiel langsam nach vorne auf den Boden, wobei er sich mit den Händen abstützte.

Wir rannten sofort zu ihm hin, und Max rief laut Richtung Pforte: »Frater Innozenz, Frater Innozenz, holen Sie bitte schnell jemanden! Um Gottes willen, mein Onkel ist ohnmächtig g'worden! Schnell helfen S' uns!«

Der Pförtner kam so schnell, wie es mit seinem steifen Bein ging, aus seiner Kammer heraus und befahl mir, Pater Melchior, den Apotheker, im Krankenzimmer zu suchen und zu holen.

Ich lief los, aber Pater Melchior war nirgends zu finden. Als ich zurückkam, trugen gerade zwei Elftklässler und Max Herrn Huber in Richtung Krankenstation. Der Kräftigere der beiden hatte den Inspektor unter den Achseln gefasst, Max und der andere hielten jeweils ein Bein. Ich nahm die Aktenmappe, die an der Stelle lag, wo Huber zusammengebrochen war.

Frater Innozenz telefonierte inzwischen mit einem Arzt. Dann kam er nach, um die Tür zum Krankenzimmer aufzusperren, denn er als Pförtner hatte die Schlüssel zu allen Räumen. Schließlich hoben wir den bewusstlosen Inspektor in ein Bett und legten seine Beine hoch.

»Das hilft gegen den Kreislauf«, meinte einer der Helfer. Damit glaubten sie genug getan zu haben und gingen.

»Ihr zwei bleibt hier, bis der Arzt kommt«, wies uns Innozenz an. »Ich muss zurück an die Pforte.« Mürrisch schüttelte er den Kopf. »Ich möchte nur wissen, wo Pater Melchior steckt.«

Damit verließ er den Raum.

Vorsichtig öffnete Huber das linke Auge. »Sind sie weg?«

Max nickte.

Sofort war unser Inspektor auf den Beinen. »Jetzt aber schnell. Max, du gehst vor die Tür und gibst Bescheid, wenn Pater Melchior, der Pförtner oder sonst wer auftaucht. Falls dich jemand fragt, was du da machst, kannst du ja sagen, dass du auf den Doktor wartest und ihn in Empfang nehmen sollst.«

Max ging auf den Gang hinaus, um uns gegebenenfalls zu warnen. Inzwischen hatte Inspektor Huber einen Bund mit Dietrichen aus seiner schmalen Aktenmappe geholt. »Jetzt schauen wir mal, was wir auf der Polizeischule gelernt haben.«

Ich wusste nicht, was er mit diesem Bündel Metallhaken wollte. Er hatte im Café nichts davon gesagt. Ohne Erklärungen kniete er sich vor die Tür zum Nebenzimmer und versuchte, sie mit einem der Haken zu öffnen. Nach einigen Augenblicken gab das Schloss ein metallisches Klicken von sich. Der Inspektor drückte die Klinke und schob die Tür auf.

Der Nebenraum war genauso, wie ich ihn in der vergangenen Woche gesehen hatte. Huber ging sofort zu dem metallenen Medikamentenschrank hin. Mit einigen kleineren Haken versuchte er, dessen zerkratztes Türchen zu öffnen.

»Das Schloss hier ist nicht so leicht zu knacken«, sagte er angespannt. Erste Schweißperlen zeigten sich auf seiner Stirn. »Wenn es so nicht klappt, brech ich das Ding auf. Wir müssen einfach wissen, was da drin ist, sonst kommen wir nicht weiter.«

Auf einmal klickte es bei einer Drehbewegung des Hakens. Huber schaute mich erleichtert an und grinste. Dann drehte er den Dietrich noch einmal um, und die Tür ließ sich öffnen. Bisher hatte ich im Türrahmen zum Nebenzimmer gestanden, aber jetzt musste ich ganz nahe an den Arzneimittelschrank herantreten, damit ich ja nichts verpasste.

In dem Kästchen befanden sich etwa zwei Dutzend Fläschchen und Dosen, zwei Spritzen und dazugehörige Nadeln. Huber schien zu wissen, was er suchte. Er nahm eine Flasche nach der anderen in die Hand und las deren Beschreibung rasch und konzentriert.

Er atmete jetzt schneller und murmelte vor sich hin: »Gut, dass ich gestern mit dem Medizinalrat gesprochen habe. Sonst hätte ich jetzt keine Ahnung, was ich hier suchen oder besser noch finden soll. Viele Substanzen kenne ich überhaupt nicht, denn schließlich bin ich Polizist und nicht Apotheker. Schau einmal an, was wir hier alles haben: Sulfonamide und Penicillin-Trockensubstanz.«

Er stellte die Fläschchen wieder zurück, um zwei andere, die weiter hinten gestanden hatten, herauszunehmen.

Nachdem er einen kurzen Blick darauf geworfen hatte, erschien ein triumphierendes Lächeln auf seinem Gesicht.

»Und jetzt sind wir beim Eing'machten, ganz so, wie der Herr Medizinalrat g'meint hat.« Er hielt mir eines der beiden Fläschchen unter die Nase. »An der Medizin wird unser Pater Krankenpfleger bitter zu schlucken haben.«

Plötzlich hörten wir auf dem Gang eine Stimme. »Was soll das heißen, ich kann da jetzt nicht rein?«

Ich erkannte die Stimme von Pater Melchior. Und schon flog die Tür zum Gang hin auf. Natürlich sah Melchior gleich, dass hier irgendetwas nicht stimmte, und so stürmte er weiter in den Nebenraum.

»Was machen Sie hier? Was unterstehen Sie sich? Geben Sie mir sofort die Medikamente. Ich werde augenblicklich die Polizei holen.« Pater Melchior war außer sich und entriss Huber die beiden Fläschchen. »Ich werde Sie anzeigen, und die beiden Burschen fliegen heute noch von der Schule, dafür werde ich sorgen.«

Er stellte die Medikamente in den Kasten zurück und stieß das Türchen mit einer fahrigen Bewegung zu. Dann drehte er sich um, sah Huber wütend an und fauchte: »So – und nun verschwinden Sie.«

Huber war genauso erschrocken wie ich, als Pater Melchior hereingestürmt war. Jetzt stand er aber ganz ruhig da und ließ sich die Medikamente ohne Reaktion aus der Hand nehmen.

Dann lächelte er ein wenig und meinte: »Die Mühe, die Polizei zu rufen, können Sie sich sparen.«

Er zog seinen Polizeiausweis aus der Jackentasche und hielt ihn dem Pater vor die Nase. Dem schoss sofort die Farbe aus seinem Gesicht.

Der große Mann schien augenblicklich alle Energie zu verlieren und ging langsam die drei Schritte bis zu der Pritsche auf der anderen Seite des Raumes. Dort setzte er sich hin und ließ den Kopf hängen.

»Sie wissen wahrscheinlich, warum ich hier bin«, sagte Huber und verschränkte selbstsicher die Arme.

Pater Melchior nickte, sah jedoch nicht auf. »Ich wusste, dass es irgendwann aufkommen würde, aber ich konnte nicht anders. Ich kann keinen Menschen mehr leiden sehen.«

Huber sah mich überrascht an.

»Warum sprechen Sie von Leiden?«, wollte Huber wissen.

Melchior schien die Frage des Beamten nicht gehört zu haben und fuhr leise, mit zu Boden gerichteten Augen, fort: »Er war doch schon fast weg von diesem Teufelszeug, und dann ging alles wieder von vorne los. Ich konnte nicht zusehen, wie er litt, wie er nicht mehr denken, arbeiten und Musik spielen konnte. Da habe ich ihm eben wieder ein wenig Morphium gegeben. Ich weiß, dass man das nicht darf. Ich wäre kein guter Arzt geworden. Doktor Hofmann, unser Hausarzt, hat sich schon gewundert, weshalb ich so viel Morphium brauche. Ich habe ihm dann die nächtlichen Schmerzattacken von dem armen Pater Zyprian geschildert, und er hat mir wieder Morphium verschrieben. Mehr Morphium, als ein Mensch vertragen würde. ›Passen Sie auf‹, hat Dr. Hofmann gesagt, ›dass es zu keiner Atemlähmung kommt bei einer Überdosierung.‹ Er hat die Rezepte immer unwilliger herausgegeben, also hat er schon geahnt, dass nicht alles für Pater Zyprian ist. Vielleicht ist es ganz gut, wenn der Spuk endlich vorbei ist. Ich konnte es ohnehin nicht mehr aushalten.«

Pater Melchior saß jetzt schweigend da. Der Inspektor dagegen hatte mit einer solchen Reaktion nicht gerechnet. Er ging wie ein Tiger in dem kleinen Raum auf und ab.

Schließlich blieb er vor dem verzweifelten Mönch stehen und sagte gereizt: »Die Sache mit dem Morphium ist sicher keine Kleinigkeit, aber hier geht es um Mord.«

Pater Melchior schreckte auf und stotterte: »Mord, wie kommen Sie auf Mord? Was meinen Sie damit? Was sollte denn ich mit einem Mord zu tun haben?«

Huber setzte sich auf die andere Hälfte der Pritsche neben den Pater und fing an: »Der Abt und Herr Kathan sind in derselben Nacht ums Leben gekommen. Das war kein Zufall. Ich glaube, dass beide von ein und derselben Person getötet worden sind. Herr Kathan wurde erstochen, während beim toten Abt keine Spuren von Gewalteinwirkung zu sehen waren. Wenn es also Mord war, muss er vergiftet worden sein, und zwar von jemandem aus dem Kloster. Abends werden ja alle Türen verschlossen, und kein Fremder hätte die Möglichkeit gehabt, dem Abt während der Nacht ein Gift zu verabreichen. Und wer hat hier im Haus am leichtesten Zugang zu einem Gift?« Huber schaute den Pater freundlich an. »Das dürften doch wohl Sie sein. – Somit haben Sie ein großes Problem, denn ich habe in dem Arzneischrank eine Flasche Digitalis gefunden. Nachdem ich mich in der Vorbereitung für dieses Unternehmen ausführlich mit einem Pharmakologen unterhalten habe, gab mir der eine Liste von Giften, die geschmacklos sind und schnell töten. Welches Gift meinen Sie, steht ganz oben auf der Liste?«

Huber machte eine kurze Pause. »Digitalis, der Fingerhut!«

Der Mönch saß immer noch da wie ein Häufchen Elend und sah zu Boden.

»Wie Sie sehen, sprechen einige Indizien gegen Sie. Es wäre sicher schwierig, die Exhumierung des Abtes durchzusetzen, aber wenn es um ein Gewaltverbrechen geht, ist sogar die katholische Kirche kooperativ. Eine toxikologische Untersuchung der Leiche würde wahrscheinlich eine Vergiftung bestätigen.« Wieder hielt Huber inne und sah Pater Melchior eine Weile fragend an, um dann fortzufahren: »Jetzt habe ich nur noch zwei Probleme. Erstens fehlt das Motiv, und zweitens traue ich Ihnen keinen Mord zu und einen Doppelmord schon gar nicht. Also müssen wir die Sache umdrehen und uns Folgendes überlegen: Was beweist uns, dass Sie es nicht waren?«

Pater Melchior sah auf, und ein hilfloser Blick traf erst den Inspektor, dann mich und zuletzt Max.

Huber ergriff erneut das Wort: »Warum hätten Sie den Arzneischrank aufbrechen sollen? Sie haben doch einen Schlüssel dafür. Aber an den Kratzern und Dellen in der Tür sieht man, dass sich jemand daran zu schaffen g'macht hat. Jemand, der einen Schlüssel für eine Tür hat, hat doch keinen Grund für so was. Der sperrt auf – und fertig.«

Huber fuhr sich mit seinen ungepflegten Fingern durch das kurze, fettige Haar.

Max nickte und flüsterte mir zu: »Ich glaub, dass der, der das Kasterl auf'brochen hat, auch der Mörder ist.«

Huber wandte sich wieder an Pater Melchior: »Wann wurde der Arzneimittelschrank denn beschädigt? Oder waren die Kratzer im Lack und die Beulen im Blech immer schon da?«

Pater Melchior sah aus dem Fenster und sagte leise: »Das war in der Nacht, als der Abt starb.«

»Wissen Sie auch, wer es getan hat?«, setzte Huber nach.

Melchior sah immer noch aus dem vergitterten Fenster und nickte. »Ich bin mir sicher, dass er das Schränkchen aufgebrochen hat, aber er streitet es ab. Er behauptet, dass es schon offen gestanden hätte, als er den Raum betrat. Er hat dann einfach das Morphium genommen und sich eine hohe Dosis gespritzt. Ich fand ihn am nächsten Morgen schlafend auf der Pritsche.« Nun stützte sich der große, magere Mönch mit den Händen auf dem Fensterbrett ab und sprach mit belegter Stimme weiter. »Das Gift hat ihm das Gehirn schon angefressen. Er weiß oft nicht mehr, was er tut oder getan hat.«

»Von wem sprechen Sie?«, fragte Huber.

Pater Melchior atmete tief durch: »Sie werden es ja doch erfahren. Es war Pater Pius. Ich fand ihn am Montagmorgen hier auf der Pritsche liegen. Der Kasten stand offen und eine Spritze lag auf dem Boden. Er sagte, dass er mich am Sonntagabend um eine Dosis Morphium habe bitten wollen und deshalb gegen neun Uhr in das Krankenrevier gekommen sei, weil ich mich meist um diese Uhrzeit hier aufhalte. Die Tür zum Krankenzimmer und auch die zum Nebenzimmer waren aber seinen Worten nach nicht zugeschlossen, gerade so, als ob ich da gewesen wäre. Da er mich jedoch nicht antraf, der Kasten aber offenstand, konnte er nicht widerstehen und hat sich eine hohe Dosis gespritzt. Ich glaube jedoch nicht, dass es so gewesen ist. Ich denke, dass er den Schrank aufgebrochen hat. Wie er in die Krankenstation hereingekommen ist, weiß ich allerdings nicht. Vielleicht hatte ich ja vergessen, abzuschließen und …«

Huber unterbrach den Pater: »Ist es möglich, dass Pater Pius einen Schlüssel für das Krankenzimmer hatte?«

Melchior überlegte eine Weile, dann schüttelte er den Kopf: »Für den Krankenbereich dürfte es nur wenige Schlüssel geben. Einen habe natürlich ich. Einer ist an der Pforte, falls ich einmal nicht erreichbar bin. Ein paar Präfekten haben einen für etwaige Notfälle und einer war schließlich beim Abt.«

Der Inspektor pfiff leise durch die Zähne.

Der Mönch sah ihn daraufhin befremdet an und fuhr hilflos fort: »Morphinisten verändern ihren Charakter. Für das Rauschgift tun sie alles: stehlen, lügen, einfach alles. Und dabei können sie oft zwischen Realität und Rausch nicht mehr unterscheiden; das heißt, dass die Realität des Pater Pius nicht den Tatsachen entsprechen muss, auch wenn er meint, die Wahrheit zu sagen.«

Pater Melchior sackte nach seinen Ausführungen, die er durch knappe, fahrige Gesten unterstrichen hatte, wieder zusammen. Inspektor Huber spielte schon seit einiger Zeit mit seinem alten Zigarettenetui.

»Hier darf man sicher nicht rauchen?«, fragte er.

»Das ist heute auch schon egal«, erwiderte Pater Melchior. »Rauchen Sie ruhig, Herr … Jetzt habe ich Ihren Namen vergessen.«

»Huber. Inspektor Huber.« Der Polizeibeamte zündete sich die Zigarette an und nahm einen tiefen Zug. »Wir kommen da im Moment wohl nicht weiter. Ich habe nur noch eine letzte Frage. Sie haben Digitalis im Schrank, also wird's einen Patienten für das Medikament geben.«

»Ja«, bestätigte Melchior, »es ist ein älterer Mitbruder mit einer hochgradigen Herzinsuffizienz, die sich in den letzten Tagen deutlich verschlechtert hat.«

»Könnten Sie beurteilen, ob aus der Digitalisflasche etwas herausgenommen wurde?«, fragte Huber.

Der Mönch erwiderte ruhig: »Wissen Sie, Herr Inspektor, Digitalis muss sehr genau dosiert werden und ich führe über die Ausgaben Buch. Anhand von Markierungen an der Flasche lässt sich erkennen, ob etwas fehlt.«

Er stand auf, ging zum Medikamentenschrank und nahm das Fläschchen und ein kleines Notizbuch heraus. »Ich fülle dem Patienten einmal wöchentlich eine Tropfflasche auf, von der er dann zweimal täglich eine bestimmte Dosis einnimmt. Anhand meiner Eintragungen fehlt nichts in der Flasche.«

Er reichte Huber das Fläschchen und das Notizbuch. Der kontrollierte beides und gab es wieder zurück.

»Sie sagten, dass es dem Herzpatienten seit einigen Tagen schlechter geht.«

»Ja«, erwiderte Melchior, »aber ich verstehe das nicht, zumal er schon seit mehreren Jahren mit einer konstanten Dosis sehr gut zurechtkommt.«

»Kann ich das Fläschchen vielleicht mitnehmen und den Inhalt in einem Labor untersuchen lassen?«, bat Huber. »Und morgen Nachmittag würde ich mich gerne noch einmal mit Ihnen treffen. Sagen wir um 14.00 Uhr. Einstweilen reden Sie bitte mit keinem Menschen über die Dinge, die wir besprochen haben, vor allem nicht mit Pater Pius. Versprechen Sie mir das?«

Melchior nickte.

»Noch eine Frage.« Huber sah dem Mönch, der gut einen halben Kopf größer war als er, eindringlich in die Augen. »Sie waren doch Soldat?« Pater Melchior nickte und versuchte, dem Blick des Polizisten auszuweichen. »In welchen Frontabschnitten waren Sie eingesetzt?«

»Warum wollen Sie das wissen?« Der Pater war irritiert. Er stand auf und ging ans Fenster.

»Es könnte für meine Ermittlungen wichtig sein. Bitte beantworten Sie meine Frage.« Huber schaute Pater Melchior weiterhin herausfordernd an.

»Ich war erst an der Westfront, später dann im Osten. Fast zwei Jahre lang, bis zur Gefangenschaft.« Jetzt sah der Mönch dem Polizeibeamten müde in die Augen, als wollte er sagen, dass es nun genug sei.

Der Inspektor deutete den Blick seines Gegenübers wohl richtig und verabschiedete sich knapp.

Dann gab er dem Pater noch seine Telefonnummer, falls ihm etwas Besonderes einfallen sollte. Schließlich brachten Max und ich den Inspektor an die Pforte. Melchior blieb allein im Krankenzimmer.

»Herr Inspektor, Herr Inspektor«, rief Frater Innozenz aus dem Pfortenkämmerchen und klopfte an die Glasscheibe des offenstehenden Pfortenfensters, um auf sich aufmerksam zu machen.

Huber wandte sich zu ihm um.

»Geht es Ihnen wieder besser?«, fragte Innozenz besorgt. »Sie sollten aber noch warten, bis der Doktor da ist. Wir möchten doch nicht, dass Sie ein Risiko eingehen.«

»Mein Gott, der Doktor.« Huber griff sich an den Kopf. »Den hab ich jetzt ganz vergessen.«

»Wieso vergessen?« Innozenz zog die Stirn in Falten und schüttelte verständnislos den Kopf. »Wie kann man den Doktor vergessen, wenn man krank ist? Sie waren schließlich ohnmächtig.«

Er sah den Inspektor forschend an.

»Ja, so ist es im Leben, mein lieber Frater Pförtner.« Huber versuchte, die peinliche Situation zu retten. »Wenn man wieder obenauf ist, dann denkt man nicht mehr an die unangenehmen Dinge. Übrigens hat sich Pater Melchior hervorragend um mich gekümmert. Er kennt sich ja sehr gut aus mit Herzerkrankungen, und bei mir ist das eine alte Geschichte mit diesen sporadischen Ohnmachtsanfällen. Auf Wiedersehen und vielen Dank für Ihre Mühe.«

»Und was sage ich jetzt dem Doktor, wenn er kommt? Er ist sicher auf dem Weg hierher.« Die Stimme des Pförtners klang ärgerlich.

»Ich werde vor der Pforte auf ihn warten und ihm die Sache erklären.« Huber lächelte linkisch.

Auch der bärtige Pförtner verabschiedete sich in seiner freundlichen und etwas steifen Art. Er schien niemandem lange böse sein zu können.

Schließlich drehte sich Innozenz zu Max und mir um und rief mit gespielt ernstem Gesicht: »Und ihr beide schaut, dass ihr in den Studiersaal kommt, aber schnell. Sonst gibt der Pater Zeno noch eine Vermisstenanzeige auf.«

Kapitel VII

Noch eine Leiche

Der Sonntag war der schönste Tag der Woche im Beusl. Zum einen durfte man eine halbe Stunde länger schlafen, zum anderen war kein Unterricht und nur abends eine Stunde Studierzeit. Außerdem war das Mittagessen am Sonntag wesentlich besser als während der Woche, was für uns einen hohen Stellenwert hatte.

Nach dem Essen blieben wir im Studiersaal, da es regnete und ein kalter Herbstwind den Aufenthalt im Klosterhof verhinderte. Ohne Euphorie spielten Max und ich Schiffe versenken.

Ab halb zwei standen wir an dem Fenster, das den besten Blick zur Pforte bot, und erwarteten die Ankunft des Inspektors, der kurz vor zwei Uhr mit seinem alten Opel in den Klosterhof fuhr.

Sehnsüchtig sah Max zu, wie der Polizist das Kloster betrat, dann drehte er sich zu mir her.

»Sakrament. Wenn's spannend wird, können wir bloß zuschauen.«

Voller Zorn stampfte er auf den Boden. Ich konnte ihn gut verstehen, aber ich für meinen Teil war heilfroh, dass ich mit der ganzen Sache jetzt nichts mehr zu tun hatte. Ich ließ Max am Fenster stehen, setzte mich auf meinen Platz und begleitete lieber in Gedanken ›Kara ben Nemsi‹ bei seinen Auseinandersetzungen mit dem Schut.

Bald schon dachte ich nicht mehr an Max und war ganz in mein Buch vertieft.

Plötzlich stand Pater Zeno an meinem Pult. Er sah Max, der sich inzwischen auf Erwins Platz, also neben mich gesetzt hatte, und mich streng an und forderte uns auf, mit ihm in sein angrenzendes Präfektenzimmer zu kommen. Das verhieß nichts Gutes, und so folgten wir ihm etwas zögerlich. Im Präfektenzimmer setzte er sich in seinen Sessel und ließ uns beide stehen. Jetzt sah es noch schlechter aus. Ich durchforschte mein Gewissen, ob ich heute schon etwas angestellt hatte, und Max tat wohl dasselbe, wenn ich seinen Gesichtsausdruck richtig deutete.

Pater Zeno ließ uns eine Zeit lang in der Stille beizen und fragte dann ernst: »Habt ihr mir eigentlich nix zu erzählen?«

Max und ich sahen uns an. Pater Zeno bemerkte das und wiederholte die Frage mit einem gewissen Nachdruck: »Schaut mich gefälligst an! Habt ihr mir gar nichts zu erzählen?«

Max zuckte mit den Achseln und richtete seinen Blick unbeirrt auf den Pater. Ich versuchte ebenfalls, dem untersetzten Präfekten unerschrocken in seine graublauen Augen zu schauen, aber meine Augen glitten immer wieder ab.

»Ihr beide haltet mich wohl für ein bisserl beschränkt, doch jetzt wird mir die Sache allmählich zu bunt.«

Pater Zeno war während des Satzes aufgestanden und ging in dem kleinen Raum auf und ab. Wir trauten uns währenddessen nicht, uns zu rühren.

»Der Pförtner, Frater Innozenz, war gerade bei mir und sagte, dass der Onkel vom Max unten an der Pforte schon seit einer Stunde auf Pater Melchior wartet. Weil sich der im Moment nicht in seiner Klosterzelle aufhält und das Krankenzimmer abgeschlossen ist, möchte der Onkel jetzt mit euch beiden reden.« Er blieb vor meinem Freund stehen. »Max, kannst du dir vorstellen, was dein Onkel von Pater Melchior will? Und warum möchte er mit euch beiden reden? Er war doch gestern schon da.«

Ich wusste jetzt gar nicht mehr, wohin ich schauen sollte, und hätte mich am liebsten in Luft aufgelöst. Max knabberte an seiner Unterlippe herum, wie er es oft machte, wenn er angestrengt nachdachte.

Dann sagte er leise: »Herr Präfekt, der Mann ist nicht mein Onkel. Er ist Polizist und wollt mit dem Pater Melchior über den Mord an Herrn Kathan und den plötzlichen Tod vom Abt reden. Er meint nämlich, dass die zwei Todesfälle zusammenhängen.«

Pater Zeno stand jetzt am Fenster mit dem Rücken zu uns und sprach ganz ruhig, als würde er mit sich selbst reden. »Ich dachte, die Untersuchungen der Polizei hier im Kloster wären abgeschlossen. Wie kommt die Polizei dazu, hinter dem Rücken der Patres weitere Nachforschungen durchzuführen? Und was habt ihr eigentlich damit zu tun?«

Ich wollte jetzt endgültig in einer Ritze verschwinden und auch Max war zu keiner Aussage mehr bereit. Pater Zeno drehte sich unvermittelt um und baute sich mit verschränkten Armen vor uns auf.

»Na, was haltet ihr davon, dass wir uns den Herrn Polizeionkel mal raufkommen lassen? Die Sache wird sicher spannend. Hoffentlich wird sie nicht so spannend, dass ihr euch morgen schon eine andere Schule suchen könnt. In diesem Hause wird das Lügen und Hintertreiben nämlich gar nicht geschätzt.«

Mit diesen Worten trat er an die Tür zum Studiersaal, öffnete sie schwungvoll und befahl einem Mitschüler, der gerade in der Nähe war, den an der Pforte wartenden Herrn in sein Präfektenzimmer zu bringen. Dann schloss er die Tür wieder und setzte sich in seinen Sessel. Das Schweigen lag drückend über Max und mir.

»Meine Güte«, dachte ich, »wie schön wär es, wenn der Zeno jetzt ein bisschen schimpfen und uns ein klein wenig bestrafen würd. Eine Watsch'n wär eigentlich gar nicht so schlimm, da hat der Max schon Recht, aber diese Ungewissheit ist unerträglich!«

Nach einer kleinen Ewigkeit klopfte es an der Tür, und Pater Zeno öffnete. Er bat Inspektor Huber höflich ins Zimmer und schloss die Türe schwungvoll hinter ihm. Anschließend räumte er einige Zeitschriften von dem einzigen Stuhl im Raum und bot dem Polizeibeamten an, sich zu setzen. Huber war sichtlich nervös und schaute erst Max und dann mich unsicher an.

»Vielleicht haben die Buben Ihnen bereits von mir erzählt«, begann der Präfekt. »Mein Name ist Pater Zeno und ich soll auf die Knaben hier aufpassen. Das ist oft nicht so einfach, wie Sie sich vielleicht vorstellen können. Für meinen Geschmack stellen sie schon ausreichend viel an, ich habe also keinen Bedarf an weiteren Problemen. Wenn sie mir aber auch noch hinter meinem Rücken die Polizei ins Haus bringen, dann werd ich ärgerlich. Um es kurz zu machen: Ich will wissen, was hier los ist. Was gibt es für eine Beziehung zwischen Ihnen, Pater Melchior und den beiden Buben?«

Der Inspektor hatte seine rechte Hand in der Jackentasche und spielte wohl mit seinem Feuerzeug. Sicher wünschte er sich, eine Zigarette anzünden zu dürfen. Er rutschte verlegen auf seinem Stuhl herum und schnaufte hörbar.

Dann sah er den Pater fest an, holte nochmals tief Luft und begann: »Max ist der Sohn von einem guten Freund von mir, dem Bräuwirt in Wolfratshausen. Er hat mir von den beiden Todesfällen vor zwei Wochen hier im Kloster bzw. im Dorf erzählt. Dabei stießen wir auf einige Ungereimtheiten. Ich bin mir inzwischen ziemlich sicher, dass der verstorbene Abt vergiftet wurde, nachdem er mit Herrn Kathan gesprochen hatte. Ich glaub auch zu wissen, mit welchem Gift und woher es stammt. Am Tag der Beerdigung ist der Täter dann in das Haus der Kathans eingebrochen, um Beweismittel zu beseitigen. Da meiner Meinung nach die für den Fall eingesetzte Mordkommission bisher alles falsch g'macht hat, was falsch zu machen war, und mich die verantwortlichen Beamten nicht anhören wollten, hab ich mich entschieden, mit Hilfe der zwei Buben zu recherchieren. Ein anderer Weg, die Wahrheit zu finden, blieb nicht.«

Er machte eine Pause und schaute zu Boden. »Mir war es ja auch nicht recht, Max und Kaspar in die Sache hineinzuziehen. So – und jetzt können Sie mich bei meinen Vorgesetzten melden. Vielleicht verliere ich dann meine Anstellung. Und die Mordfälle bleiben weiter ungeklärt.«

Huber saß nach vorne gebeugt, mit den Ellbogen auf den Knien, und sah Pater Zeno herausfordernd an. Dieser hatte sich in seinem Sessel zurückgelehnt und hielt die Arme verschränkt vor der Brust.

Er betrachtete Huber prüfend und fragte dann emotionslos: »Sie meinen zu wissen, dass unser Abt vergiftet worden ist. So. Und von wem?«

»Das weiß ich noch nicht«, stotterte der Inspektor. »Aber ich bin mir sicher, dass es jemand aus dem Kloster war.«

»Wie kommen Sie darauf?« Pater Zeno hatte sich aufgesetzt, er war neugierig geworden. Oder war es etwas anderes als Neugier?

»Nur ein Mitbruder hätte dem Abt das Gift – es handelt sich dabei wahrscheinlich um Digitalis – noch so spät unterjubeln können.«

Pater Zeno sah den Polizisten mit deutlicher Abneigung an. Er war es nicht gewohnt, dass sich jemand in seiner Anwesenheit so jovial ausdrückte.

Huber schien das bemerkt zu haben. Er sprach jetzt gewählter.

»Der Abt muss die Dosis jedenfalls unmittelbar vor seinem Tod genommen haben, da Digitalis innerhalb weniger Minuten wirkt. Außerdem stammte es offensichtlich von einer Arzneimittelflasche aus der Klosterapotheke. Ich habe die angebrochene Flasche heute Vormittag von einem befreundeten Pharmakologen analysieren lassen. Er hat es mir zuliebe gemacht, obwohl Sonntag ist. Die Menge an Lösung entspricht den Aufzeichnungen, die Pater Melchior über seinen Verbrauch ausstellte. Es wurde jedoch ein beträchtlicher Teil entnommen und der fehlende Rest mit Wasser wieder aufgefüllt und somit stark verdünnt. Da Digitalis wasserlöslich ist, fällt das gar nicht auf. Ein Mitbruder von Ihnen aber, der das Medikament wegen eines Herzleidens seit einigen Jahren bekommt, fühlt sich seit ein paar Tagen schlechter, was auch darauf hindeutet, dass der Gehalt an Digitalis durch die Beimischung von Wasser erniedrigt ist.«

Pater Zeno sah jetzt sehr ernst aus. Er stand auf und ging wieder zum Fenster.

»Warum wollten Sie heute Pater Melchior treffen?«, fragte er kalt.

»Ich hatte das Ergebnis der Digitalisanalyse. Also wollt ich von Pater Melchior entweder ein Geständnis oder seine Mitarbeit, bis wir den Täter haben.«

»Das verstehe ich nicht«, sagte Pater Zeno.

»Das ist auch nicht leicht zu verstehen.« Der Inspektor lächelte verlegen. »Eigentlich spricht alles für Pater Melchior als Täter. Er hatte Zugang zum Gift und so weiter.« Er schüttelte den Kopf. »Aber er war es nicht. Pater Melchior ist doch kein Dummkopf. Hätte er das Digitalis für den Mord verwendet, so hätte er die Flasche sicher nicht mit Wasser aufgefüllt, denn dadurch gibt er uns ja einen Beweis in die Hand. Er hätte die Flasche nur zerschlagen und beim Arzt eine neue beantragen müssen. Außerdem hätte er die Möglichkeit gehabt, seine Aufzeichnungen umzuschreiben. Sie werden ja eigentlich von niemandem kontrolliert. Nichts könnten wir ihm dann nachweisen. Gar nichts.«

Pater Zeno stand versonnen am Fenster und sah hinaus.

»Nein, dumm ist er nicht, unser Bruder Apotheker. Dumm ist er gewiss nicht.«

»Ich bin jetzt aber etwas besorgt, weil er zu unserer Verabredung um zwei Uhr an der Pforte nicht gekommen ist.«

Der Inspektor sah den Präfekten erwartungsvoll an.

»Ich will einmal sehen, wo er steckt«, sagte Pater Zeno, »und bringe ihn gleich vorbei. Wenn Sie vielleicht so lange hier warten wollen. Max und Kaspar, ihr geht jetzt besser. Ich werde euch später erzählen, was ihr erfahren sollt.«

Wir verließen mit Pater Zeno das Präfektenzimmer, wo der Inspektor allein zurückblieb.

»Ihr zwei haltet euch so lange im Studiersaal auf, bis ich euch rufe«, befahl der Präfekt und eilte davon.

Max und ich schlichen an unsere Plätze und redeten eine Zeit lang kein Wort. Die Mitschüler musterten uns neugierig, sie ließen uns aber in Ruhe.

Nach einer Weile hörten wir die Sirene eines Krankenwagens. Wie alle anderen Mitschüler stürzten wir an ein Fenster und sahen auf den Hof, wo das Sanitätsauto mit quietschenden Reifen vor der Pforte hielt. Aus allen Studiersälen schauten Zöglinge dem Spektakel zu. Zwei weiß gekleidete Sanitäter rannten mit einer Krankentrage die Treppe zur Pforte hinauf, wo ihnen Frater Innozenz die Türe aufhielt. Wir blieben natürlich am Fenster, um zu sehen, was weiter geschah. Direkt an der Pforte im Haus wären wir sicher weggeschickt worden.

»Wen die wohl holen?«, sagte Max mehr zu sich selbst.

»Entweder geht's mit dem armen Pater Zyprian dem End zu, oder der Inspektor hat jemanden nieder g'streckt«, meinte ich.

Ich glaubte, einen Scherz gemacht zu haben, aber Max lachte nicht. Er sah weiter stumm hinunter zur Pforte. Nach einer Ewigkeit von ungefähr einer halben Stunde verließen die beiden Sanitäter ohne Eile mit der leeren

Trage das Gebäude, stiegen in den Krankenwagen und fuhren davon.

Kurz darauf kam ein dunkles Auto auf den Klosterhof, aus dem drei Männer ausstiegen. Ich meinte, in einem von ihnen Herrn Kurzer zu erkennen, war mir aber nicht sicher. An der Pfortentür erschien Inspektor Huber und gab allen dreien nacheinander die Hand. Dann verschwanden sie im Haus.

»Mensch, Kaspar, da ist was Schlimm's passiert.« Max sah mich sehr ernst an. »Hoffentlich ist es nicht, was ich glaub.«

»Was glaubst du denn?«

»Ich mag's gar nicht sagen.« Max setzte sich bedrückt auf seinen Platz.

Er saß eine Weile da und starrte vor sich hin. Bald würde die Studierzeit beginnen. Der Studiersaal füllte sich mit den Schülern und niemand achtete auf uns beide. Pünktlich um fünf Uhr erschien Pater Zeno und erklärte, dass heute Freistudium wäre, das heißt, dass man auch ein Buch lesen durfte, wobei aber unbedingtes Stillschweigen einzuhalten war. Der Präfekt ging gleich zu Anfang – entgegen seiner Gewohnheit – durch die Bankreihen, obwohl das unnötig war, da das Lesen von Privatlektüre ja zulässig und deshalb eine Kontrolle überflüssig war. Er schien nervös und fahrig. Bei Max blieb er stehen und flüsterte ihm etwas ins Ohr. Mein Freund stand auf, sah zu mir her und gab mir mit einer Kopfbewegung zu verstehen, dass ich mitkommen sollte. So folgte ich den beiden in das Präfektenzimmer. Pater Zeno schloss die Tür hinter uns und ließ sich in den Sessel fallen. Alle natürliche Autorität, die er trotz seiner untersetzten, fast kleinen Gestalt stets hatte, schien ihn schlagartig verlassen zu haben. Den zu großen, viereckigen Kopf hielt er gebeugt.

»Buben, ich habe euch etwas Entsetzliches mitzuteilen.« Er sah vor sich auf den Boden. »Wie es ausschaut, hat sich Pater Melchior das Leben genommen. Ich wollt nicht, dass ihr das von jemand anderem erfahrt.«

Der sonst so streitbare Mönch fuhr sich mit den Händen über die Augen und dann durchs schüttere blonde Haar. Nie hätte ich geglaubt, dass dieser disziplinierte Mann einmal so aus der Fassung geraten könnte.

Inmitten der Stille sagte Max mit klarer Stimme: »Pater Melchior hat nicht Selbstmord begangen. Man soll glauben, dass er sich um'bracht hat, damit man nicht weiter nach dem wirklichen Mörder sucht. Aber darauf wird der Inspektor nicht reinfallen.«

Pater Zeno sah auf. Damit hatte er nicht gerechnet.

»Herr Huber hat dasselbe gesagt, doch die Umstände sprechen eindeutig für Selbstmord.« Pater Zeno strich sich beim Reden immer wieder durch die Haare. »Er hat wohl den Rest Digitalis genommen. In der Arzneikammer wurden auch einige Fotos aus dem Haus von Herrn Kathan gefunden. Auf den Fotos war Herr Kathan in Uniform mit einigen Kameraden bei einer Feier zu sehen. Melchior scheint also dort eingebrochen zu haben. Herr Huber hat sich allerdings gewundert, dass er die Fotos nicht bereits gestern bei seiner ersten Durchsuchung gefunden hat, denn sie lagen im Arzneimittelschrank, und den hatte er doch eingehend untersucht!«

Es klopfte an der Tür.

Pater Zeno erhob sich, um zu öffnen. Draußen stand Inspektor Huber. Der Pater bat ihn herein. Huber war aschfahl im Gesicht und setzte sich sofort auf den Stuhl. »Verzeihen Sie, Pater Zeno, aber dürft ich vielleicht eine Zigarette rauchen?«

Der Mönch öffnete das Fenster und gab dem Inspektor einen Blumenuntersetzer aus Keramik als Aschenbecher. Als Huber dem Pater mit zittrigen Fingern das Zigarettenetui hinhielt, nahm auch der eine und ließ sie sich von dem Polizisten anzünden. Gierig sogen beide den Rauch ein.

»Ich habe eigentlich vor einiger Zeit aufg'hört«, meinte Pater Zeno, »aber heute ist es wohl nötig.«

Während des Rauchens saßen die Männer schweigend da. Auch Max und ich taten keinen Mucks und lehnten am Türstock.

Nachdem sie ihre Zigaretten ausgedrückt hatten, begann der Inspektor: »Für mich steht fest, dass Pater Melchior nicht Selbstmord begangen hat. Nach der Beurteilung des Notarztes käme eine Digitalisvergiftung als Todesursache in Frage. Ich habe aber die Digitalisflasche gestern mitgenommen, damit der Inhalt heute Vormittag untersucht werden konnte. Woher hat er das Zeug also g'habt?«

»Melchior hätte doch einen Teil des Giftes vorher schon entnommen und woanders deponiert haben können. Anschließend hat er das Gift dann mit Wasser g'streckt«, warf Pater Zeno ein.

»Erstens macht das keinen Sinn«, entgegnete Huber kopfschüttelnd, »denn dann hätte Pater Melchior ja mit Nachforschungen unsererseits rechnen müssen. In dem Fall wäre er auf die Durchsuchung aber ganz anders vorbereitet gewesen, und wir hätten die besagte Flasche mit dem gestreckten Digitalis gar nicht erst gefunden, oder zumindest nicht in dem Arzneimittelschrank. Zweitens habe ich heute mit dem befreundeten Pharmakologen gesprochen, der das Giftzeug untersucht hat, und ihn gefragt, ob man mit Digitalis auch Selbstmord begehen könnte. Er meinte, das wäre ohne weiteres möglich, aber niemand, der die Wirkung kennt, würde das tun. Es tötet zwar recht schnell, die Vergifteten haben aber aufgrund der starken Herzwirkung in den letzten Minuten oder Sekunden ihres Lebens fürchterliche Krämpfe und Angstzustände.«

Huber verzog sein Gesicht, als müsste er diese Leiden bildlich darstellen.

»Einen Selbstmord mit Morphium könnt er sich dagegen gut vorstellen. Er meinte, da würde man wie ein Kätzchen einschlafen, mit wunderschönen Träumen, und man stirbt ganz gemütlich während des Rausches an Atemlähmung, ohne etwas zu merken. Pater Melchior wusste das alles sicher. Und dann soll er das Digitalis, das er gar nicht hatte, genommen haben, während er das Morphium, das ihm zur Verfügung stand, nicht genommen hat?« Der Inspektor schüttelte trotzig den Kopf. »Da stimmt doch was nicht. – Übrigens fehlt in der Morphiumflasche kein Tropfen. Wir werden den Inhalt natürlich im Labor noch analysieren lassen, aber ich bin mir sicher, dass das Morphium nicht gestreckt wurde.«

Pater Zeno sah den Inspektor betroffen an. Anscheinend suchte er nach weiteren Argumenten, die für einen Selbstmord sprachen.

Huber achtete aber nicht auf den Mönch, sondern fuhr aufgeregt fort: »Nach dem heutigen Mittagessen hat sich Pater Melchior eine Tasse Tee in der Küche geholt, und der könnte vergiftet gewesen sein. Wir haben die Tasse neben der Leiche im Krankenzimmer gefunden. Sie war ausgespült und abgetrocknet. Seltsam, nicht? Spült jemand, der sich vergiftet, das Gefäß, in dem sich das Gift befindet, anschließend aus?«

Huber schaute den Präfekten mit leeren Augen an.

»Eine kurze Befragung des Küchenpersonals hat nichts ergeben, da sich nach dem Mittagessen Dutzende Leute – Patres und Angestellte des Klosters – in der Küche aufgehalten haben. Sie haben sich dort eine Tasse Tee oder Kaffee geholt oder diese am großen Küchentisch getrunken. Pater Melchior war nach dem Mittagessen hineingegangen und hatte eine Tasse Tee bestellt, die er in fünf Minuten abholen wollte. Da er sich etwas verspätet hat, war das Getränk sicher zehn Minuten oder länger unbewacht im Küchenregal gestanden. Jeder hätte unbemerkt etwas hineinschütten können. Jeder.«

Huber machte erneut eine Pause und richtete sich auf.

»Aber warum wurde der Apotheker vergiftet? Entweder hat Pater Melchior geahnt, wer der Mörder ist, und der wollte ihn deshalb zum Schweigen bringen. Oder der wirkliche Täter wollte Melchior die Morde in die Schuhe schieben und mit dessen scheinbaren Selbstmord die Sache endgültig abschließen. Für mich steht jedenfalls fest, dass der Mörder immer noch frei herumläuft. Er muss allerdings gewusst haben, dass wir ihm auf der Spur sind und dass wir ihn mit der Hilfe von Pater Melchior überführen können.«

Der Inspektor machte eine Pause, um sich eine zweite Zigarette anzuzünden. Er nahm einen tiefen Zug.

»Moment mal.« Zeno unterbrach das Schweigen. »Woher wollen Sie so genau wissen, dass sich Pater Melchior nicht doch selbst getötet hat? Und als Zeichen seiner Schuld hat er vorher noch die Bilder vom Herrn Kathan in dem Arzneimittelschrank deponiert.« Der Präfekt schaute Huber fest in die Augen. »Verstehen Sie, Herr Inspektor, ich kann Sie zwar von Ihren Ermittlungen nicht abhalten, aber diese schrecklichen Dinge müssen endlich aufhören. Lassen Sie es gut sein. Ich habe fast die Befürchtung, Sie mit Ihren Verdächtigungen bringen immer noch mehr Unglück über unser Kloster.«

Bittend, fast unterwürfig sah der Mönch den Polizeibeamten an.

Dieser wich dem Blick nicht aus und begann von neuem: »Pater Melchior hat mich heute Vormittag noch angerufen und mir gesagt, dass er mir etwas sehr Wichtiges zu berichten hat. Hätte er das getan, wenn er vorgehabt hätte, sich umzubringen? Nein. In dem Fall hätte er einfach die Bilder hingelegt, ein kleines Abschiedsbriefchen geschrieben und dann das Gift geschluckt. Nein – so einfach können wir es uns nicht machen, denn eines gilt es zu bedenken: Der Mörder läuft immer noch frei herum. Und als Mörder kommen nur wenige Leute in Frage.«

Wieder sah man Pater Zeno an, wie ihn die Ausdrucksweise des Polizisten störte.

Huber zog ungerührt ein letztes Mal an der Zigarette, drückte sie ungeduldig aus und fuhr fort: »Zuallererst der Organist, Pater Pius. Er war mit Melchior befreundet und hat von ihm sein Morphium bekommen. Pater Melchior könnte ihm gestern Abend entgegen meinen Warnungen noch von meinem Besuch erzählt haben.«

Der Inspektor machte eine Pause.

Pater Zeno nutzte diese und fragte vorsichtig: »Und wer noch?«

Huber fixierte den Mönch und sprach jetzt besonders langsam: »Dabei handelt es sich um Sie, Pater Zeno. Herr Kathan hat mit Ihnen gesprochen, bevor er zum Abt ging. Sie wissen vielleicht, warum er unbedingt zu Ihrem Vorgesetzten wollte. Außerdem habe ich erfahren, dass einige Präfekten einen Schlüssel für die Krankenstation haben, falls der Krankenpfleger einmal nicht da sein sollte.«

Der Präfekt wurde ganz grau im Gesicht und starrte den Polizisten eine Weile verständnislos an. Dann richtete er seinen kurzen Oberkörper auf und zischte leise: »Sie sind ja verrückt. Welches Motiv hätte ich denn gehabt? Ich hätte gute Lust, Sie sofort rauszuwerfen, aber die Sache muss schließlich zu Ende gebracht werden. Da haben Sie Recht. Wir müssen herausfinden, wer hinter den entsetzlichen Morden steckt. Das bin ich meinen toten Mitbrüdern und dem Herrn Kathan schuldig.«

Pater Zeno war aufgestanden, er war wieder der Alte, energisch und voller Energie, die seine geringe Körpergröße überspielte. »Und was Ihre Anschuldigungen gegen mich angeht, so sind sie völlig haltlos. Der Mörder hat nämlich Fehler gemacht, und das wäre mir – denke ich – nicht passiert.«

Arrogant und mit kalten Augen sah der Mönch den Polizeibeamten an. Er nahm eine zweite Zigarette vom Inspektor und ließ sie sich anzünden.

»Entschuldigen Sie«, meinte Huber, »aber wie Sie schon sagten: Wir müssen die Sache zu Ende bringen. Sie gehören natürlich nur zum weiteren Kreis der Verdächtigen, sonst würde ich wohl nicht hier sitzen und mit Ihnen reden. Wir müssen aber alles in Betracht ziehen. Es kommt noch Verstärkung. Die Kollegen werden das ganze Kloster durchsehen. Sie bringen dann auch den Durchsuchungsbefehl mit. Der Staatsanwalt ist schon informiert. Wenn wir jedoch nichts finden sollten, weiß ich nicht, wie wir weitermachen. Man kann ja die Verdächtigen nicht in ein strenges Verhör nehmen, da außer Verdachtsmomenten nichts gegen sie vorliegt.«

Huber rutschte auf seinem Stuhl nervös hin und her.

»Frau Kathan zum Beispiel hatte ein Motiv, denn das große Glück scheint es ja mit ihrem Mann nicht gewesen zu sein. Sie bräucht aber einen Komplizen, da sie keinen der Morde selbst hätte ausführen können. Und zwar einen Komplizen im Kloster.«

Der Inspektor schüttelte den Kopf. Er schien den Gedanken gleich wieder zu verwerfen. Dann fuhr er fort, jetzt langsam und bedächtig, gerade so, als würde er mit sich selber sprechen:

»Es gibt einige Verdachtsmomente gegen drei Patres, die körperlich in der Lage gewesen wären, den Herrn Kathan mit einem Schlag und einem Messerstich zu töten. Pater Bruno ist der Erste. Für ihn spricht, dass er als Präfekt der zehnten Klasse einen der Schlüssel zum Krankenzimmer hat. Pater Aurelian, der Lateinlehrer, ist offensichtlich beidhändig. Und das würde auf die Ermordung des Herrn Kathan sehr gut passen.«

Jetzt erst sah ich, dass sich Pater Zeno hastig Notizen auf einem vor ihm liegenden Blatt Papier machte. Den Inspektor schien das nicht zu irritieren, denn er schloss seinen Monolog mit dem letzten Verdächtigen ab.

»Zuletzt haben wir noch den Pater Ignaz, der so gerne die Blattläuse vergiftet.«

Einige Augenblicke war Ruhe. Dann stand Pater Zeno auf und ging langsam zum Fenster.

Dort drehte er sich um und sagte langsam und eindringlich: »Lassen Sie Pater Ignaz in Ruhe. Sprechen Sie ihn bitte nicht an, vor allem nicht in einer Art Verhör. Der Mann ist ein Genie, verstehen Sie, und ein Heiliger. Er hat sehr viel zu erdulden gehabt und ist ungewöhnlich sensibel. Ich weiß noch, was für ein Wrack er war, als er nach dem Krieg hierher gekommen ist. Versprechen Sie mir, dass Sie ihn nicht verhören werden.«

Huber zog die Augenbrauen hoch. Er erkannte den Ernst, mit dem Pater Zeno gesprochen hatte.

»Das müssen Sie mir aber genauer erklären.« Sein Blick hielt dem des Präfekten stand.

Zeno verzog das Gesicht, als hätte er auf eine Zitrone gebissen.

Man merkte ihm an, dass er das nun Folgende nicht gerne sagte, doch schließlich begann er: »Ich erwähnte bereits, dass Pater Ignaz ein Genie ist. Er war mit knapp dreißig Jahren der jüngste Professor für Altphilologie an der Universität in Würzburg. Der Mann kann besser Latein und Altgriechisch als ich Deutsch. Das ist ihm schließlich zum Verhängnis geworden. Nachdem der Krieg begonnen hatte, fand er ein Forum, um gegen die Nazis zu agitieren. In seinem Kolleg an der Uni konnten offene Diskussionen über die Verbrechen der Nationalsozialisten geführt werden, da der größte Teil dieser primitiven braunen Brut natürlich kein Altgriechisch verstand. Schließlich kamen die Nazis aber doch dahinter, und Pater Ignaz wurde einige Jahre im KZ Dachau eingesperrt. Mehr tot als lebendig wurde er dort 1945 befreit und nach längeren Aufenthalten in verschiedenen Krankenhäusern und Sanatorien nach Heiligenbeuern in unser Kloster gebracht. Was die Ärzte und Psychologen nicht geschafft hatten, erreichte unsere Sammlung altsprachlicher Schriften in der Bibliothek. Pater Ignaz hielt sich den ganzen Tag dort auf, er hatte wieder Appetit, manchmal sah man ihn auch mit einem Buch in der Hand den Kreuzgang entlang spazieren. Schließlich wurde er Bibliothekar, was er ja immer noch ist.«

Pater Zeno ging zurück an seinen Schreibtisch, wo er sich schwer in seinen alten Schreibsessel fallen ließ.

»Ein Versuch, ihn Unterricht in der 10. Klasse geben zu lassen, ging vor ein paar Jahren völlig schief. Schon in der zweiten Stunde war ihm die Klasse über den Kopf gewachsen, und es wurde sehr laut im Unterricht. Pater Ignaz muss das erschienen sein wie ein Sakrileg, denn er fing an zu schreien, griff einen Schüler in der ersten Reihe an den Haaren und schlug dessen Kopf mehrmals auf das Pult. Dann rannte er, immer noch schreiend, aus dem Klassenzimmer nach unten, wo ihn Frater Innozenz an der Pforte gerade noch aufhalten konnte. Dort beschimpfte er den armen Pförtner aufs Übelste als SS–Schergen. Er war nicht zu beruhigen, bis Pater Melchior endlich kam und ihm eine Beruhigungsspritze gab. Dann wurde er in seine Zelle gebracht und einige Wochen lang abwechselnd von verschiedenen Mitbrüdern betreut. Wieder half ihm die Bibliothek, den Schock zu überwinden. Aber seither achten alle Patres darauf, dass sich ein ähnlicher Vorfall nicht wiederholt.«

Pater Zeno hatte fertig geredet und saß eine Weile stumm da. Auch sonst sprach niemand im Raum. Plötzlich richtete der Mönch sich auf, stützte die Ellbogen auf den Schreibtisch und sah Inspektor Huber in die Augen.

»Streichen Sie Pater Ignaz und Pater Aurelian von der Liste der Verdächtigen, Herr Inspektor.« Die Augen des Präfekten leuchteten vor Energie. »Sie sagten doch, dass der Täter während der Beerdigung vom Herrn Kathan – es war der Samstag, wenn ich das richtig notiert habe – nachmittags in die Wohnung des Ermordeten eingebrochen ist?«

Huber nickte: »Ich gehe davon aus, dass der Mörder auch der Einbrecher ist.«

»Dann können es Pater Aurelian und Pater Ignaz nicht gewesen sein. Samstagnachmittag findet nämlich immer das Symposion statt.«

Huber schaute den Mönch fragend an.

Der merkte das und bemühte sich, dem Polizeibeamten zu erklären, worum es dabei ging. »Ich sagte bereits, dass Pater Ignaz ein Genie ist, was die alten Sprachen angeht. Bei uns hier hatte er insofern Glück, dass er in Pater Aurelian, Pater Simon und Pater Bertram, den drei Latein- und Griechischlehrern in unserem Kolleg, noch weitere Meister ihres Fachs fand. Die vier treffen sich nun jeden Samstag in der Bibliothek und machen ein Symposion, das heißt eine Gesprächsrunde, wobei jeder zu einem bestimmten Thema aus dem Stegreif einen Vortrag hält.«

»Und dieses Symposion hat auch an dem besagten Samstag stattgefunden?«

»Ich erinnere mich genau, denn sie wollten über den Tod sprechen und überlegten während des Mittagessens im Refektorium, ob das Thema in Latein oder Griechisch abgehandelt werden sollte, wobei sie sich auf Latein einigten.«

Der Inspektor saß da und machte sich Notizen.

Plötzlich sah er auf und fragte unvermittelt: »Wo waren Sie eigentlich an dem besagten Samstagnachmittag?«

Er war vom Zuhörer wieder zum Jäger geworden.

»Ich bin an der Loisach spazieren gegangen. Für ein paar Stunden, denn ich hatte an dem Tag keine Pflichten im Haus. Der Ausgang hat mir übrigens sehr gut getan.«

Pater Zeno lehnte sich zurück und verschränkte die Arme. Ein lauernder Blick des Präfekten traf den Polizisten. Huber notierte noch etwas und stand auf.

»Wenn ich mit der Durchsuchung fertig bin, schau ich wieder bei Ihnen vorbei«, sagte er zu dem Präfekten.

Dann verließ er den Raum.

Uns hatte Pater Zeno im Laufe des Gesprächs mit dem Inspektor ganz vergessen. Nun schickte er Max und mich in den Studiersaal. Aber kaum hatte ich mich an meinen Platz gesetzt, da rief uns die Hausglocke zum Abendessen. Auf dem Weg zum Speisesaal wollten einige Mitschüler wissen, was Max und ich denn so lange im Präfektenzimmer gemacht hätten. Alle Schüler achteten nämlich eifersüchtig darauf, dass keiner eine Sonderbehandlung erhielt.

»Also, wenn ihr es genau wissen wollt«, meinte Max. »Wir kriegen seit kurzem Nachhilfe im Nasenbohren. Und zwar vom Chef höchstpersönlich.«

Dabei deutete er mit dem Daumen über die Schulter in Richtung Präfektenzimmer.

Nach dem Abendessen trödelten Max und ich noch ein wenig im Speisesaal herum. Max behauptete, er wolle ein Stück Brot holen, da er nicht satt geworden sei. Nachdem er einen annehmbaren Ranken gefunden hatte, schob er ihn ein und wir gingen zurück in unseren Bereich.

Das Pfortenzimmer lag auf dem Weg vom Speisesaal zum Studiersaal auf der anderen Seite eines kunstvoll gefertigten Eisengitters, das Besucher von den Bewohnern des Klosters trennte. Max und ich schlenderten nun an dem Gitter entlang und sahen verstohlen zu dem Pfortenzimmer hin. Aus dem Raum kamen Geräusche, wie sie beim Aufräumen eines Zimmers zu hören sind. Ein Polizist inspizierte offensichtlich gerade die Räumlichkeiten. Also wurden tatsächlich alle Zellen im Kloster durchsucht. Frater Innozenz stand vor der Tür auf seinen Stock gestützt. Wir grüßten ihn freundlich und er erwiderte den Gruß mit einem Kopfnicken, wie es bei den Patres üblich war. Anschließend gingen wir in den Studiersaal, wo wir uns ein ruhiges Eckchen suchten.

Am Sonntagabend war dies schwierig, weil einige der Mitschüler während des Tages Besuch bekommen hatten und deshalb am Abend viel erzählen konnten. Außerdem herrschte große Aufregung wegen des Krankenfahrzeugs und der fremden Männer im Hause. Also setzten wir uns in einer Fensternische auf den Boden.

»Max, sag mal ehrlich«, begann ich gespannt, »glaubst du wirklich, dass die Polizei bei der Durchsuchung was findet oder dass der Pater Zeno mit der Geschichte zu tun hat?«

Max sah mich nachdenklich an: »Die Sach ist doch verwirrender, als ich am Anfang geglaubt hab. Eines steht jedenfalls fest: Der Pater Melchior hat keinen Selbstmord begangen. Und dem Pater Zeno trau ich's auch nicht zu, dass er jemanden umbringt.« Plötzlich sprang er auf. »Aber was sitzen wir hier so damisch rum. Vielleicht sehen wir was Interessantes bei der Durchsuchung.«

Vorbei war es mit seinem Phlegma und schon lief er aus dem Studiersaal. Ich rannte hinter ihm her bis zum Treppenhaus.

»Psst.« Max hielt mich am Ärmel fest und legte den Zeigefinger an die Lippen. Dann schlichen wir bis zur zweiten Wendung des Treppenhauses, von wo aus man den Pfortenbereich sehen konnte.

Frater Innozenz stand immer noch auf seinen Stock gestützt an derselben Stelle. Er machte ein beleidigtes Gesicht. Als Inspektor Huber aus dem Pfortenraum kam und zu ihm hinging, wandte er sich schroff ab. Wir konnten zwar nicht hören, was der Polizeibeamte sagte, aber er schien sich beim Pförtner entschuldigen zu wollen, was dieser jedoch offensichtlich nicht zuließ. Als Huber ihm versöhnlich die Hand auf die Schulter legte, drehte sich der Mönch so abrupt um, dass die Hand von der Schulter fiel. Er sah den Inspektor mit hasserfüllten Augen an.

Dann sagte Innozenz so laut und klar, dass wir jedes Wort verstehen konnten: »Fassen Sie mich nicht an. Es reicht, wenn Sie hier in meinen persönlichen Dingen herumwühlen und mich und das ganze Kloster in den Dreck ziehen. Ich bin an Ihren Erklärungen oder Entschuldigungen nicht interessiert. Ich will nichts mit Ihnen und Ihrem schmutzigen Gewerbe zu tun haben. Ich habe dieses Leben gewählt als ein Leben der Ruhe, der Zurückgezogenheit, der Gottesfurcht und des Respekts unter den Menschen. Und dann kommen Sie daher mit dem Gestank und der Niedertracht der Sünde.« Seine Lippen und die Hand, die den Stock hielt, zitterten. »Sind Sie endlich fertig mit Ihrer Schnüffelei? Sind Sie endlich überzeugt, dass ich wirklich nur ein armer Krüppel bin und nicht eine mordende Bestie? Sehen Sie mich ruhig an, Herr Inspektor, sieht ein Mörder aus wie ich?«

Damit stellte er sich direkt vor den Inspektor, den er fast um einen Kopf überragte. Huber schaute von einer Ecke der weitläufigen Pfortenhalle zur anderen und dann wieder auf seine Schuhe. Die Situation war ihm sehr peinlich. Schließlich kam ein Mann im dunklen Anzug, offensichtlich ein Kollege, aus dem Pfortenkämmerchen und zuckte mit den Achseln.

Huber räusperte sich und drehte verlegen den Oberkörper. »Lieber Herr Pförtner, sehen Sie es doch einmal aus meiner Sicht. Ich tue ja bloß meine Pflicht.«

Innozenz würdigte den Polizeibeamten keines Blickes mehr, sondern humpelte an ihm vorbei geradewegs in seine Kammer und ließ die Tür laut ins Schloss fallen. Huber war sichtlich gedemütigt. Der andere Polizist stand dabei und grinste verlegen.

Plötzlich hörte man aus dem Kreuzgang laute Schritte. Ein mittelgroßer Mann in einem grauen Anzug kam daher geeilt. In der Hand schwenkte er ein Foto.

»Sehen Sie mal, was wir in der Zelle von Pater Pius gefunden haben«, rief er schon aus einigen Metern Entfernung dem Inspektor zu.

Dieser nahm das Foto und betrachtete es kurz. Sein Gesicht hellte sich auf und er sagte: »Endlich haben wir den Kerl. Sofort festnehmen.«

Dabei schlug er sich das Foto noch einige Male auf den linken Handrücken, dann machte er mit der Rechten eine Faust. Diese legte er an die Stirn und schloss für einige Momente die Augen.

Max stieß mich an und deutete mit einer Kopfbewegung an, dass wir uns von unserem Beobachtungsposten zurückziehen sollten.

Als wir wieder im ersten Stock auf dem Weg zum Studiersaal waren, schüttelte er ungläubig den Kopf und meinte: »Schau her, jetzt war's also doch der Pius, unser Musiklehrer, und daran gibt's wohl nix mehr zu rütteln. Hoffentlich erzählt uns der Huber bald ein bisserl mehr über die Hintergründ', denn es tät mich narrisch interessieren, warum die drei haben sterben müssen. Jedenfalls ist die Gaudi jetzt vorbei.«

Kapitel VIII

Die Jagd geht weiter

Die nächsten Tage im Beusl waren immer noch geprägt von einer außerordentlichen Spannung, denn natürlich waren sowohl der Tod des Pater Melchior als auch die Durchsuchung des Klosters von den Schülern wahrgenommen worden.

Pater Zeno hatte Max und mir am Sonntagabend noch eingeschärft, dass wir nichts von unserem speziellen Wissen über die Morde den Mitschülern mitteilen durften. Andernfalls drohte er uns mit dem Hinauswurf aus dem Internat.

Als wir wieder allein waren, meinte Max, dass das wohl auch keine so schlechte Lösung wäre. »Stell dir vor, Kaspar, wenn's mal wieder richtig fad wird im Beusl, dann haben wir sofort an Freifahrtschein heim zur Mama. Gar nicht so schlecht, oder?«

»Red keinen Schmarrn«, erwiderte ich. »Meine Mutter trifft der Schlag, wenn ich plötzlich mit meinem Koffer vor der Tür steh.«

»Keine Angst, ich sag schon nix.« Max lachte.

Die Patres gaben uns Schülern gegenüber keinerlei Erklärungen zu den Geschehnissen ab. Es wurde mehr denn je auf Ordnung und Disziplin geachtet. Auch kleinere Vergehen wurden streng geahndet. Es blieben Gerüchte und es wurde getuschelt. Der Ausfall des

Musikunterrichts war jedoch die einzige sichtbare Veränderung in unserem Leben.

Am Mittwoch war die Beerdigung von Pater Melchior. Beim Trauergottesdienst sang der Schülerchor sehr schön und ergreifend. Ein Musiklehrer aus Bad Tölz hatte kurzfristig die Leitung übernommen.

Während der Messe sah ich immer wieder zu dem leeren Betstuhl von Pater Melchior hin. Ich hatte den großen, schlanken Mann mit seinen dunklen, traurigen Augen sehr gemocht.

Auch Max war betroffen vom Tod des Krankenpflegers. Am Ende der Totenfeier meinte ich sogar, dass er sich ein paar Tränen verdrückte. Das hätte er aber nie zugegeben.

Max hatte das Talent, sich absolut auf eine Sache konzentrieren zu können, wenn sie ihn interessierte. War sie beendet, wandte er sich abrupt anderen Dingen zu. Oft noch sollte ich diese Eigenschaft an ihm feststellen.

Über die Morde verlor er kein Wort mehr. Von Donnerstag an redete er bloß noch über das Fußballspiel am Samstag, das zwischen unserer Internatsmannschaft, den ›Loisach-Rangers‹ und den ›Mounties‹ aus dem Internat im Kloster Ettal stattfinden sollte.

Nach dem Mittagessen am Samstag mussten wir noch im Speisesaal bleiben.

Pater Bruno hatte zum Ablauf des Nachmittags etwas zu sagen: »Hört mal her, Buben. Wenn wir heute Nachmittag geschlossen in die Sportanlage des TSV Heiligenbeuern marschieren, dann wünsche ich äußerste Disziplin. Wer sich nicht daran hält, kann gleich wieder nach Hause gehen.« Streng sah er sich um.

»Am Fußballplatz gilt dasselbe. Kein proletarisches Benehmen, meine Herren.« Jetzt erschien ein leichtes Grinsen auf seinem Gesicht. »Das hält uns aber nicht davon ab, noch ein stilles Bittgebet für einen Sieg unserer Mannschaft zu sprechen.«

Damit drehte er sich in Richtung Kruzifix, faltete die Hände und senkte den Kopf. Wir machten es ihm nach und standen so etwa eine Minute regungslos da.

Dann klatschte Pater Bruno in die Hände und rief: »Um halb zwei sind alle abmarschbereit vor der Pforte. Und nehmt euch was Warmes zum Anziehen mit, es könnte regnen.«

Punkt halb zwei ging es los. Die unteren Klassen voraus, marschierten alle Internatsschüler in Zweierreihen quer durch das Dorf zum Sportplatz. Dort wurden wir nach Klassen geordnet platziert. Keiner der Präfekten ließ seine Knaben auch nur einen Moment aus den Augen.

Endlich konnten wir unser Transparent entrollen, das wir im Kunstunterricht in dieser Woche angefertigt hatten. Darauf stand: ›Loisachrangers – die besten im Oberland‹. Wir waren recht stolz auf unser Werk, aber die Schüler der höheren Klassen beachteten uns gar nicht.

Die Mannschaften waren schon da. Unsere Spieler trugen schwarze Turnhosen und ein weißes Sporthemd. Die Spieler aus Ettal dagegen hatten richtige rote Fußballtrikots. Frater Innozenz sahen wir auf der Trainerbank, neben ihm die Auswechselspieler.

Ich stand natürlich neben Max. Wir waren beide furchtbar aufgeregt, als das Spiel begann. Schnell passierte das, worauf wir alle gehofft hatten. Der Rufeis Adi knallte einen Abpraller der etwas unbeholfenen Ettaler Abwehr ins Tor. Eins zu null für uns. Alle, auch die Patres, klatschten laut Beifall. Bei uns gab es jetzt Ärger, wer das Transparent halten durfte.

Die Ettaler waren gar nicht schlecht. Unsere Mannschaft dagegen schien nur ein Konzept zu haben. Hinten dicht, vorne helfen uns der liebe Gott und der Adi. Er war mit Abstand der beste Fußballer im Beusl. Nach dem Abitur wollte er in München studieren und dort beim TSV 1860 spielen. So wurde jedenfalls gemunkelt.

Immer wieder sprang Pater Innozenz auf und scheuchte die Spieler, die sich zu weit nach vorne gewagt hatten, zurück in die Abwehr. Laut rief er seine Anweisungen in das Spielfeld und hob bisweilen drohend seinen Stock.

Die Abwehr hielt, hatte Glück bei einem Lattenschuss, und unser Torwart gab sich wirklich Mühe. Dann endlich – ein weiter Abschlag auf Adi, der inzwischen von zwei Gegenspielern gedeckt wurde. Er umkurvte den ersten, ließ den zweiten ins Leere rennen und ging dann alleine auf den Torwart zu. Eine kleine Körpertäuschung – der Torwart lag im rechten Eck – und Adi zögerte. Grinsend sah er nach links, von wo ein gegnerischer Verteidiger auf ihn zustürmte. Im letzten Augenblick schob er den Ball ins Tor. Dann riss es ihm die Beine weg. Die Zuschauer auf den wenigen Sitzplätzen sprangen auf. Zum einen wegen des Tors zum zwei zu null, zum anderen wegen des gemeinen Fouls.

Adi krümmte sich am Boden. Der Schiedsrichter – es soll der Sportlehrer aus Ettal gewesen sein – rannte sofort zu der Stelle. Auch Frater Innozenz hinkte zum Unglücksort, so schnell es eben ging.

Dort debattierten er und der Schiedsrichter eine Weile, wobei Innozenz immer wieder mit dem Stock in die Richtung deutete, wo der Ettaler Verteidiger mit betroffenem Gesicht stand.

Schließlich wurde Adi von zwei Mitspielern untergehakt und vom Platz getragen.

Bei uns herrschte Betroffenheit.

»So eine Gemeinheit, wie der Depp dem Adi in die Haxen hinein gegrätscht ist«, ärgerte ich mich.

»Der Depp ist der Adi«, meinte Max, ohne den Blick vom Spielfeld zu wenden. »Der hätt den Ball bloß eher reinschießen brauchen. Dann wär gar nix passiert.«

›Klugscheißer‹, dachte ich und sah zu Pater Zeno hin.

Der stand regungslos da, ganz in Gedanken. Hin und wieder warf er einen Blick auf den Fußballplatz. Es sah aber nicht so aus, als würde ihn das Spiel interessieren. Woran mochte er wohl denken?

Bald darauf war Pause.

In der zweiten Halbzeit kam Adi nicht mehr auf den Platz. Er saß neben Pater Innozenz auf der Trainerbank und hatte eine dicke Wolldecke um die Schultern.

Unsere Mannschaft spielte jetzt viel schlechter. Die Luft war raus. Bald stand es zwei zu zwei. Danach hatte es den Anschein, als wollten die Ettaler gar kein Tor mehr schießen.

Schließlich waren alle froh, dass es vorbei war.

Am Sonntag nach dem Hochamt kam Pater Zeno zu mir und sagte, dass ich zusammen mit Max in fünf Minuten in seinem Zimmer sein sollte. Ich suchte meinen Freund, der sich gerade auf dem Hof herumtrieb.

Max zuckte mit den Mundwinkeln und schüttelte ungläubig den Kopf. »Was kann er denn nur von uns wollen? Hast du vielleicht was ang'stellt oder irgendwas rumposaunt?«

Ich sah ihn entrüstet an: »Hältst du mich für damisch? Natürlich hab ich niemandem was erzählt – und ang'stellt? Ich wüsst nix.«

Ratlos und mit einem flauen Gefühl im Magen wie vor einer Lateinschulaufgabe gingen wir in unseren Studiersaal. Vor der Tür zum Präfektenzimmer sahen wir uns noch einmal in die Augen und klopften dann an.

Prompt öffnete sich die Tür. Mit einer einladenden Handbewegung bat uns Pater Zeno in den Raum. Das gefiel mir gar nicht. Unser Präfekt war noch nie nett und schon gar nicht zuvorkommend zu uns Schülern gewesen. Er verhielt sich korrekt oder er bemühte sich zumindest. Aber besonders freundlich war er nicht.

»Schön, dass ihr gleich gekommen seid«, eröffnete Pater Zeno das Gespräch launig.

Ich schielte hinüber zu Max, der etwa einen halben Meter links neben mir stand und an seiner Unterlippe nagte, was darauf hindeutete, dass er intensiv nachdachte.

Pater Zeno fuhr fort: »Es tut mir leid, dass ich nur einen Stuhl hier im Zimmer habe, aber ich hoffe, eure jungen Füße halten unsere Unterhaltung noch aus.«

Er lachte ein wenig.

›Was will er nur von uns?‹ Ich zermarterte mir das Hirn. Die Unterlippe von Max war nun ganz in seinem Mund verschwunden.

Erneut versuchte der Präfekt, das Gespräch unbefangen zu gestalten: »Das war ja eine schöne Aufregung in letzter Zeit.«

Jetzt hörte Max auf zu nagen und er sah dem Mönch geradewegs in die Augen. Der gezwungen freundliche Gesichtsausdruck des Paters fiel augenblicklich von ihm ab wie eine Maske. Er ging zum Sessel hinter seinem Schreibtisch und ließ sich hineinfallen. Dann beugte er sich nach vorne, stützte die Ellbogen auf die Tischplatte und legte das Gesicht in die beiden offenen Handflächen. Sein Blick war zunächst starr geradeaus gerichtet, doch plötzlich sah er erst mich und dann Max direkt an.

»Es ist mir sehr schwer gefallen, euch hierher zu rufen, aber es bleibt mir wohl keine andere Wahl. Inspektor Huber war gestern hier und hat mir mitgeteilt, dass die Vernehmungen des armen Pater Pius bisher absolut erfolglos verlaufen sind.«

Der Mönch öffnete die Schreibtischschublade und nahm eine zerknüllte Schachtel Overstolz und Zündhölzer heraus. Nachdem er sich eine Zigarette angezündet hatte, fuhr er mit brüchiger Stimme fort: »Also … gestern Vormittag war der Inspektor bei mir. Er hat gesagt, es wär möglich, dass der Mörder immer noch frei rumläuft. Versteht ihr?« Er nahm einen tiefen Zug und blies dann den Rauch nach oben. »Es ist möglich, dass ihr zwei in Gefahr seid.«

So – jetzt war die Katze aus dem Sack.

»Ich bitt euch. Gebt Obacht, dass ihr euch nie allein irgendwo aufhaltet. Und wenn ihr irgendwas Verdächtiges bemerkt, dann sagt es mir. Heut Nachmittag trefft ihr den Inspektor im Café Lugauer. Ihr wisst ja, wo das ist. Er erwartet euch ab ein Uhr. Danach kommt ihr aber gleich wieder ins Internat. Ohne Extraspaziergänge. Habt ihr das verstanden?«

Er sah uns ernst an, stand auf und öffnete die Tür.

Nach dem Mittagessen machten Max und ich uns auf den Weg ins Dorf. Wir redeten nicht viel.

Ständig musste ich daran denken, was Pater Zeno gesagt hatte. Wir waren in Gefahr.

Und meine Mutter hatte mich noch gewarnt. Ganz deutlich hatte sie gesagt, dass ich mich auf nichts einlassen sollte. Aber ich war ja viel schlauer und hab lieber auf den Max und seinen seltsamen Inspektor gehört. Ich Depp.

Als Max merkte, dass ich nicht gut aufgelegt war, begann er, vom gestrigen Fußballspiel zu reden. »Also, der Adi, der hat doch das ganze Spiel vergeigt«, plapperte er los.

»Der Adi und das damische Fußballspiel sind mir wurscht«, schrie ich ihn an. »Der Zeno hat g'sagt, dass der Pius vielleicht gar nicht der Mörder ist. Und dann sitzen wir sauber im Dreck. Und du bist schuld. Du mit deinem Scheiß Sherlock Holmes.«

Max war erst einmal still. Mit eingezogenem Kopf, denn inzwischen hatte es zu regnen begonnen, stapfte er neben mir her.

Nachdem wir die Hauptstraße überquert hatten, blieb er plötzlich stehen. Ohne den Kopf zu heben, begann er: »Du hast ja Recht. Aber wer hätt denn an so was 'denkt. Außerdem ist jetzt b'sonders wichtig, dass wir nicht den Kopf verlieren.« Er sah mir direkt ins Gesicht.

»Zusammenhalten müssen wir, dann kann gar nix passieren. Zurück können wir eh nimmer.«

Er wandte sich ab und ging weiter. Ich wusste, dass er Recht hatte, und trottete hinter ihm her.

Als wir im Café Lugauer ankamen, wartete Inspektor Huber bereits.

Im Aschenbecher an seinem Tisch waren drei Zigarettenstummel, was jedoch nicht viel darüber aussagte, wie lange er schon da war. Die vierte Zigarette hielt er gerade in seinen nikotingelben Fingern, und zwar diesmal zwischen dem Ring- und dem Mittelfinger. Bei jedem Zug bedeckte seine kurzfingrige Hand das Gesicht, als wollte er etwas verbergen.

Er kam sofort auf den Punkt: »Also, Burschen, wir müssen aufpassen. Ich glaub nämlich nicht, dass wir mit Pater Pius den Richtigen haben.« Ein letzter Zug, dann drückte er die Kippe fahrig aus.

Jetzt sah ich seine Fingernägel, oder besser gesagt, was davon übrig geblieben war. Sie waren so kurz, wie man sie nicht abschneiden könnte, und die Ränder waren unregelmäßig. Ich hatte so etwas schon einmal gesehen, und zwar bei meiner Schwester. Die hat eine Zeit lang an den Fingernägeln gekaut. Meine Mutter hat ihr das mit Hühnermist abgewöhnt.

Aber ein Erwachsener, der Fingernägel kaut? Ist das überhaupt ein richtiger Erwachsener?

»Wir verhören Pater Pius schon eine ganze Woche. Er weiß nichts, einfach gar nichts. Aber die Fakten sprechen natürlich gegen ihn. Und der Staatsanwalt, ein ziemlich junger, ist ganz wild darauf, endlich mit dem Prozess zu beginnen. Ich kann ihn nicht mehr lange mit irgendwelchen Ermittlungen hinhalten.« Huber spielte nervös mit seinem zerkratzten Etui. »Gestern war ich bei eurem Präfekten und hab ihm g'sagt, dass er auf euch zwei gut aufpassen soll. Und wisst ihr was? Er war so komisch. Ganz abwesend …«

»Sie glauben doch nicht, dass der Pater Zeno was mit der Sach zu tun hat?«, fragte Max unvermittelt.

»Ich muss alles in Betracht ziehen. Und für euren Präfekten sprechen schon ein paar Dinge. Er war einer der Letzten, die den Kathan und den Abt lebend gesehen haben. Er könnt wissen, worüber der Kathan mit dem Abt hat reden wollen. Er behauptet aber, dass der Kathan darüber kein Wort verloren hat. Aus der Schülerkartei kennt er die Adresse vom Erwin und natürlich hat er auch gewusst, wann die Beerdigung war. Also hätt er ungestört ins Haus der Kathans einbrechen können. Zu dem Zeitpunkt, sagt er, sei er an der Loisach spazieren gegangen. Er hat aber keinen Zeugen, also auch kein vernünftiges Alibi. Außerdem besitzt er als Präfekt einen Schlüssel zur Krankenstation und hätt bloß den Medikamentenschrank aufbrechen müssen, um an das Gift zu kommen.

Er hat immer auf alle gefährlichen Situationen reagieren können. Von Pater Melchior hat er möglicherweise g'wusst, was an dem Samstag passiert ist, als wir zusammen die Apotheke untersucht haben. Schließlich ist der Zeno ja euer Präfekt. Bei der Gelegenheit kann der Melchior ihm erzählt haben, dass er mich am Sonntag noch einmal trifft. Und zuletzt war ihm sehr daran gelegen, mich vom Selbstmord des armen Pater Melchior zu überzeugen. – Warum?«

Max sah den Inspektor nachdenklich an, doch dieser blickte an ihm vorbei zum Tresen und zog gedankenverloren an seiner neuen Zigarette.

Ich mochte unseren Präfekten, deshalb meinte ich hilflos: »Aber der Pater Zeno, der würd so was auf keinen Fall machen, oder? Der war's doch nicht.«

Der Polizeibeamte sah auf und hob zwei Mal die Achseln.

Nun ergriff Max das Wort: »Natürlich war er's nicht, aber die Fakten sprechen gegen ihn. Also gibt's zwei Möglichkeiten, dass der Zeno aus der saublöden G'schicht wieder rauskommt. Entweder wir können beweisen, dass er's nicht g'wesen ist – das wird schwierig. Oder wir finden den wirklichen Mörder, und das wird auch nicht einfach.«

Huber atmete tief durch und zupfte nervös an seiner Nase. Dann verschränkte er die kräftigen Arme vor der Brust, lehnte sich zurück und sah zur Decke, als hoffte er auf Hilfe von oben.

»Das kann doch nicht so kompliziert sein«, sagte Max trotzig, mit der ihm eigenen Selbstsicherheit. »Pater Melchior hat offensichtlich keinen Selbstmord g'macht, Pater Pius ist anscheinend auch nicht der Mörder und der Pater Zeno ist es genauso wenig g'wesen. Wer bleibt denn da noch übrig?«

Max holte seinen zerknitterten Zettel aus der Hosentasche und strich ihn auf dem Tisch glatt. Ich kannte die Liste bereits, hinter dem Namen von Pater Melchior war ein dickes Kreuz. Nun machte Max bei Pius mit einem Bleistiftstummel, den er ebenfalls aus der Hosentasche gezogen hatte, ein Fragezeichen.

Inspektor Huber sah ihm zu. Dann begann er zu sprechen, seine Stimme klang jetzt emotionslos und kalt: »Ich hab die Leitung der Ermittlungen vom Garmischer Hauptkommissar übertragen bekommen. Es ist jetzt mein Fall, und ich erzähl euch die neuesten Erkenntnisse. Egal, ob ich das darf oder nicht.«

Sein Oberkörper straffte sich.

»Sowohl die Leiche von Pater Melchior als auch die des Abtes sind untersucht worden, und der Verdacht auf Vergiftung mit Digitalis hat sich bei beiden bestätigt. Den Abt hat man in der Nacht von Montag auf Dienstag, also einen Tag nach dem Tod von Pater Melchior, aus der Klostergruft g'holt, um einen Skandal zu vermeiden. Nach der gerichtsmedizinischen Untersuchung wurde sein Leichnam in der darauf folgenden Nacht still und heimlich in der Gruft wieder beigesetzt. Den toten Pater Melchior haben wir ja am Sonntagabend noch mitgenommen. Es steht jetzt auch fest, dass Pater Melchior ermordet wurde. Die Teetasse, in der sich das Gift befunden haben muss, war ausgespült. Es waren keinerlei Fingerabdrücke daran zu finden.« Er schnaufte geräuschvoll. »Kein Selbstmörder würde sich diese Mühe machen. So einer hat andere Sorgen. Der Mörder von Pater Melchior muss nach dessen Tod, der etwa um halb zwei eingetreten ist, noch einmal ins Krankenzimmer gegangen sein, um die Tasse auszuwaschen und abzutrocknen. Dann hat er wahrscheinlich mit dem Schlüssel des toten Mitbruders den Arzneimittelschrank geöffnet und die verdächtigen Fotos dort deponiert. Der Schlüssel für den Schrank wurde anschließend ebenfalls abgewischt, sodass an ihm – im Gegensatz zu den anderen Schlüsseln des toten

Paters – keinerlei Fingerabdrücke waren. Nicht einmal welche von Pater Melchior selbst.

Da am frühen Sonntagnachmittag viele Leute auf dem Gang zwischen Speisesaal, Küche und Krankenzimmer unterwegs waren, ist natürlich niemand besonders aufgefallen. Die Vernehmung sämtlicher erwachsener Klosterbewohner hat jedenfalls nichts gebracht. Nur Pater Ignaz wurde nicht vernommen wegen seiner ›labilen Psyche‹.«

Der Inspektor spielte unschlüssig mit dem Etui. Schließlich nahm er sich noch eine Zigarette heraus und zündete sie mechanisch an.

»Pater Ignaz scheidet als Verdächtiger ohnehin aus, da sein Läusegift keinerlei Parallelen zu den beiden Vergiftungsfällen zulässt.«

Er machte eine Pause und schaute dabei auf seine ramponierten Fingernägel.

»Vorgestern ist die wertvolle Tischuhr, die bei dem Einbruch im Haus der Kathans gestohlen worden war, in München aufgetaucht. Ein Uhrmacher hat sie von einem Mann aus Icking gekauft. Dieser hatte behauptet, dass er sie in Wolfratshausen nicht verkaufen wollte, weil ihm das peinlich wär. Da es sich um ein sehr wertvolles Exemplar handelt, wollte der Uhrmacher das gute Stück zuerst nur in Kommission nehmen. Nach dem Verkauf sollte der Besitzer seinen Anteil erhalten. Der Verkäufer wollt sich aber darauf nicht einlassen und hat behauptet, dass er das Geld sofort bräuchte und sogar einen relativ niedrigen Preis akzeptieren würde. Schließlich einigten sich die beiden auf achthundert Mark, obwohl die Uhr einige tausend wert ist. Zu seiner Sicherheit ließ sich der Uhrmacher den Personalausweis des Verkäufers zeigen und notierte seinen Namen, Adresse und Passnummer. Könnt ihr euch vorstellen, wie der Verkäufer geheißen hat?«

Der Inspektor starrte uns erwartungsvoll an.

Max kaute schon seit einiger Zeit an seiner Unterlippe herum, jetzt schüttelte er langsam den Kopf.

»Eduard Kathan war in dem Pass g'standen.« Der Polizist merkte wohl, dass der Name seine Wirkung nicht verfehlte.

Max pfiff leise durch die Zähne, um sich dann zurückzulehnen und die Arme nachdenklich vor der Brust zu verschränken.

Ich hatte einen solchen Schrecken bekommen, dass ich zuerst darüber nachdachte, ob es wirklich Erwins toter Vater gewesen sein könnte.

Man hörte ja manchmal solche Geschichten, dass ein Toter irgendwo für kurze Zeit wieder aufgetaucht ist. Außerdem war ich für solch gruselige Sachen sehr empfänglich. Dass aber jemand aus dem Reich der Toten zurückkommt, um seine alte Uhr zu verkaufen, erschien mir doch etwas abwegig.

»Ich hab dann sofort im Kloster nachgeforscht, ob einer der Verdächtigen zum fraglichen Zeitpunkt am Freitag in München g'wesen sein könnte, doch das ist unmöglich. Es muss sich also eine uns unbekannte Person als Eduard Kathan ausgegeben haben. Den Pass wird der Täter bei dem Mord mitgenommen haben. Jedenfalls steht fest, dass der Mörder, der sich ja zweifelsfrei im Kloster aufhält, einen Komplizen draußen haben muss. Somit sind alle vorhandenen oder nicht vorhandenen Alibis für den Zeitpunkt des Einbruchs in Kathans Haus ohne Bedeutung.«

Max nickte zustimmend. Er hatte jetzt das, was wir zu Hause das ›Geißengeschau‹ nennen, nämlich den Blick auf einen unbestimmten Punkt gerichtet.

Dann endlich löste sich seine Erstarrung und er fragte leise: »Was haben die Verdächtigen eigentlich g'macht, bevor sie ins Kloster 'gangen sind? Haben Sie da gar nix g'funden?«

»Nichts Besonderes. Jedenfalls hab ich keine Parallelen zu einem der Mordfälle oder allen dreien herstellen können.«

»Haben Sie sich über jeden einzelnen Pater erkundigt?« Max ließ nicht locker.

Dem Inspektor schien diese Frage unangenehm. Aber warum hatte er uns zu sich gerufen? Er brauchte Hilfe, um die Morde aufklären zu können. Es war seine große Chance als Kriminaler, und er brauchte Max und mich.

Ich merkte, dass er uns benutzte.

Doch war da nicht noch etwas? Ich glaubte, es zu spüren. Ja, ich spürte Angst, eine Angst, die fast zu greifen war. Aber wovor fürchtete er sich dermaßen, dass er uns so sehr in sein Vertrauen zog?

Natürlich, es war die Angst, zu versagen. Schon einmal war etwas schief gelaufen in seinem Leben. Max hatte mir davon erzählt, nachdem wir den Inspektor das erste Mal getroffen hatten. Und die Versetzung nach Wolfratshausen war ja alles andere als eine Beförderung gewesen.

Würde seine Angst so weit gehen, uns Einzelheiten über das Vorleben der verschiedenen Patres zu verraten? Sicher hatte er versprechen müssen, nichts weiterzuerzählen.

Max dachte wahrscheinlich das Gleiche, saß aber mit völlig unbeteiligtem Gesicht da. Nach etwa einer Minute der Stille und Spannung schnaufte Huber auffallend laut durch. Er schien einen Entschluss gefasst zu haben.

»Max«, sagte er, bereit, über seinen eigenen Schatten zu springen, »du nennst mir den Namen des Verdächtigen, und ich sage dir, was ich über ihn weiß. Ich dürfte das eigentlich nicht. Es gibt da so eine Art Schweigepflicht …«

Max besann sich einen Augenblick, dann begann er: »Über den Pater Ignaz haben wir ja schon eine ganze Menge erfahren, aber wie steht's mit dem Pater Aurelian?«

Der Inspektor dachte kurz nach, dann erzählte er: »Pater Aurelian ist bereits vor dem Krieg als sehr junger Mann in den Orden eingetreten. Nach einigen Semestern Theologie und Altphilologie wurde er eingezogen. Er kam erst 1947 oder 48 aus der russischen Gefangenschaft zurück. Nachdem er im Stift wieder zu Kräften gekommen war, beendete er seine Studien und ist seither Lehrer für Latein und Altgriechisch.«

Max verzog erst sein Gesicht, als hätte er auf eine Zitrone gebissen, dann schüttelte er unzufrieden den Kopf.

»Und was hat der Pater Bruno, der Präfekt der zehnten Klasse, g'macht, bevor er ins Kloster eingetreten ist?«

»Pater Bruno ist ein besonderer Fall. Ich glaube, er ist nicht besonders glücklich im Kloster. Eigentlich ist er ein sehr netter und gescheiter Mensch, aber wenn ihm etwas auf die Nerven geht, kann er ungewöhnlich hart reagieren. Das hat man mir jedenfalls erzählt.«

Huber wollte offensichtlich nicht genauer auf dieses Detail eingehen. Max und ich hatten aber bereits zu

Beginn des Schuljahres eine Szene im Speisesaal erlebt, wo Pater Bruno Speisesaalaufsicht gehabt hatte und ausgerastet war. Dabei hatte er einen Schüler der sechsten Klasse wegen einer Kleinigkeit an den Haaren von seinem Stuhl heruntergezogen und ihn dann unter wüsten Beschimpfungen aus dem Saal geworfen. Anschließend war er zitternd dagestanden und hatte sich unsicher umgeschaut. Gerade so, als würde er selbst nicht glauben, was gerade geschehen war.

»Pater Bruno stammt aus einer sehr reichen Familie und musste seiner Mutter am Totenbett versprechen, dass er ins Kloster eintreten würde. An dieses Versprechen hält er sich bis heute.«

Max saß immer noch mit verschränkten Armen da und überlegte. »Was ist eigentlich mit dem verhafteten Pater Pius?«

Jetzt lächelte der Polizeibeamte und begann: »Pater Pius ist neben Pater Ignaz das zweite Genie im Konvent. Er hat in München Musik studiert und war für seine Bach-Interpretationen an der Orgel bereits als Student bekannt. Wegen seiner Berühmtheit wurde er auch während des Krieges lange zurückgestellt. Ein Musikfreund in der Generalität besorgte ihm einen Posten in einem Sanatorium für Kriegsversehrte in Ostpreußen oder Schlesien. Nach dem Krieg trat er als Organist ins Kloster ein. Das Theologiestudium hat er als Jahrgangsschlechtester abgeschlossen. Einige Mitbrüder haben sich darüber aufgeregt, andere haben darüber gelacht. Es heißt, dass er bis heute keine einzige Messe allein gelesen hat. Aber um ihn als Organisten wird das Kloster von der ganzen katholischen Welt beneidet.«

Das Gesicht von Max hatte sich aufgeheitert. Entweder waren dafür die spöttischen Bemerkungen des Inspektors verantwortlich, oder der Lebenslauf von Pater Pius half ihm bei seinen Überlegungen weiter.

»Ich weiß«, Huber rieb sich verlegen die Nase, »jetzt ist der Pater Zeno dran.«

Wieder sah er auf seine Finger, und ich war sicher, dass er nur deshalb nicht an ihnen herumkaute, weil er nicht allein war.

»Pater Zeno kommt von einem kleinen Bauerndorf bei Miesbach, aus Hundham. Er war neun Jahre lang Schüler im Beusl genau wie ihr. ›Das macht einem das Leben als Präfekt leichter‹, hat er g'meint. Man kennt dann schon alle Schliche.« Nochmals machte er eine kurze Pause, wohl um zu sehen, wie seine Worte auf uns gewirkt hatten. »1941 machte Pater Zeno sein Abitur und wurde anschließend eingezogen. Wegen seiner Körpergröße schickte man ihn als Funker zu den U-Booten, wo er den Krieg mit sehr viel Glück überlebt hat. Einmal wurde während seines Heimaturlaubes das Boot, auf dem er vorher gefahren war, versenkt. Bald nach dem Krieg, gleich zu Beginn des Theologiestudiums, trat er in das Kloster hier ein, und er behauptet, es bis heute nicht bereut zu haben.«

Max kratzte sich am Kopf. »Fehlt noch jemand?«

Huber hob die Achseln. »Nicht dass ich wüsst.«

Max schüttelte ungläubig den Kopf. »Es muss einen Anhaltspunkt geben. Irgendwas muss uns doch zur Lösung führen.«

»Ich hab ja schon alles durchgekaut. Alle Möglichkeiten hab ich bereits überlegt. Nix oder zumindest nix

Greifbares. Und dann noch der dynamische Staatsanwalt.« Je aufgeregter Huber wurde, desto mehr Dialekt sprach er. »Es ist zum narrisch werden.« Abrupt stand er auf. »Ich hab heut noch einen anderen Termin. Ihr könnt doch zu Fuß ins Internat zurückgehen? Oder soll ich euch fahren?«

»Das braucht's nicht«, sagte ich schnell.

»Also dann. Passt gut auf euch auf.« Schon hatte er sich umgedreht, ging an die Kuchentheke und bezahlte. An der Tür zögerte er ein bisschen, eilte dann aber hinaus, ohne sich noch einmal umzusehen.

»Der ist davon, als wenn er was g'stohlen hätt«, sagte ich.

»Dem ist auch nicht wohl«, meinte Max.

Sobald wir das Beusl betraten, hatte ich das Gefühl, nicht mehr sicher zu sein. Irgendwo lauerte eine Gefahr. Sogar Huber hatte es gesagt.

Vor dem Studiersaal blieb Max plötzlich stehen. »Hörst du das?«

Ich hörte nichts und zuckte die Achseln.

»Ja hörst du nicht, wie leise es im Studiersaal ist? Und Studierzeit ist doch erst in einer halben Stund.«

Wirklich. Kein normaler Freizeitlärm.

»Da ist was passiert«, flüsterte ich Max zu, der inzwischen sein Ohr an die Tür gelegt hatte.

Er sah mich bedeutungsvoll an, dann drückte er die Türklinke vorsichtig nach unten und linste in den Raum. Ich schaute ihm über die Schulter, so gut es ging und sah unsere ganze Klasse in einer Ecke des Studiersaals zusammen sitzen. Der Klassensprecher der neunten Klasse, er hieß Christian Groß, sprach so leise, dass Pater Zeno, den ich in seinem Präfektenzimmer vermutete, es sicher nicht mitbekam.

»Also, noch einmal für die ganz Schlauen«, begann er von neuem. »Die Kutt'n haben gestern angefangen, dass sie das gute Spalierobst im Klostergarten ernten. Wir haben also nicht viel Zeit. In ein paar Tagen ist alles weg, wenn wir jetzt nix unternehmen. Außerdem hat die Sach Tradition. Euer Schlafsaal ist der einzige, von dem man sich gut abseilen kann. Die Aktion wird natürlich von der neunten Klasse durchg'führt. Das war schon immer so. Und ihr – ihr haltet dicht, sonst setzt's was.«

Bei den letzten Worten hatte er drohend die rechte Hand gehoben. Dann stand der große, kräftige Schüler auf und verließ grußlos unseren Studiersaal. Als er an Max und mir vorbeikam, schien er uns gar nicht zu bemerken.

Heute Abend war also ›Erntedank‹, wie uns die anderen aufgeregt berichteten. Was genau sich abspielen würde, wusste niemand. Jedenfalls hatten wir schon davon gehört und waren jetzt vorbereitet.

Voller Anspannung gingen wir abends ins Bett. Pater Zeno machte seine Kontrollgänge. Alles war ruhig, doch niemand schlief.

Endlich ging die Schlafsaaltür auf, und ein Trupp Neuntklässler schlüpfte in den Raum. Das Nachtlicht glomm und ließ die flinken Bewegungen der Eindringlinge unwirklich erscheinen.

Schnell waren sie an dem linken der beiden Schlafsaalfenster, schlugen den schweren, schwarzen Vorhang zurück und öffneten es. Dann ließen sie an einer langen Schnur einen Rucksack nach unten und wandten sich um.

»Geh weiter, Wurm. Auf geht's.« Das war die Stimme vom Christian.

Der kleinste und schmächtigste der neunten Klasse ging ans Fenster und kletterte auf den Fensterstock. Jetzt erst konnte man erkennen, dass er einen dicken Strick um die Brust gebunden hatte.

»Ihr lassts mich aber nicht fallen.« Seine Stimme klang ängstlich.

»Schmarrn.« Der Klassensprecher war ungeduldig. Seine Bewegungen, mit denen er das lange, dicke Seil mit den vielen Knoten am Boden auseinander legte, wirkten fahrig. »Wir machen alles wie besprochen. Du steigst jetzt da raus, und wir lassen dich schön langsam runter. Und mach keinen Radau. Hast verstanden?«

Der arme Wurm auf dem Fensterbrett atmete laut. Vier Klassenkameraden hielten das Seil fest. Endlich ließ er sich hinausgleiten, und die anderen seilten ihn vorsichtig ab.

Ich stellte mir seine Angst vor, und mir stockte der Atem.

Von unserem Schlafsaalfenster aus waren es mindestens acht Meter bis zum Boden. Ich bin nicht schwindelfrei, und bei dem Gedanken, dass ich an diesem Seil hängen könnte, drehte sich alles in meinem Kopf.

Max hielt es nicht mehr im Bett. Er war aufgestanden und zum rechten Schlafsaalfenster gegangen. Von dort aus verfolgte er zusammen mit einigen anderen aus unserer Klasse die Aktion.

Alles schien problemlos zu verlaufen.

Plötzlich rief jemand »Scheiße« und gleich darauf war ein dumpfer Schlag zu hören.

»Verdammter Mist, das hat doch so gut g'halten.« Mit der Angeberei vom Christian war es jetzt vorbei. Er machte einige hilflose und hektische Bewegungen und schnaufte angestrengt.

»Ist dir was passiert, Wurm?«, rief ein anderer vom Fenster aus mit gedämpfter Stimme in die Tiefe.

Nichts war zu hören.

Schnell zogen die Buben das Seil nach oben. Durch die Fenster fiel Mondlicht. So konnte man bei genauem Hinsehen erkennen, dass das Seil aus zusammengeknoteten Betttüchern bestand.

»Tief kann er nicht g'falln sein. Der hat sich höchstens erschreckt«, stieß Christian hervor. Er hielt ein Ende des Seils in der Hand. »Eins von den Leintüchern ist g'rissen. Und ich hab doch g'sagt, dass man bloß die guten hernehmen soll. So ein Mist.« Er richtete sich auf und sah sich nervös um. »Also, den Wurm, den müssen wir unbedingt wieder raufholen. Wer macht's?«

Er schaute in die Runde seiner Gefährten. Die standen da wie die Salzsäulen und keiner sagte ein Wort.

»Ich kann da nicht raussteigen. Ich bin viel zu schwer für so was«, entschuldigte sich Christian von vornherein. Die erwartungsvollen Blicke der anderen passten ihm gar nicht.

»Jetzt rührt er sich ein bisserl«, war vom Max zu hören, der immer noch am rechten Fenster stand und angestrengt nach unten schaute.

Der kleinste der anwesenden Neuntklässler wehrte entschieden ab, als Christian ihn fragte, ob nicht er runtersteigen wolle. »Also, mich braucht's gar nicht so blöd anschauen. Ich geh da nicht raus. Nicht um alles in der

Welt. Ich war ja gleich dagegen. So ein Schmarrn. Und noch dazu lebensgefährlich.« Er stemmte die Hände entschlossen in die Hüften. »Schauts nicht so blöd. Ich mach's nicht und fertig.«

»Hin ist er nicht«, hörte man Max jetzt vom Fenster her sachlich berichten. »Da – er hat sich wieder bewegt. Eindeutig.«

»Und? Was machen wir jetzt?« Christians Stimme klang weinerlich. »Ich hab das doch nicht woll'n.«

Eine bedrohliche Stille lag über dem Schlafsaal.

Plötzlich ein leises Stöhnen.

Ich schaute zu Max hin, in den Bewegung gekommen war.

»Ich tät da auch nimmer raussteigen«, meinte er kopfschüttelnd. »Viel zu gefährlich.«

Christian brauste auf: »Du Schlaumeier gehst uns grad noch ab.«

»Es gibt einen anderen Weg.« Max ignorierte Christians Wutausbruch und ging vom rechten Fenster weg in die Schlafsaalmitte. »Vier Leut brauch ich. Der Kaspar und ich und noch zwei, die eine Schneid haben.«

Ich bekam keine Luft mehr vor Schreck.

›Ich mach da nicht mit‹, dachte ich. ›Der Max spinnt. Warum kann mich der Depp nie in Ruh lassen?‹

Aber da war er schon an meinem Bett angekommen.

»Brauchst keine Angst haben. Da passiert nix. Also – wer kommt noch mit?«

Christian und ein weiterer Neuntklässler kamen unschlüssig zu meinem Bett.

»Und? Was willst jetzt machen?« Christians Stimme war irgendwo zwischen Wut und Verzweiflung.

»Wir steigen über den Speisesaal aus. Genauso wie die Abiturienten. Drunter ist doch die Holzhütt'n. Und von da geht's direkt in den Klostergarten. Spalierbäum' zum Kraxeln sind auch da.« Er nickte aufmunternd. »Das haut schon hin. Bloß ein Stückerl von euerm Seil brauchen wir. Und leise müssen wir sein.«

Christian hob unschlüssig die Achseln, drehte sich dann aber um und holte das verbliebene Stück des abgerissenen Seils.

Ich schaute zu Erwins Bett hin. Er hatte sich aufgesetzt und hielt die angezogenen Knie mit beiden Armen umklammert. Dabei versteckte er die untere Hälfte seines Gesichts hinter der Bettdecke. Ich spürte seinen angstvollen Blick.

Wortlos stand ich auf und tappte hinter Max und den beiden anderen her. Ich wusste nicht warum, aber Max schaffte es immer wieder, dass ich ihm nachlief wie ein Schaf.

Im Gang, wo die Schlafsäle lagen, glomm das Nachtlicht, doch von der Treppe ab war es stockdunkel. Natürlich kannten wir inzwischen den Weg zum Speisesaal, aber es war schwierig, in der Dunkelheit keinen Lärm zu machen. Max schlich voraus, und wir anderen hielten mit einer Hand Kontakt zum Vordermann, mit der anderen tasteten wir uns die Wände entlang.

Im Speisesaal waren Gott sei Dank die Vorhänge nicht zugezogen. Durch das Mondlicht konnten wir uns gut orientieren. Schnell erreichten wir das Fenster über dem Holzschuppen. »Ihr bleibt da und haltet das Seil«, sagte Max zu Christian und seinem Kameraden. »Der Kaspar kommt mit mir.«

Ich ging zögerlich ans rechte Fenster, das Max bereits geöffnet hatte, und ein Stein fiel mir vom Herzen.

Bis zum Dach vom Holzschuppen waren es höchstens drei Meter.

Christian hielt das eine Ende des Seils, das Max noch schnell auf seine Reißfestigkeit geprüft hatte, dann stieg mein Freund hinaus. Ein Kinderspiel. Ich kletterte hinterher.

Vom Dach des Holzschuppens kamen wir über ein Spalier, das als Leiter diente, hinunter zum Boden.

Ein paar Meter neben dem Spalier lag Wurm. Max war als Erster bei ihm.

»Mensch, Wurm, was machst denn für G'schichten.« Max kniete jetzt neben dem Verunglückten auf der feuchten Erde, ohne auf seinen Schlafanzug zu achten. Wurm stöhnte und hielt sich den Schädel. Dann fing er an zu weinen.

»Hin hätt ich sein können. Und alles wegen dem Christian, dem Deppen.«

Inzwischen hatte er sich, unterstützt von Max, etwas aufgerichtet und hielt den Kopf in seinen zerschundenen Händen. Immer wieder schüttelte ein Weinkrampf seinen mageren Körper. Max löste den Knoten des Betttuchs, das der Verunglückte um die Brust gebunden hatte, und warf es auf den Boden.

»Tut dir was weh?«, fragte er saublöd, denn es war offensichtlich, wie es dem armen Kerl ging.

»Du kannst vielleicht damisch fragen. Alles tut mir weh, einfach alles.«

Jetzt hörte Wurm auf zu weinen und schniefte nur noch.

»Schau mal, ob du aufstehn kannst.«

Max hatte sich inzwischen erhoben und hielt dem sitzenden Wurm die Hand hin. Der zog sich langsam an ihm hoch.

»Mein Schädel«, jammerte er. »Und die ganze rechte Seite tut weh.«

Jetzt erst sah man, dass die rechte Gesichtshälfte aufgeschlagen war und etwas blutete.

»Da hast aber ein sauberes Massel g'habt. Komm mit.«

Halb zogen, halb schoben Max und ich den armen Wurm zu dem Spalier. Max kletterte hinauf und forderte den Verletzten auf, ihm nachzukommen. Dabei hielt er ihm von oben die Hand entgegen.

»Ich sag's dem Präfekten«, schniefte Wurm, während er unsicher zum Dach des Holzschuppens hinaufstieg. Ich schob ihn dabei von unten, so gut es ging.

»An Dreck wirst tun«, schimpfte Max. Dann zog er den armen Kerl keuchend das letzte Stück hinauf.

Als wir drei schließlich unter dem Speisesaalfenster standen, fing Wurm wieder an: »Ich soll da raufsteigen? Nie im Leben. Ich hab die Nase voll.«

»Dann bleibst halt da. Wir plagen uns wie die Ochsen wegen dir, und du führst die auf wie ein Waschweib.«

Max kletterte ohne ein weiteres Wort zum Speisesaal hinauf.

Als er oben war, ging Wurm unschlüssig zum Seil und hielt sich halbherzig daran fest.

»Auf geht's.«

Max und die anderen beiden zogen das Seil in die Höhe, während ich von unten her nachschob. Als Wurm endlich oben war, atmete ich erleichtert auf und wollte nachsteigen, aber Max kam schon wieder runter auf das Schuppendach.

»Was machst denn du?«, fragte ich ihn.

»Jetzt gibt's was zum Essen. Ich hab Hunger.«

In Windeseile stieg er am Spalier nach unten. Flink stopfte er erst das abgerissene Leintuch und anschließend noch einige Birnen in den Rucksack, der am Boden lag. Auf ein Signal hin wurde dieser nach oben gezogen und kam bald darauf leer wieder herunter. Max füllte viermal auf.

Danach stiegen wir zurück in den Speisesaal. Alle zusammen gingen wir in den Schlafsaal. Dort wurden wir begeistert empfangen.

Am Waschbecken wusch sich der arme Wurm sein Gesicht.

Trotz des matten Lichts sah man jetzt, wie stark geschwollen die rechte Seite war. Außerdem hatte er einen Schneidezahn verloren.

»Was soll ich denn sagen, wenn mich der Präfekt danach fragt?« Dabei deutete er auf seine Zahnlücke.

»Bist halt hing'falln«, meinte Max trocken und hob die Achseln. »Aber jetzt gibt's was Gutes.«

Für ihn war die Sache gelaufen. Bedächtig schob er sich eine Birne nach der anderen in seinen breiten Mund. Dabei saß er zufrieden auf meinem Bett rechts neben mir.

Nach einer Weile kam Erwin und setzte sich still links neben mich.

»Ich hab richtig Angst gehabt, dass euch was passiert«, sagte er schüchtern.

»Wenn ich dabei bin, dann passiert nix«, meinte Max großspurig. »Da, magst auch eine?«

Er hielt Erwin eine Birne unter die Nase. Der nahm sie dankbar und nagte an ihr herum. Zu schmecken schien sie ihm nicht.

Von uns konnte keiner in der Nacht gut schlafen.

»Wegen der Gärung«, behauptete Max.

Am nächsten Tag kamen wir kaum aus den Betten. Aber Pater Zeno hatte keinerlei Verständnis für Müdigkeit. Ganz flott hatte er einige ›Parademärsche‹ an die verteilt, die nach der zweiten Kontrolle immer noch im Bett lagen. Das gab ausreichend Motivation, sich schneller zu bewegen.

Der Unterricht verlief sehr zäh, und alle waren froh, als wir nach dem Mittagessen die erste Freizeit hatten. Natürlich durften wir uns nicht hinlegen, denn das Betreten des Schlafsaals während des Tages war nicht erlaubt.

Erwin schien das Schlafdefizit am wenigsten auszumachen. Er saß neben mir und spielte Steckschach. Dazu hatte er ein Buch aufgeschlagen, in dem berühmte Schachpartien dargestellt waren.

»Ist das nicht langweilig?« Max stand hinter ihm und sah schon eine Weile zu.

»Nein. Ich spiele gern Schach, und so kann ich viel lernen«, sagte Erwin, ohne aufzusehen. »Meine Mama hat mir das Buch geschenkt. Da sind die besten Partien drin, die jemals gespielt worden sind.«

»So ein Schmarrn.« Max schnaufte verächtlich. »Entweder man kann Schach spielen oder nicht. Da brauch ich keine anderen Partien. Entweder ich kann denken oder halt nicht. So einfach ist das.«

Erwin wandte sich um. »Meinst du?«

Er zog bedächtig die einzelnen kleinen Figuren aus dem Steckschach und stellte sie für ein neues Spiel auf.

Max hatte begriffen. Er holte sich einen freien Stuhl heran und setzte sich Erwin gegenüber.

»Hast du überhaupt schon einmal gespielt?«, fragte Erwin, ohne den Blick vom Brett zu nehmen.

»Freilich.«

Ich erinnerte mich daran, dass Max erzählt hatte, im Lungensanatorium habe ihm ein älterer Mann Schach beigebracht. Hier im Beusl hatte er sein Können aber noch nie gezeigt.

Erwin nahm einen schwarzen und einen weißen Bauern, schüttelte sie in den Händen, aus denen er einen Hohlraum geformt hatte, fasste dann in jeder Hand eine Figur und hielt Max beide Fäuste unter die Nase. Max schlug leicht auf die Linke. Er hatte die schwarzen Figuren.

»Magst du lieber weiß?« Erwin schien es egal zu sein.

»Das ist doch wirklich wurscht«, schnaubte Max.

»Wenn du meinst.«

Die ersten Züge gingen recht flott. Schnell hatte Max einen gegnerischen Läufer eingezwickt und geschlagen. Dann richtete er seine Attacken gegen Erwins Dame. Der schien das gar nicht zu bemerken, und selbst als Max sie schlug, verzog er keine Miene.

Erwin ist anscheinend doch ein bisschen blöd, dachte ich. Wenn er schon so viel Schach spielt, muss er einfach merken, wenn es seinen wichtigsten Figuren an den Kragen geht. Max hielt inzwischen Erwins König, der nur schwach geschützt war, belagert. Ein paar Züge noch, dann hatte er gewonnen.

Plötzlich sah Erwin nach einem scheinbar blödsinnigen Zug zum ersten Mal während des Spiels auf.

»Was schaust denn so komisch?« Max konnte es gar nicht erwarten, den finalen Schlag anzubringen.

»Gut«, meinte Erwin und zog seinen verbliebenen Läufer diagonal über das Feld. »Jetzt bist du matt.«

Max konnte es nicht fassen. »Ein Scheißspiel ist das. Ich hab Schach noch nie mögen.«

Dann sprang er auf und ging an seinen Platz.

Ich sah Erwin bewundernd an. Der stellte aber die Figuren gleich wieder so auf, wie er es von der Vorlage aus seinem Buch abschaute.

Unvermittelt stand Pater Zeno vor mir. »Komm bitte mit dem Max gleich mal zu mir.«

Ich ging zu meinem Freund und machte ihn auf den Präfekten aufmerksam, der vor seinem Zimmer auf uns wartete. Er hielt uns die Tür auf und schloss sie energisch hinter uns.

»Worüber habt ihr gestern mit dem Inspektor geredet?«

Die Sache schien ihm wichtig.

»Der Herr Huber hat g'sagt, dass wir aufpassen müssen, weil er nicht glaubt, dass der Pater Pius der Richtige ist.« Max sah den Präfekten offen an.

»Sonst nichts?«, fragte Zeno.

»Nix Besonderes.«

Eine bedrückende Stille lag im Raum.

»Gut.« Pater Zeno verschränkte die Arme. »Und in Zukunft gilt Folgendes: Wenn der Inspektor mit euch redet, dann will ich ganz genau wissen, worum es gegangen ist. Ich habe ja schließlich die Verantwortung.«

Wir nickten stumm, verließen das Präfektenzimmer und gingen an unsere Plätze. Kaum hatten wir uns hingesetzt, kamen einige Mitschüler auf uns zu und fragten ärgerlich, was wir schon wieder beim Präfekten gemacht hätten.

»Nasenbohren für Fortgeschrittene, zweiter Teil sozusagen«, meinte Max gelangweilt und achtete nicht weiter auf das Rudel.

»Ihr wisst ganz genau, dass es ungerecht ist, wenn einzelne Lieblinge beim Präfekten im Zimmer sitzen und Plätzchen essen.«

Franz Bürger, der Kräftigste aus unserer Klasse, hatte das Wort ergriffen, was er selten tat, denn er war nicht gerade der Schlaueste. Nun war aber an seinem roten Kopf und den bebenden Nasenflügeln zu erkennen, dass er sich fürchterlich aufregte.

Leicht stotternd fuhr er nach einer Weile fort: »Wir wissen schon, dass du dich für was Besseres hältst, Max, und der Kaspar rennt dir ja auch Tag und Nacht hinterher. Wenn ihr zwei aber vom Präfekten bevorzugt werdet, geht uns das alle an, denn wir kriegen schließlich keine Sonderbehandlung, sondern die ist ja nur für seine Lieblinge.«

Franz war ganz nahe an Max herangetreten, und eine ungeheure Spannung lag in der Luft. Um die beiden bildete sich ein Kreis.

Max schaute nicht einmal auf, als er sagte: »Wir haben aber gar keine Plätzchen gegessen, sondern wir haben es so g'macht wie du.« Jetzt sah er den vor ihm stehenden Franz herausfordernd an und zischte: »Wir fressen nämlich unsere eigenen Nasenrammel.«

Franz riss vor Entrüstung die Augen auf, zu mehr kam er nicht, denn Max sprang vom Stuhl auf und rammte dem viel kräftigeren Gegenüber den Kopf in den Bauch. Franz war zu überrascht, um reagieren zu können. Er flog rücklings gegen das hinter ihm stehende Pult und fiel dann zu Boden.

Max war sofort über ihm und versuchte, ihn in den Schwitzkasten zu nehmen, aber Franz schlug mit dem linken Knie nach oben und traf Max in die Rippen. Dieser hielt einen Moment inne, und so hatte Franz Gelegenheit, ihn nach hinten wegzustoßen.

Gerade als sich der Angreifer auf meinen Freund stürzen wollte, rief jemand: »Achtung.«

Leider zu spät.

Wie vom Himmel gefallen, stand Pater Zeno zwischen den Raufenden und packte beide an den Haaren. Als er sie stehend vor sich hatte, was seltsam aussah, da Franz viel größer war als der Präfekt, schlug er ihnen die Köpfe mit einer raschen Bewegung zusammen. Dann ließ er die Streithähne los.

»Seid ihr verrückt geworden?«, schrie er die beiden an. »Ich möchte sofort wissen, was hier gespielt wird.«

Dabei hatte er die Fäuste in die Hüften gestemmt und schien bereit, im nächsten Moment einem oder allen beiden den Kopf abzureißen.

Max rieb sich die Stelle am Kopf, die so innigen Kontakt mit seinem Gegenüber gehabt hatte. Franz hatte angefangen zu weinen, aber weniger wegen des Schmerzes, wie es schien, sondern aus Wut.

Durch heftiges Schluchzen unterbrochen, begann er, sich zu beschweren. »Soll man da vielleicht nicht grantig werden, wenn bestimmte Leut in der Klasse den anderen vorgezogen werden?«

Trotzig sah er dem Präfekten in die Augen.

»Ach, so ist das. Ihr meint also, dass ich den Max und den Kaspar euch anderen vorziehe?«

Dabei blickte er in die Runde. Die ganze Klasse hatte sich inzwischen um den Kampfplatz versammelt, doch alle außer Franz schauten jetzt beschämt zu Boden.

»Gut, Franz, wenn du so scharf bist auf die Sonderbehandlung der beiden anderen, dann kommst eben du morgen Nachmittag zu mir, damit ich dir eine Extraaufgabe in Latein geben kann. Wenn sonst noch jemand will, dass ich ihn bevorzuge, dann braucht er es bloß zu sagen.« Er sah sich mit funkelnden Augen im Kreis um. »Ansonsten sind bis auf weiteres alle Vergünstigungen wie Lesen im Freistudium gestrichen. Und jetzt auf die Plätze, seit zwei Minuten ist schon Studierzeit, und ich will nichts mehr hören.«

In der Aufregung hatten wir das Läuten der Hausglocke nicht mitbekommen. Sofort eilten alle an ihre Schreibpulte und nach wenigen Minuten war das für die Studierzeit übliche Stillschweigen eingekehrt.

Ich brauchte einige Zeit, um mich zu beruhigen. Nicht die Rauferei hatte mich aus dem Gleichgewicht gebracht. So etwas kam öfter vor. Auch die Eifersucht, mit der einige Mitschüler meine Freundschaft zu Max beäugten, konnte mich nicht mehr irritieren. Vielmehr verwirrte mich die Leichtigkeit, mit der Pater Zeno die anderen angelogen hatte. Freilich – was hätte er sagen sollen? Die Wahrheit? Andererseits war Lügen eine Sünde und die sollte einem Pater doch nicht so leicht von den Lippen gehen.

Nach der Studierzeit lief ich mit Max zum Nachmittagstee.

Mein Freund schimpfte wie ein Rohrspatz: »Unsere Klass ist ja an sich schon ein saublöder Haufen, aber der Franz ist doch der Allerdümmste. Als wenn wir nicht andere Sorgen hätten als dem seinen eifersüchtigen Schmarrn. Raufen kann er aber, der Depp, jedenfalls hat's mich g'scheit erwischt.«

Dabei hielt er sich die rechte Seite seines Brustkorbes, wo Franz ihn mit dem Knie getroffen hatte. Ich fragte, ob er arge Schmerzen hätte, doch Max wehrte genervt ab.

»Warum schaust du eigentlich so verschreckt? Dir tut doch nix weh«, bemerkte er und kaute unwillig an seiner Marmeladensemmel. »Bist etwa beleidigt, weil dir die schöne Rauferei aus'kommen ist? Das nächste Mal darfst du dem Franz eine reinhaun. Ich lass dir gern den Vortritt.«

»Du weißt ganz gut, dass ich im Gegensatz zu dir einem Ärger am liebsten aus'm Weg geh, wenn ich kann«, erwiderte ich. »Was mich beschäftigt, ist die Selbstverständlichkeit, mit der unser Pater Zeno g'logen hat. Du weißt schon, wie er den anderen g'sagt hat, dass er uns zwei in seinem Zimmer eine Extraaufgabe in Latein 'geben hätt.«

Max schaute mich an und schluckte seinen Bissen hinunter.

»Was erwartest du denn?«, fragte er mich in einem Tonfall, als würde er mit einem Schwachsinnigen reden. »Hätt er vielleicht sagen sollen: Also, Kinder, jetzt passt mal auf. Die Polizei ist grad dabei, dass sie mir drei Morde anhängt. Und eure beiden Mitschüler müssen mir von jetzt an sagen, was die Polizei mit ihnen redet, damit die Geschichte nicht blöd ausgeht für mich. Hast du dir das so vorg'stellt?«

Er biss erneut kräftig in seine Semmel.

»Mit dir kann man kein vernünftiges Wort reden. Außer man sagt von Haus aus das, was du grad hören willst.«

Ich warf Max einen bösen Blick zu, aber der sah mich ganz ruhig an und kaute weiter.

Ich nahm meinen Gedanken erneut auf: »Ich frag mich halt, ob's nicht doch der Pater Zeno g'wesen sein könnt. Das Lügen fällt ihm ja anscheinend nicht b'sonders schwer. Und warum wollt er unbedingt wissen, was wir mit dem Inspektor g'redet haben?«

»Ich sag ja nicht, dass es der Zeno auf gar keinen Fall war.« Max atmete tief durch und verdrehte dabei die Augen nach oben, wie er es immer tat, wenn ihm etwas besonders auf die Nerven ging. »Der Huber hat die Punkte der Reih nach gestern im Café aufgezählt. Alles, was gegen den Zeno spricht. Es ist schon komisch, dass der Zeno heut genau wissen wollt, was gestern g'redet worden ist. Irgendwie verdächtig. Aber da gibt's was, was mir in dem Zusammenhang absolut nicht ins Konzept passt.« Max machte eine kleine Pause und hob nun belehrend den Finger. »Wie der Kathan am Abend seiner Ermordung ins Kloster reingekommen ist, also ungefähr im Pfortenbereich, da ist er ja schon irritiert worden. Der Erwin hat g'sagt, dass sein Vater von da an so komisch g'schaut hat. Also nicht erst im Studiersaal, wo er den Pater Zeno hätt treffen können. Außerdem hat er den Zeno mit Sicherheit schon vorher ein paar Mal g'sehen. Das war doch das Hauptsächliche am Anfang unserer Überlegungen, unser Leitmotiv sozusagen. Und jetzt, jetzt zählt der Punkt immer noch. Ich glaub nämlich nicht, dass wir am Anfang so verkehrt g'legen sind. Wir dürfen uns bloß nicht damisch machen lassen. Immer schön logisch denken, grad wie der Sherlock Holmes.«

Max trank den letzten Schluck Tee aus seinem Becher und stand auf. Als er sich vom Tisch wegdrehte, um den leeren Becher zum gebrauchten Geschirr zu stellen, rannte ihn Franz von hinten um. Max war auf den Angriff nicht gefasst gewesen und stürzte gegen die Kante des Tisches, an dem wir gerade gesessen hatten. Der Becher flog quer durch den Raum und zersprang beim Aufschlagen an einem Tischbein. Max kniete am Boden, wobei er sich mit den Armen die rechte Seite des Brustkorbes hielt.

Ich rannte sofort hinter Franz her, der schon Reißaus genommen hatte. Ich verfolgte ihn bis zu den Toiletten im Parterre, wo er sich in einem Häuschen eingesperrt hatte und hämisch lachte. Aus Ärger trat ich ein paar Mal gegen die Toilettentür und lief dann besorgt in den Speisesaal zurück.

Ein Schüler aus der Zehnten kümmerte sich gerade um Max, der immer noch kniend die Arme vor die Brust gepresst hielt. Die Augen waren ihm etwas vorgetreten und er atmete stoßweise mit offenem Mund.

Der Zehntklässler hatte ihm die Hand auf die Schulter gelegt und sagte zu mir: »Lauf und gib eurem Präfekten Bescheid, dass dein Freund sich verletzt hat. Von dem Idioten, der das g'macht hat, brauchst du nix zu sagen. Du weißt ja, so was wird intern erledigt.«

Er hätte das nicht extra zu betonen brauchen, da es innerhalb des Beusls nichts Schlimmeres gab, als jemanden zu verpetzen. ›Intern erledigen‹ konnte vieles heißen, aber das würde man zu einem späteren Zeitpunkt sehen.

Ich rannte also los in den ersten Stock, wo ich Pater Zeno in seinem Präfektenzimmer antraf. Keuchend erzählte ich ihm, dass Max Schmerzen habe und kaum noch atmen könne.

Pater Zeno schüttelte den Kopf und meinte halblaut, dass diese Malheure doch endlich einmal ein Ende nehmen sollten. Dann sprang er auf und eilte hinter mir her in den Speisesaal.

Max schien es nicht besser zu gehen, er japste immer noch wie ein Fisch im Trockenen. Sofort befahl mir Pater Zeno, an die Pforte zu laufen und zu schauen, ob das klostereigene Auto da wäre, um Max ins Krankenhaus nach Murnau zu fahren.

Ich rannte los. An der Pforte angekommen erklärte ich Frater Innozenz atemlos, dass wir das Auto bräuchten. Innozenz murmelte missmutig, dass sich allein wegen Max und seiner Verwandtschaft schon ein eigener Arzt rentieren würde. Dann nahm er den Stock, den er neben sich im Kämmerchen an sein Schreibpult gelehnt hatte, und trat damit aus der Pfortenkammer. Deutlich hinkend ging er zum großen Pfortentor, öffnete es umständlich und sah hinaus auf den Klosterhof.

»Wir haben Glück. Das Auto ist schon wieder da. Also, Jungchen, lauf schnell in den zweiten Stock zu Pater Bruno. Der hat das Auto zuletzt gehabt und wahrscheinlich vergessen, den Schlüssel wieder bei mir abzugeben. Vielleicht fährt er den Max auch gleich ins Krankenhaus.«

Innozenz schloss die Tür, wandte sich um und humpelte zurück zu seinem Pfortenkämmerchen. Die Geschehnisse der letzten Tage oder Wochen schienen ihm schwer zugesetzt zu haben.

Ich hielt mich nicht mit meinen Gedanken über den Pförtner auf, sondern rannte sofort in den zweiten Stock zum Studiersaal der zehnten Klasse, deren Präfekt Pater Bruno war. Scheu klopfte ich an der Tür zum Präfektenzimmer.

Ein unwirsches »Herein« forderte mich auf, den Raum zu betreten. Als ich in dem Zimmer war, schauten mich die braunen Augen des großen, kräftigen Mönchs, der hinter seinem Schreibtisch sitzend gerade Schulhefte korrigierte, fragend an.

»Was gibt's?«, schnauzte er, verärgert über die Störung.

Ich stotterte: »Mein Freund, der Max, der kriegt keine Luft mehr, und der Pförtner, der Frater Innozenz, lässt fragen, ob Sie den Max nicht ins Krankenhaus fahren könnten.«

»Was ist denn da schon wieder passiert?«

Schneller als ich es erwartet hätte, war der massige Mann aufgesprungen, suchte den Autoschlüssel zwischen den Schulheften, fand ihn schließlich und eilte vor mir aus dem Zimmer. Er gab seinen Schülern noch einige Anweisungen für die anschließende Studierzeit, falls er bis dahin noch nicht wieder zurück sein sollte, dann lief er los in Richtung Treppe. Ich rannte hinter ihm her und erklärte, dass Max im Speisesaal sei.

»Gut«, meinte er, ohne im Tempo nachzulassen, »ich fahr das Auto direkt vor die Pfortentreppe, und du bringst, so schnell's halt geht, deinen Freund dorthin. Die Sache hört sich g'fährlich an, also beeil dich.«

Im Parterre an der Pforte trennten wir uns. Ich lief in den Speisesaal, wo Max immer noch mit weit aufgerissenen Augen am Boden kniete und nach Luft schnappte. Unser Präfekt nahm ihn auf die Arme und trug ihn wie ein kleines Kind bis zur Pforte. Ich wunderte mich über seine Kraft, denn er war ja kein ganz junger Mann mehr. Aus dem Pfortenzimmer sah Pater Innozenz zu uns herüber und wünschte Max viel Glück und gute Besserung.

Auch den Rest des Weges, die Pfortentreppe hinunter, wurde Max getragen und dann in den Beifahrersitz gesetzt. Er hatte dabei offensichtlich furchtbare Schmerzen, da er bei jeder Bewegung zusammenzuckte, aber er gab keinen Laut von sich. Ich kletterte über die Fahrerseite auf den Hintersitz.

Jetzt hörte ich Max leise weinen. Da zog Pater Bruno eine kleine, flache Metallflasche aus seiner weiten schwarzen Kutte, schraubte den Verschluss ab, den er mit der wässrigen Flüssigkeit aus der Flasche füllte, und wandte sich Max zu.

»Trink das, es wird dir guttun!«

Damit führte er das kleine, metallene Behältnis an den Mund meines Freundes und kippte den Inhalt mit einer flinken Bewegung hinein. Max schluckte erschrocken, um gleich darauf ein paar Mal kräftig zu husten. Das tat ihm sichtlich weh, aber Pater Bruno meinte, so ein Klostergeist hätte noch niemandem geschadet.

Nach etwa einer halben Stunde waren wir in Murnau am Krankenhaus. Der kräftige Mönch nahm Max auf die Arme und trug ihn in die Notaufnahme. Er befahl mir, draußen vor dem Untersuchungszimmer zu warten. Dann verschwand er darin mit einem dicken, glatzköpfigen Arzt.

Ich war voller Sorge um meinen Freund und ging vor der Tür zu dem Behandlungsraum auf und ab. Plötzlich hörte ich Max laut schreien. Sofort rannte ich zu der Tür, riss sie auf und sah den Arzt und den Mönch neben einem Behandlungstisch stehen, auf dem Max bewegungslos lag.

»Was ist mit ihm? Ist er jetzt tot?« Ich war außer mir vor Angst.

Der Arzt sah den Mönch fragend an, und dieser warf mir einen bösen Blick zu.

»Hab ich nicht g'sagt, du sollst draußen warten?«, schnauzte Pater Bruno mich an.

»Der Junge hat eben Angst um seinen Freund«, meinte der Arzt beruhigend und sah freundlich zu mir herüber. »Aber ganz so schlimm ist es nicht. Dein Freund hat wohl ein paar Rippen gebrochen und das tut eben sehr weh. Bei der Untersuchung ist er ohnmächtig geworden, das kann schon mal passieren. Wir werden ihn noch röntgen, um zu sehen, ob nicht eine Rippe durch das Brustfell in die Lunge sticht, denn dann müsste er operiert werden. Ansonsten ist die Sache zwar sehr schmerzhaft, aber nicht bedrohlich. So – und jetzt gehst du bitte ins Wartezimmer am oberen Ende des Flurs, wo dich der Herr Pater später abholen wird.«

Der nette Doktor blinzelte mir aufmunternd zu und wandte sich dann wieder in Richtung Max.

Erleichtert verließ ich den Raum, ging ins Wartezimmer und setzte mich auf einen Stuhl. Der Franz würde jedenfalls eine saftige Abreibung bekommen, darauf konnte er sich verlassen.

Plötzlich fiel mir etwas ein. War Max etwa vergiftet worden und die Sache mit seinen gebrochenen Rippen und dem Rempler vom Franz nur ein dummer Zufall? Je mehr ich darüber nachdachte, desto wahrscheinlicher erschien es mir, denn Max konnte doch nicht wegen einer blöden gebrochenen Rippe in Ohnmacht fallen. Wie aber hätte man ihn vergiften können? Was hatte er zuletzt gegessen? Natürlich. Der Pförtner hatte heute beim Nachmittagstee die Semmeln verteilt. Konnte Frater Innozenz nicht eine Semmel mit Gift präpariert und diese Max zugeschoben haben? Wenn er die Semmeln ausgab, stand er mit einer großen hölzernen Zange am Semmelkorb und reichte jedem Einzelnen zwei Stück. Er konnte Max eine bestimmte Semmel zugespielt haben.

Panik ergriff mich, und ich sprang auf. Als ich gerade aus dem Wartezimmer stürmen wollte, sah ich Pater Bruno mit seinem breiten Gesicht vor mir stehen.

Er lächelte und sagte: »Deinem Freund geht's schon wieder besser. Er hat eine Spritze gegen den Schock und seine Schmerzen bekommen. Jetzt kann er sich ausruhen, und in ein paar Minuten erfahren wir, was auf den Röntgenbildern zu sehen ist.«

Mit einer schnellen Handbewegung strich er mir unbeholfen über den Kopf und meinte, wir sollten uns doch setzen. Ich starrte ihn an, denn ich wusste nicht, wie ich ihm erklären sollte, dass Max vielleicht vergiftet worden war und ich deshalb Angst um ihn hatte.

Vergiftet – ja genau –, aber nicht von dem Pförtner, sondern von Pater Bruno. Der hatte ihm im Auto etwas eingeflößt. Und jetzt – jetzt erst war Max bewusstlos geworden.

»Ich muss auf den Abort. Es pressiert«, stammelte ich und rannte, ohne auf die Einwände des Paters zu hören, aus dem Raum.

Sofort lief ich den Gang hinauf und suchte den behandelnden Arzt in der Notaufnahme, wo ich Max zuletzt gesehen hatte. Der dicke Doktor war gerade mit einem anderen Patienten beschäftigt, und eine ältere Krankenschwester versuchte, mich abzuwimmeln. Ich schlüpfte der großen Frau unter den Armen durch und rannte zu dem Arzt hin.

Der sah mich böse an und zischte durch die Zähne: »Was willst denn du schon wieder hier? Deinem Freund geht es bereits besser, also verschwinde. Mach schon.«

»Herr Doktor, Sie müssen den Max noch einmal untersuchen. Unbedingt. In ein paar Minuten kann's zu spät sein.«

Ich fing an zu weinen. Ich wollte nicht, aber die Tränen liefen, und alles Reiben an den Augen half nichts dagegen.

Schluchzend brachte ich heraus: »Wissen Sie, es könnt leicht sein, dass der Max aus Versehen ein Gift erwischt hat. Etwas fürs Herz. Digitalis, glaub ich, heißt es.«

»Wie kommst du denn darauf?«, fragte der Arzt.

Er hatte sich bereits von dem Untersuchungstisch abgewandt und kam zwei Schritte auf mich zu.

»Das spielt doch jetzt keine Rolle«, rief ich verzweifelt.

Mir fiel gerade keine plausible Erklärung ein, und die Wahrheit hätte zu lange gedauert und wäre mit Sicherheit nicht geglaubt worden.

»Bitte schauen S' doch einfach, ob er nicht vergiftet sein könnt!«

Der Arzt entschuldigte sich bei dem ungläubig dreinschauenden Patienten, der sich wohl eher in einem Irrenhaus glaubte als in einer Klinik. Dann eilte er mit mir aus dem Behandlungszimmer in einen gegenüberliegenden Raum, über dessen Eingangstür ›Röntgen‹ stand.

Auf einer Pritsche zwischen vielen bedrohlich wirkenden Apparaten lag Max mit geschlossenen Augen. Sein Atem war ruhig und er hielt den Mund im Gegensatz zu vorher geschlossen.

Der Doktor nahm hastig das Stethoskop, das er offensichtlich stets in seiner Kitteltasche trug, heraus und klemmte es sich an die Ohren. Dann hörte er Max konzentriert ab und fühlte nebenbei seinen Puls. Die Untersuchung dauerte einige Minuten, anschließend nahm er das Instrument wieder ab und atmete erleichtert aus.

»Und? Was ist?«, wollte ich wissen.

»Nichts zu hören von irgendwelchen Arrhythmien, also unregelmäßigem Herzschlag, der auf eine Digitalisvergiftung hinweisen würde«, sagte er selbstsicher und verließ – von mir gefolgt – den Raum. Plötzlich wandte er sich um und fragte streng, aber sichtlich erleichtert: »So – und wie bist du auf eine Vergiftung gekommen?«

»Das hab ich einmal in einem Krimi g'lesen. Da hab ich halt Angst gekriegt, weil der Max so dagelegen ist wie tot.«

»Du solltest keine solchen Sachen lesen. Das ist nichts für Buben in deinem Alter.« Auch er strich mir über den Kopf, aber nicht so ungelenk wie Pater Bruno. »Und jetzt will ich dich eine Weile nicht mehr sehen.«

Damit deutete er in Richtung Wartezimmer.

Ich trottete den Flur hinunter und rieb mir auf dem Weg die letzten Tränen aus den Augen.

Als ich im Warteraum angekommen war, fand ich Pater Bruno dort mit einer Illustrierten in den Händen. Er sah mit hochgezogenen Augenbrauen auf, legte die Zeitschrift weg und erhob sich schwerfällig.

»Das hat aber gedauert«, meinte er und blinzelte mir zu. »Du hast noch einmal nach dem Max g'schaut, nicht wahr?«

Ich nickte verschämt und schniefte ein wenig. Dann verließen wir beide den Raum und das Krankenhaus. An der Ausgangstür drehte ich mich noch einmal um und sah den glatzköpfigen Arzt, wie er uns nachdenklich hinterherschaute.

Auf dem Weg zum Auto erzählte der Mönch, dass zwischendurch eine Schwester zu ihm in den Warteraum gekommen sei und gesagt habe, dass auf den Röntgenaufnahmen zwar drei Rippenbrüche, aber kein Durchstich zu sehen seien.

Für Max bestand also keine akute Gefahr.

»Er muss natürlich noch ein paar Tage im Krankenhaus bleiben, doch sicher geht's ihm morgen schon besser. Vielleicht kannst du ihn die nächsten Tage einmal besuchen, wenn jemand aus dem Kloster nach Murnau fährt.«

Mir fiel ein Stein vom Herzen.

Zurück im Beusl ging ich zuerst zu Pater Zeno, der nach dem Abendessen allein in seinem Zimmer saß. Er war sehr erleichtert, dass Max nur ein paar Rippenbrüche hatte, und meinte, er würde mich mitnehmen, wenn er meinen Freund in den nächsten Tagen besuchen sollte.

Danach ging ich in den Studiersaal und setzte mich auf meinen Platz. Nach einer Weile kam Erwin und fragte, wie es Max gehe. Mir war nicht nach Unterhaltung, aber ich berichtete ihm, wie es stand.

Erwin hatte ein schlechtes Gewissen: »Es war nicht richtig von mir, dass ich mit Max Schach gespielt habe. Es war einfach unfair, und jetzt schäme ich mich deswegen.«

Der hatte Probleme!

Nun erst merkte ich, dass ich in der Aufregung seit dem Nachmittag nichts mehr gegessen hatte, und ging zu meinem Spind, wo ich die letzten Reste trockener Kekse mit Heißhunger vertilgte. Nach dem Abendgebet legte ich mich erschöpft ins Bett und schlief sofort ein.

Kapitel IX

Erwin

Als ich am nächsten Morgen aufwachte, schaute ich zum Bett von Max. Die Sonne war noch nicht aufgegangen, aber im dämmrigen Licht der Nachtlampe, die in jedem Schlafsaal die ganze Nacht brannte, damit man auf die Toilette gehen konnte, ohne an die Betten der Mitschüler zu stoßen, sah ich, dass sein Bett unberührt war.

Ich hatte also nicht schlecht geträumt, sondern Max war wirklich im Krankenhaus.

Hellwach lag ich da und dachte über die Geschehnisse des gestrigen Tages nach. Pünktlich um halb sieben ging die Tür des Schlafsaals auf, und Pater Zeno betrat den Raum. Wie alle Tage schaltete er das helle Licht an und klatschte in die Hände.

»Auf, auf in Gottes Namen«, rief er munter, während er den Raum zu den beiden Fenstern hin durchschritt. Dort zog er die schweren Vorhänge zurück und verschwand anschließend, um auch die anderen im angrenzenden Schlafsaal zu wecken. Sofort begann der tägliche Trubel. Jeder beeilte sich, aus den Federn zu kommen, um gleich einen Platz an einer der vier Waschgelegenheiten im Schlafsaal zu ergattern. Wenn Pater Zeno die anderen geweckt hatte und in unseren Saal zurückkam, durfte er niemanden mehr im Bett antreffen, sonst gab es einen »Parademarsch«, und zwar sinnigerweise mit dem Verb

›somniare‹, was ›träumen‹ bedeutete. ›Somnio, somnias, somniat …‹, Präsens, Futur, Imperfekt.

Ich fühlte mich an diesem Tag sehr träge. Ich hatte schlecht geschlafen. Vielleicht war es auch die Unsicherheit, wie es mit Max und seinen gebrochenen Rippen weiterging. Jedenfalls wollte ich mich nicht an den Waschbecken anstellen. Ich zog mir erst die Hose an und richtete dann ohne Eile mein Bett. Als ein Waschbecken frei wurde, putzte ich mir dort die Zähne und wusch mir anschließend das Gesicht. Danach ging ich in den Studiersaal, wo ich als einer der Letzten ankam. Erwin saß bereits an unserem Pult und sah mich mit seinen schwarzen Augen traurig an.

Das ging mir furchtbar auf die Nerven. Also nahm ich sein Mathematikbuch, das zur Hälfte auf meiner Seite des Pults lag, und warf es auf den Boden und keifte: »Deine verdammte Schlamperei regt mich schön langsam auf.«

Unglücklich über meine schlechte Laune setzte ich mich ans Pult und suchte einige Bücher für den Unterricht heraus. Still und noch trauriger hob Erwin sein Mathematikbuch auf und saß dann verschreckt auf seinem Stuhl. Endlich ertönte die Hausglocke und wir gingen zum Frühstück.

Danach war eine halbe Stunde Studierzeit und ich war froh über die Ruhe. Immer wieder musste ich an Max denken und daran, dass er jetzt im Krankenhaus lag. Sicher hatte er fürchterliche Schmerzen. Und alles nur wegen diesem blöden Franz und seinen dämlichen Eifersüchteleien. Der schlich allerdings heute auch herum wie ein begossener Pudel. Natürlich hatte niemand Pater Zeno den genauen Hergang des Attentats gestern im Speisesaal erzählt. Wenn Max wieder da war, sollte der Franz die Abreibung seines Lebens bekommen.

In der ersten Stunde hatten wir Latein. Pater Aurelian schien heute etwas nervös zu sein. Nachdem er die Vokabeln der Hausaufgabe abgefragt hatte und unser Wissen nicht zu seiner Zufriedenheit ausgefallen war, ließ er die neuen Verben von verschiedenen Schülern konjugieren. Laut wiederholte und verbesserte er die Armen, die gerade dran waren. Ich hatte wieder mal das Glück, mündlich nicht abgefragt zu werden. Trotz der Spannung und Gereiztheit, die man im Klassenraum geradezu körperlich spüren konnte, hatte ich somit die Möglichkeit, den Lateinlehrer zu beobachten.

Unruhig eilte er vor der Tafel auf und ab, dabei hob und senkte er den Kopf im Rhythmus der uns immer noch so fremden Sprache.

»Wie oft habe ich euch schon gesagt«, wiederholte er zum hundertsten Mal, »Latein ist ganz einfach, man muss nur ein bisschen denken und nicht phantasieren. Also, Erwin«, damit drehte er sich zu meinem Pultnachbarn, »jetzt noch einmal die einfache Vergangenheit von ›ambulare‹!«

Erwin zuckte zusammen, wie es die meisten taten, wenn sie aufgerufen wurden. Er begann stammelnd: »Vergangenheit. ›Ambulare‹. Also zuerst – ›ambulabo‹.«

»Nein, nein.« Pater Aurelian schien einen geradezu körperlichen Schmerz zu empfinden, nachdem Erwin statt der Vergangenheit die Form der Zukunft gesagt hatte. »›Ambulabam‹, nicht ›ambulabo‹. Das ist doch nicht so schwer.« Der Mönch schnaufte angestrengt. »Ich werde hier wohl andere Saiten aufziehen müssen. Jetzt gibt es Noten für mündliche Leistungen.«

Er zog sein kleines Zensurenheft aus der alten, dunkelbraunen Mappe, die er stets zum Unterricht mitbrachte, und blätterte es umständlich in der Hand auf, wobei er den Bleistift einstweilen in den Mund steckte, um ihn nicht ablegen zu müssen. Inzwischen hatte ich Zeit, die richtigen Endungen auf dem Fließblatt meines Lateinheftes zu notieren. Das Blatt schob ich dann unauffällig in Richtung Erwin. Der warf unter seinen langen dunklen Wimpern einen schnellen, konzentrierten Blick auf meine Aufzeichnung, atmete tief durch und begann von neuem: »Also – ›ambulare‹. Das geht in der Vergangenheit so: ›Ambulabam, ambulabas‹.« Er stockte ein wenig, sah aber beständig nach vorne, dann kam es wie aus der Pistole geschossen: »Ambulabat, ambulabamus, ambulabatis, ambulabant.«

Stolz stand Erwin da, er sah Pater Aurelian direkt ins Gesicht. Dieser schien verwundert und murmelte etwas, was vielleicht »Na also, geht doch« hätte heißen sollen, dann nahm er den Bleistift mit der linken Hand aus dem Mund und schrieb kurz etwas in sein Zensurenheftchen. Es musste eine gute Note sein.

Erwin warf mir einen dankbaren Blick zu und atmete erleichtert aus. Jetzt wurde Clemens aufgerufen. Er war unser Bester, es bestand also keine Gefahr mehr, dass sich die Situation weiter zuspitzen würde. Pater Aurelian nahm den Clemens gerne dran, wenn er eine Zeit lang seine Ruhe haben wollte. Er fragte ihn einige Verbformen, die unser Primus alle ohne Zögern aufsagen konnte. Ein Anflug von einem Lächeln zeigte sich auf dem Gesicht des Lehrers und er schrieb wiederum kurz etwas in sein Zensurenheft, diesmal mit der rechten Hand.

Ich habe es genau gesehen. Er hatte mit dem Bleistift ein wenig gespielt, und mit den Fingern hatte er das kleine Heft ein paar Mal durchgeblättert. Ganz ohne auf seine Hände zu achten. Ich war überrascht von der Fingerfertigkeit des Paters und beschloss, diese Spielereien in der Pause selbst auszuprobieren.

In der zweiten Stunde hatten wir Religion bei Pater Franziskus. Nach dem Tod des Abtes war er in seiner Eigenschaft als Prior der erste Mann im Beusl. Er war ein kleiner, schon fast glatzköpfiger Mann von über sechzig Jahren. Mit seiner auffallend hohen Stimme hielt er in einem seltsamen Singsang einen Unterricht, dem beim besten Willen niemand folgen konnte. Offensichtlich erwartete er dies auch nicht, denn er hielt seinen Vortrag, ohne jemals einen Schüler aufzurufen oder unsere Anteilnahme am Unterricht zu kontrollieren.

Ich nutzte also die Zeit, um mir einige Gedanken über Pater Aurelian zu machen. Nun gut, er war beidhändig. Aus dem Grund käme er für den Mord an Herrn Kathan sehr wohl in Frage. Wahrscheinlich hätte er auch den Tee des armen Pater Melchior vergiften können. Jeder der Mönche hätte die Möglichkeit dazu gehabt. Er war von Herrn Kathans Platz aus in der Kirche nicht zu sehen gewesen, auch das sprach für ihn als Täter.

Plötzlich lief es mir kalt über den Rücken. Seit dem Giftmord an Pater Melchior waren Max und ich in der Lateinstunde nicht mehr abgefragt worden. Auch heute war der Kelch an mir vorübergegangen. Ich dachte angestrengt nach, ob in den letzten Wochen sonst noch jemand so gut davongekommen war. Es fiel mir niemand ein.

Jeder außer Clemens hatte Angst vor dem Lateinunterricht, und ausgerechnet Max und ich wurden geschont. Warum? Aus welchem Grund war Pater Aurelian eigentlich damals in der Bibliothek aufgetaucht? Beobachtete er uns vielleicht? Aus welchem Grund hatte er uns nach dem Besuch in der Bibliothek noch zum Studiersaal begleitet? Siedend heiß fiel mir ein, dass der Lateinlehrer ja auch wusste, dass Max und ich uns für Gifte interessierten.

Ich hatte Angst. Pius, Aurelian, Zeno konnten es gewesen sein. Vielleicht auch jemand ganz anderer. Und Max lag blöderweise im Krankenhaus. Mein Gott, was sollte ich machen? Zu Pater Zeno konnte ich ja nicht gut gehen.

Plötzlich drang die Stimme von Pater Franziskus mit seinem Singsang in mein Bewusstsein. Er sprach gerade über Schuld und Buße. »Jeder wird für seine Taten büßen, in dieser oder in der kommenden Welt.«

Dazu saß er zurückgelehnt hinter dem Lehrerpult und sah zur Decke. Bei seinem freundlichen Gesichtsausdruck und der salbungsvollen Stimme hätte man denken können, er erzähle irgendwelche fröhlichen Episoden aus seinem Leben. Mit diesem heiteren Gestus erklärte er uns dagegen die Todsünden der Reihe nach und schilderte Fegefeuer und Höllenqualen aufs Anschaulichste.

Endlich war die Stunde zu Ende, und die ganze Horde stürmte aus dem Klassenzimmer auf den Gang, wo es die Pausenbrote gab. Ich ließ mir jedoch Zeit und bemerkte, dass Erwin zwar von seinem Stuhl aufgestanden, aber an der Tür stehen geblieben war.

»Ich wollte mich noch bedanken, dass du mir geholfen hast«, sagte er schüchtern und sah mich mit seinen großen Augen an.

Ich machte eine wegwerfende Geste und meinte, das hätte ich für jeden getan.

Erwin verzog sein Gesicht. »Ich hatte gehofft, dass wir wenigstens ein bisschen Freunde sind«, sagte er traurig und ließ den Kopf hängen.

Ich versuchte, ihm in die Augen zu sehen, aber es gelang mir nicht.

»Weißt du«, fuhr er fort, »ich werde wahrscheinlich in den Weihnachtsferien die Schule wechseln. Da würde es mich halt freuen, wenn wir so lange Freunde sein könnten.« Er wirkte sehr hilflos, wie er so dastand und den Oberkörper langsam hin und her bewegte. »Ich weiß sehr gut, dass ich ein Langweiler bin. Das hat mein Vater oft zu mir gesagt. Er hatte gehofft, dass die Patres hier einen Mann aus mir machen würden.« Jetzt schaute er schon wieder mit diesem Schleierblick, und ich hatte Angst, dass er jeden Augenblick anfangen würde zu weinen. »Er sagte, es würde mir sicher guttun, wenn ich mich einmal durchsetzen müsste in einer Gruppe von Gleichaltrigen. Und Disziplin sollte ich lernen, das wäre das Wichtigste überhaupt. Und ich sollte Freunde haben. Dafür hat er mich hierher ins Internat geschickt.«

»Geh, Erwin.« Ich wusste nicht recht, wie ich ihm die Sache erklären sollte, ohne ihn zu verletzen. »Wir sind doch Kameraden und wir halten zusammen. Oder vielleicht nicht?«

»Mein Papa hat nicht viel von Kameradschaft gehalten. Er hat diesen Ausdruck gehasst. Er sagte sogar einmal, dass man sich in Kameraden fürchterlich täuschen könne. Mit einem Freund sei das anders. Der falle einem nicht in den Rücken, wenn man ihn brauche. Er hat da so seine Erfahrungen gemacht. Kameraden aber hätten sich plötzlich als Ungeheuer entpuppt. Genauso hat er es gesagt.« Wieder sah Erwin mich traurig an. »Willst du nicht mein Freund sein? Wenigstens bis Weihnachten, danach bin ich ja eh nicht mehr hier.«

Er tat mir furchtbar leid. Andererseits war mir klar, dass er seine Gelegenheit nutzen wollte. Er wollte mein Freund werden, weil Max gerade im Krankenhaus lag.

Ich war im Beusl die meiste Zeit mit Max zusammen. Nur in den Studierzeiten und im Unterricht saß ich neben Erwin. Mir war bewusst, dass ich zu ihm nie ein Verhältnis haben konnte wie zu Max, dafür waren wir uns zu fremd.

Ich befand mich in einer Zwickmühle, aber schließlich beschloss ich, ihn anzulügen. »Also gut, Erwin. Von jetzt ab sind wir richtige Freunde.«

Ich hielt ihm die Hand hin und versuchte, ihm in die Augen zu schauen. Er sah mich mit einer Mischung aus Freude und Zweifel an und schlug ein.

Nach dem Mittagessen verließ ich zusammen mit Erwin als einer der Letzten den Speisesaal. Mir ging es jetzt schon auf die Nerven, wie er sich an mich klammerte und beständig versuchte, mir irgendwelche lustigen Begebenheiten aus seinem langweiligen Leben zu erzählen. Missmutig und mit einem beständig quasselnden Erwin an meiner Seite betrat ich den Studiersaal. Dort war es auffallend ruhig, und sofort sah ich den Grund. Inspektor Huber saß auf meinem Platz und schaute etwas verlegen geradeaus. Die Mitschüler musterten ihn möglichst unauffällig und tuschelten. Erwin und ich gingen an unser

Pult, wobei mein neuer Freund endlich aufgehört hatte zu reden.

»Grüß dich, Kaspar. Grüß dich, Erwin.« Der Inspektor hatte sich von dem für ihn zu kleinen Stuhl erhoben und gab uns beiden die Hand. Er stank furchtbar nach Rauch. »Ich war gerade beim Max«, Huber rieb sich nervös die Nase, »aber ich durfte nicht länger als fünf Minuten mit ihm reden. Dann hab ich gedacht: Wo ich schon einmal in Murnau bin, könnt ich auch noch im Beusl vorbeischauen.«

Verlegen kratzte er sich an seinem zu großen, viereckigen Kopf. Ihm schien nicht zu gefallen, dass Erwin keine Anstalten machte, uns allein zu lassen. Mit verschränkten Armen hatte der sich neben mich hingestellt und wartete wohl darauf, was der Inspektor von uns wollte.

Der Inspektor wollte aber nichts von uns, sondern bloß von mir.

»Können wir beide vielleicht ein wenig rausgehen bei dem schönen Wetter?«, fragte der Polizist.

Es war ein sonniger Herbsttag, und ich holte gleich meine Jacke aus dem Spind auf dem Gang. Als ich in den Studiersaal zurückkehrte, kam Inspektor Huber bereits auf mich zu. Er legte mir kurz die Hand auf die Schulter, wohl um anzudeuten, dass wir schnell nach draußen gehen sollten. Diese körperliche Nähe war mir sehr unangenehm. Er roch nicht bloß nach kaltem Rauch, sondern auch nach altem, säuerlichen Schweiß.

Als wir das Klostergebäude verlassen hatten und die steinerne Außentreppe vor der Pforte hinunterstiegen, begann der Polizeibeamte: »Gar nicht so leicht, dich ohne Haftbefehl aus dem Beusl rauszukriegen.«

Blöd grinsend sah Huber mich von der Seite her an. Es war ihm wohl nicht bewusst, dass er denselben Scherz schon einmal gemacht hatte.

Ich konnte mir überhaupt nicht vorstellen, dass er so gut mit Maxls Vater auskam. Vielleicht war er eine besonders gute Kundschaft, die gerne und oft ein Bier beim Bräu trank. Aber dass Herr Stockmeier diesen Fingernägel kauenden, stinkenden Mann mochte? Unmöglich.

»Ich bin ja schon eine Zeit lang hier«, fuhr Huber scheinbar launig fort. »Zuerst hab ich beim Frater Innozenz angefragt, ob ich mit Pater Zeno reden könnt. Der Pförtner scheint mir trotz seiner christlichen Gesinnung die Durchsuchung seiner Zelle immer noch nicht verziehen zu haben. Schließlich hat er mir euren Präfekten an die Pforte g'holt. Mit dem bin ich dann in sein Zimmer gegangen, aber er hat sich anscheinend über meinen Besuch ebenfalls nicht g'freut. Er hat auch nichts Neues g'wusst. Als ich ihn fragte, ob ich mit dir reden könnt, hat er mir deinen Platz im Studiersaal gezeigt und gemeint, das Mittagessen wär bald zu Ende und du würdest dann schon kommen. Dann hat er mich allein dort sitzen lassen und erst nach einer guten halben Stunde bist du mit deinem Freund Erwin endlich gekommen.«

»Der Erwin ist nicht mein Freund«, brach es aus mir heraus. »Der meint, dass er sich an mich hinhängen könnt wie ein Klammeraffe, weil der Max grad im Krankenhaus ist.« Ich war verzweifelt. »Er tut mir ja schon leid, aber …«

Ich wusste nicht, wie ich mein Verhältnis zu Erwin genau erklären sollte.

Endlich hatten wir die Bank am südöstlichen Eck des Klostergartens gleich neben der mächtigen Rotbuche erreicht. Wir setzten uns und sahen eine Weile einer Gruppe Schüler zu, die in der Nähe Völkerball spielte.

»Der Pius war's nicht«, sagte Huber.

Ich sah weiter geradeaus zu den Ballspielern hinüber. Der Inspektor hatte sich inzwischen eine Zigarette angezündet. Er saß nach vorne gebeugt, mit den Ellenbogen auf den Knien, etwas hilflos da.

Wieder und wieder schüttelte er leicht den Kopf und murmelte leise: »Der war's nicht. Der Pius war's einfach nicht.«

Nun klaubte er sich einen Tabakbrösel von der Unterlippe. »An meinem Schreibtisch fällt mir aber nichts mehr ein, deshalb bin ich noch einmal hier. Eigentlich wollte ich nicht mehr herkommen, denn ich habe den Max und dich viel weiter in die Sache hineingezogen, als es ursprünglich meine Absicht war. Ich weiß nicht, ob du verstehst, was ich meine, doch ich habe immer das Gefühl, an diesen Klostermauern abzuprallen. Gut – man beantwortet meine Fragen, aber mehr auch nicht. Eigentlich hab ich keine Ahnung, was sich hier abspielt beziehungsweise abgespielt hat.«

Ich wusste nicht genau, was Huber meinte. Ohne den Blick von den Spielenden zu wenden, beschloss ich schließlich, dem Polizisten von meinen neuen Beobachtungen bei Pater Aurelian zu berichten. Ich erzählte von seiner Geschicklichkeit, die vielleicht auf den Mörder von Herrn Kathan passte, und von seiner auffallenden Nachsicht Max und mir gegenüber.

Huber hörte aufmerksam zu.

Nachdem ich geendet hatte, saßen wir beide eine Weile wortlos da, bis der Inspektor schließlich leise zu reden begann. Er sprach, als wäre er allein, und sah fortwährend auf einen imaginären Punkt irgendwo zwischen seinen Knien, auf die er sich immer noch mit den Ellbogen gestützt hatte.

»Wir kommen einfach nicht weiter. Wir haben eine ganze Reihe von Verdächtigen, die es gewesen sein könnten. Könnten!« Er schnaufte verächtlich. »Zuerst natürlich den Pater Pius. Gegen den hätten wir sogar Beweise. Beweise, die ihm wahrscheinlich der wirkliche Mörder untergeschoben hat. Er benimmt sich in der Untersuchungshaft absolut nicht wie ein kaltblütiger Mörder, der er aufgrund des Vorgehens bei den Verbrechen sein müsste. Er erzählt alles, was er weiß. Er glaubt sogar, schuld zu sein am Tod von Pater Melchior, hat allerdings keinerlei Ahnung von den Details. Bei einem Prozess hätte er gute Chancen, verurteilt zu werden, wenn es der Staatsanwalt geschickt anstellt und der Richter die Indizien gelten lässt. Darauf möcht ich es also nicht ankommen lassen.« Er schüttelte deprimiert den Kopf. »Pater Aurelian würde wunderbar für die Tat passen, er ist beidhändig. Dann haben wir noch den Gift spritzenden Pater Ignaz, der euch das Toxikologiebuch ausreden wollte. Wunderbar. Aber er hat nun einmal die Läuse mit einem Lausmittel vergiftet, während der Abt und Pater Melchior mit Digitalis umgebracht worden sind.«

Der Inspektor war immer lauter geworden und sah nun auf.

»Über Pater Bruno wissen wir gar nichts. Er hat kein Alibi für die Zeit der Morde. Vielleicht war es auch Pater

Zeno, der als einer der Letzten den Kathan und den Abt lebend gesehen hat. Er hat ebenfalls kein Alibi. Vielleicht steckt auch Frau Kathan hinter den ganzen Vorfällen, denn der Täter scheint ja einen Komplizen gehabt zu haben, der am Tag der Beerdigung in das Haus der Kathans eingebrochen ist und später die wertvolle Standuhr in München verkauft hat. Alle Anstrengungen, diesen Mann zu finden, waren allerdings ergebnislos. Wir wissen bis jetzt nur, dass der Täter nicht notwendigerweise am Tag der Beerdigung in Kathans Haus war. Damit wären wieder ein paar Alibis geplatzt, zumindest die, die den Einbruch betreffen. Es ist zum Verrücktwerden.«

Der Inspektor lehnte sich zurück und zündete sich eine neue Zigarette an.

»Was meinen Sie, wie's mir geht? Und Angst hab ich auch noch«, gestand ich leise und schaute den deprimierten Polizisten von der Seite her an. »Wie der Max nach seinem Unfall im Krankenhaus ohnmächtig g'worden ist, hab ich schon gedacht, der Pater Bruno hätt ihm im Auto noch schnell ein Stamperl Gift gegeben.«

Der Inspektor prustete lauthals los, und ich fiel in sein Lachen ein. Das tat uns beiden gut, auch wenn einige ältere Schüler überheblich zu uns herschauten.

Noch immer nach Luft ringend, ergänzte ich: »Dann hätt ihm auch der Frater Innozenz beim Nachmittagstee eine vergiftete Semmel geben können.«

Huber hörte abrupt auf zu lachen und drehte langsam den Kopf zu mir her. Er zog die Stirn in Falten.

»Hör mir bloß auf mit dem Frater Innozenz. Ich krieg immer noch Magenkrämpf', wenn ich überlege, wie er mich nach der Durchsuchung seiner Zelle runtergeputzt hat. An den mag ich nicht mehr denken, geschweige denn Ermittlungen gegen ihn anstellen.«

»Wenn der Frater Innozenz also der Mörder wär, dann hätt er sein Ziel erreicht.«

Huber sah mich überrascht an: »Wie meinst du das?«

»Genauso, wie ich g'sagt hab«, entgegnete ich und biss auf meine Unterlippe. »Auf der Liste der Verdächtigen ist er nimmer. Das hat er schon mal g'schafft.«

Der Inspektor schüttelte den Kopf: »Den Frater Innozenz kannst du vergessen. Der tödliche Stich beim Kathan war von einem Rechtshänder. Der Pförtner hat aber gar keine rechte Hand mehr. Wie hätt er außerdem so eine schwere Last wie den Kathan packen, fast einen Kilometer weit schleppen und dann in die Loisach werfen sollen?« Huber überlegte weiter. »Andererseits ist er der Einzige, der für den Tag des Einbruchs ins Haus vom Herrn Kathan von Anfang an ein hieb- und stichfestes Alibi g'habt hat. Er war an dem Samstagnachmittag wie jeden anderen Tag an der Pforte. Das ist sicher. Pater Zeno zum Beispiel hätt leicht Zeit gehabt, in das Haus vom Kathan einzubrechen. Möglicherweise hat aber nicht der Mörder, sondern jemand anderer den Einbruch begangen.«

Huber nickte ein paar Mal und fuhr fort: »Vorher hat er von Kathans Mörder den Ausweis und die Hausschlüssel gekriegt. Der Einbrecher hat also dem Mörder ein perfektes Alibi für die Tatzeit des Einbruchs liefern können. Vielleicht war das so beabsichtigt?«

Der Inspektor verzog jetzt gequält sein Gesicht. Wieder passte irgendetwas nicht.

»Wieso hat dann der Komplize die Uhr verkauft?« Huber schüttelte erneut den Kopf. »Entweder wollte er damit Geld machen, denn es handelt sich ja um ein seltenes Stück, oder der Verkauf ist wieder ein Ablenkungsmanöver. Lass uns einmal aufzählen, wer für den Samstagnachmittag ein sicheres Alibi hat. Das ist zuerst einmal die Witwe, die ja auf der Beerdigung war. Dann ist es Frater Innozenz, der seine Pforte nachmittags nicht verlassen durfte. Auch Pater Aurelian und Pater Ignaz haben ein Alibi. Ich habe bereits mit ihnen gesprochen, und beide bestätigten, dass sie ihr Symposium abgehalten haben.«

Huber holte einen kleinen Notizblock aus der Jackentasche und schlug ihn auf. Rauch war ihm in die Augen gestiegen und er kniff sie zusammen. Er blätterte immer wieder einige Seiten vor und zurück. Plötzlich seufzte er enttäuscht.

»Laut Pater Aurelians Aussagen war auch Pater Bruno an dem besagten Symposion beteiligt. Er ist sich ganz sicher, weil es dabei um den Tod gegangen war und Pater Bruno recht interessante Gedanken gehabt hat. Die trug er aber in einem sehr schlechten Latein vor. Das hat die anderen Teilnehmer gewundert, denn Pater Bruno war jahrelang Lateinlehrer gewesen und gilt als guter Altphilologe. An den Symposien hat er in den letzten Jahren nur sehr sporadisch teilgenommen, weil er durch seine Belastung als Präfekt am Samstag einfach mehr Ruhe brauchte. Vielleicht war er nicht mehr in Übung.«

Mürrisch klappte Huber sein Notizbuch zu und schob es umständlich zurück in die Jackentasche. Eine Weile saßen wir schweigend nebeneinander auf der Bank.

Seit einigen Minuten beobachtete ich schon, dass sich Erwin an den großen Bäumen herumdrückte, die einen Halbkreis um den Springbrunnen in der Mitte des Klosterhofes bildeten. Immer wieder sah er zu uns herüber, aber sobald unsere Blicke sich trafen, schaute er sofort weg. Von den anderen Schülern, die sich auf dem Hof befanden, wurde er nicht beachtet. Anfangs war er wegen seiner altmodischen, dunklen Anzüge noch gehänselt worden. Seit dem Tod seines Vaters aber unterblieb sogar das. Er schien mir der einsamste Mensch auf der Welt zu sein.

Aus Mitleid mit Erwin fragte ich schließlich den Inspektor: »Haben Sie eigentlich schon einmal mit dem Erwin g'redet? Ich mein' über den Abend, als er mit seinem Vater vom Heimfahrtswochenende ins Beusl zurück gekommen ist. Haben Sie ihn schon mal g'fragt, was sich da genau abg'spielt hat?«

Huber zog die Mundwinkel nach unten und hob die Schultern. Dann ließ er die Zigarette vor sich auf den Boden fallen und trat sie aus. Dabei meinte er ohne viel Euphorie: »Direkt gesprochen habe ich nicht mit ihm. Aber ich kenne seine Aussage aus den Protokollen, in die ich ja jetzt Einblick habe. Sie gibt nicht viel her.«

»Vielleicht sollten S' ihn doch selber mal fragen, was genau passiert ist. Da drüben bei den Bäumen steht er. Ich bräucht ihn bloß holen.«

Huber stimmte unsicher zu. »Gut. Dümmer können wir davon auch nicht werden.«

Ich rannte los.

Erwin schien sich zu freuen, als ich bei ihm auftauchte, und kam sofort mit, nachdem ich ihm erklärt hatte, dass der Inspektor einige Fragen an ihn hätte. Huber lächelte verlegen, als wir bei ihm ankamen. Ich setzte mich wieder rechts neben den Polizisten, und Erwin nahm neben mir Platz, sodass ich zwischen den beiden zu sitzen kam.

Huber holte tief Luft und fragte Erwin, ob er alles noch einmal ganz genau erzählen könne. Er wolle jede Kleinigkeit wissen, die sich zwischen ihrer Ankunft auf dem Klosterhof und dem Erreichen des Studiersaals an jenem verhängnisvollen Sonntagabend abgespielt habe.

Erwin erzählte in seiner monotonen Art von der Ankunft im Kloster, von der guten Laune, die sein Vater beim Betreten des Gebäudes noch gehabt hatte und von den Schweißausbrüchen, die nach dem Passieren des Eingangsbereichs des Klosters angefangen hätten.

»Wem seid ihr beiden denn beim Betreten des Klosters alles begegnet?«

Der Inspektor schien mehr aus reiner Routine als mit wirklichem Interesse zu fragen.

Erwin zog seine Stirn in Falten, schüttelte dann aber den Kopf. »Da waren so viele Leute. All die Schüler mit ihren Eltern. Es kamen auch einige Patres aus dem Kreuzgang heraus, weil deren Abendgebet gerade zu Ende war. Mit einem Pater ist mein Vater sogar zusammengestoßen.«

»Wer war das?«, wollte der Inspektor wissen.

»Ich glaube, es war Pater Aurelian, der gerade zusammen mit diesem schrulligen, rothaarigen Pater Ignaz zur Pforte wollte. Mein Vater hat sich jedenfalls entschuldigt und der Pater Aurelian auch. Pater Ignaz hat gar nichts gesagt. Dann sind wir zur Treppe gegangen.«

»Kannst du dich sonst noch an jemanden erinnern, den ihr getroffen habt?«, fragte Huber.

Erwin sah den Polizeibeamten etwas hilflos an. »Es war ein heilloses Durcheinander. Leute kamen, Leute gingen. Eine Menge Schüler lief umher. Einige Mönche und der Abt gingen zur Pforte, weil sich doch hinter der Pfortenkammer noch ein Aufenthaltsraum für die Patres befindet. Ein Schüler aus einer höheren Klasse kam mit furchtbar dreckigen Schuhen von draußen rein und wurde deshalb von Frater Innozenz ausgeschimpft. Es war einer aus seiner Fußballmannschaft. Manche Eltern fanden das lustig, mein Stiefvater nicht. Er hasste es, wenn man mit schmutzigen Schuhen das Haus betrat. In dem Fall sagte er jedoch nichts.«

»Er hat aber zu dem Buben mit den dreckigen Schuhen hingeschaut?« Hubers Interesse schien geweckt.

»Ich glaube schon. Sicher weiß ich das nicht mehr, denn ich war ja noch etwas abgelenkt nach dem Heimfahrtswochenende.«

Erwin hatte die zusammengefalteten Hände zwischen die Knie gesteckt und fing an, auf der Bank unruhig hin und her zu rutschen.

»Hat dein Vater den Pförtner sehen können?«, fragte Huber.

»Ich glaube schon, denn Frater Innozenz war aus der Tür zu seinem Pfortenkämmerchen herausgetreten, um den Schüler mit den dreckigen Schuhen besser zurechtweisen zu können.«

Erwin schien angestrengt zu überlegen, seine dunklen Augen wanderten unruhig umher.

»Denk noch mal genau nach. Ist dein Vater zuerst mit Pater Aurelian zusammengestoßen oder hat er zuerst zu dem schimpfenden Frater Innozenz hingeschaut?« Erwartungsvoll musterte der Inspektor Erwin von der Seite.

Der aber riss die Augen weit auf und sah mich fragend an, als könnte ich ihm Auskunft darüber geben, was an dem Abend an der Pforte passiert war.

Schließlich zuckte er mit den Schultern und meinte leise: »Das weiß ich nicht mehr. Es ist doch alles so schnell gegangen, und ich war aufgeregt nach dem Wochenende. Und es waren so viele Leute da im Pfortenraum. Ich kann mich wirklich nicht erinnern.«

Nun hatte er seinen Dackelblick aufgesetzt und die großen Augen schienen jederzeit startklar, um loszuweinen. Er tat mir leid, doch gleichzeitig spürte ich seine zur Schau gestellte Hilflosigkeit. Und ich hasste sie.

Erwin wollte jetzt gehen und fragte den Inspektor, ob er ihn noch bräuchte.

»Nein, ich hab keine Fragen mehr«, entgegnete Huber. »Aber ich bitte dich, genau zu überlegen, ob dir noch etwas einfällt. Ich glaub nämlich, dass der Mörder deines Stiefvaters noch frei herumläuft. Und der wird auch vor einem weiteren Mord nicht zurückschrecken, wenn er damit seinen Kopf aus der Schlinge ziehen kann. Deshalb mussten der Abt und Pater Melchior wahrscheinlich bereits sterben. Wenn dir also noch etwas einfällt, gib mir bitte Bescheid. Kaspar weiß ja, wie ich zu erreichen bin.«

Dann gab er Erwin die Hand, und dieser lief davon. Ich war froh, als er endlich weg war.

»Wir haben noch nicht den richtigen Ansatzpunkt. Zu viele Verdächtige, zu viele Vielleichts. Es muss doch irgendetwas Konkretes geben.« Huber hatte sich noch eine Zigarette angesteckt. »Das, was Erwin gesagt hat, bringt uns auch nicht weiter. Gut, Kathan ist mit Pater Aurelian zusammengerempelt, und der Pförtner hat einen

Buben ausgeschimpft. Ich sehe aber keinen konkreten Ansatzpunkt.«

Deprimiert stand der Inspektor auf und ging vor mir einige Schritte auf und ab. Ich saß noch auf der Bank und dachte darüber nach, was Erwin gesagt hatte.

»Könnt's nicht sein, dass der Kathan jemanden nicht am G'sicht, sondern an der Stimm erkannt hat?«

Ich glaubte schon, etwas besonders Dummes gesagt zu haben, da Huber wie angewurzelt stehen blieb.

»Das könnte die Lösung sein.« Ein dünnes Lächeln erschien auf seinem Gesicht. »Das ist eine sehr gute Idee. Pater Aurelian hat sich bei Herrn Kathan entschuldigt, und vielleicht hat der ihn an seiner Stimme wieder erkannt. Menschen sehen in einer Kutte ja ganz anders aus als in Zivilkleidung. Pater Aurelian hatte ein gutes Alibi an dem Tag der Beisetzung und er ist beidhändig. Außerdem ist er jung und kräftig genug, um einen toten Körper ein Stück zu tragen und dann in den Fluss zu werfen.«

Huber hatte sich wieder gesetzt und während des Redens mit den Händen herumgefuchtelt, was ich vorher noch nie bei ihm gesehen hatte.

»Wie hat der Mann eigentlich ausg'schaut, der in München die wertvolle Tischuhr verkauft hat«, fragte ich den Inspektor unvermittelt.

Der Polizist war überrascht, gab aber Auskunft. »Groß ist er gewesen und stattlich, eine sehr imposante Person mit dunklen, zurückgekämmten Haaren und sehr korrekt gekleidet. Der Ladenbesitzer sagte, dass er eine gewisse Ähnlichkeit mit dem Passfoto von Herrn Kathan gehabt hätte.«

Ich musste gleich daran denken, was Maxls Mutter über die imposante Erscheinung des Herrn Kathan gesagt hatte, und lächelte bei dem Gedanken an den Wutausbruch seines Vaters.

»Warum grinst du?«, wollte der Inspektor wissen.

»Ich erinnere mich, weil die Mutter vom Max uns den Herrn Kathan genauso beschrieben hat. Korrekt und imposant, hat sie g'sagt, wär er g'wesen, der Kathan.«

Jetzt hörte ich die Außenglocke des Internats läuten und bemerkte, dass die meisten Schüler den Klosterhof bereits verlassen hatten. Ich sprang auf und gab dem verdutzten Inspektor die Hand, um mich zu verabschieden.

»Wenn ich in knapp fünf Minuten nicht an meinem Platz sitz, gibt's noch ein Unglück. Dann muss ich einen Parademarsch schreiben.«

Ich rannte los in den Klosterbau und erreichte gerade noch rechtzeitig meinen Platz im Studiersaal. Erwin hatte bereits seine Bücher auf dem Pult hergerichtet.

Er sah mich nicht an.

Kapitel X

Nächtliches Geständnis

Nach der Studierzeit stand Erwin wortlos auf, räumte seine Sachen zusammen und ging zum Nachmittagstee. Ich blieb noch etwas länger, um auf dem Weg in den Speisesaal nicht mit ihm zusammenzutreffen. Entgegen meinen Erwartungen schien Erwin sich nicht um mich zu kümmern. Das gab mir zu denken.

Vor ein paar Stunden noch war er an mir gehangen wie eine Klette und jetzt tat er so, als ob ich gar nicht da wäre. Hatte es ihm etwa nicht gefallen, dass ich ihn zu dem Gespräch mit dem Inspektor dazugeholt hatte? Oder fühlte er sich hintergangen, weil ich zuerst allein mit dem Inspektor gesprochen hatte?

»Egal – jedenfalls nervt er mich nicht mehr«, dachte ich und lief in den Speisesaal, wo ich Erwin allein an einem Tisch sitzen und seine Semmeln essen sah. Ich war froh, als mich der Clemens fragte, ob ich Lust hätte, mit ihm und ein paar anderen Mitschülern Faustball zu spielen. Ich sagte zu, nahm meine zwei Semmeln und lief hinaus in den Klosterhof, wo unsere Mitspieler mit Kleidungsstücken bereits das Spielfeld abgesteckt hatten.

Bald war ich so vertieft in das Spiel, dass ich nicht mehr an Erwin dachte. Kurz vor Ende der Freizeit hörten wir auf und gingen über die Pfortentreppe zurück in den Klosterbau. Als ich von dort zufällig zu unserem

Studiersaal hinaufschaute, sah ich Erwin am Fenster stehen und bildete mir ein, dass er mich beobachtete. Irritiert folgte ich meinen Kameraden in den Studiersaal.

Dort saß Erwin bereits auf seinem Stuhl und sah nur kurz auf, als ich mich auf meinem Platz niederließ. Seinen scheuen Blick konnte ich nicht deuten, aber er machte mich nervös. Schnell richtete ich alle benötigten Bücher für das Studium her, dann klingelte die Hausglocke ein zweites Mal. Augenblicklich herrschte absolute Ruhe im Saal. Pater Zeno hatte bereits an seinem erhöhten Pult Platz genommen und schaute ernst durch die Reihen der Schüler.

Ich hatte das Erdkundebuch aufgeschlagen. Nun versuchte ich, meine Gedanken zu ordnen.

Warum benahm sich Erwin plötzlich so seltsam? Meine Schwester Maria konnte ja auch sehr schnell beleidigt sein und redete dann unter Umständen ein paar Tage kein Wort mit einem, ohne dass man wusste warum. Aber Erwin war ja schließlich kein Mädchen.

Oder war da noch etwas anderes? Erst nachdem der Inspektor mit ihm gesprochen hatte, war er so komisch geworden. Vorher wollte er ja unbedingt mein Freund sein und war mir den ganzen Tag nicht von der Seite gewichen. Ich beschloss, ihn später auf sein Verhalten anzureden.

Nach der Studierzeit räumte Erwin seine Bücher wortlos weg und ging aus dem Raum, ohne mich zu beachten. Ich meinte eine Art von Trotz wahrnehmen zu können. Bisher war er mir meist unschlüssig vorgekommen. Er ließ sich manches gefallen, um nur ja keinen Ärger zu provozieren. Jetzt schien er genau zu wissen, was er wollte.

Beim Abendessen gab es Leberkäse mit Kartoffelsalat, was alle Schüler sehr gerne mochten. Natürlich bekam jeder nur ein Stück, und das war nicht besonders groß. Bei solchen Gelegenheiten wurde Erwin oft von einem Mitschüler angebettelt, ihm doch etwas von seiner Portion abzugeben. Erwin tat das in der Regel.

So kam es auch diesmal. Der Unger Georg, der Verfressenste in unserer Klasse, hatte in wenigen Minuten alles verputzt und fragte nun Erwin, der wie immer langsam und bedächtig aß, ob er nicht noch ein Stück Leberkäse von ihm haben könnte. Er hatte sich bereits mit der Gabel in der Hand in Richtung Erwin gewandt. Der schob aber seinen Teller in die von Georg abgewandte Richtung und beugte sich schützend darüber.

»Komm schon, Erwin, nur ein kleines Stück.« Georgs Augen waren gierig auf den Teller mit dem Leberkäse gerichtet. »Du weißt doch, dass ich von dem bisschen nicht satt werde, und du hast sicher von zu Hause wieder eine Menge Schokolade und Kekse mitgekriegt. Die kannst du ja danach essen, wenn du nicht satt geworden bist.«

Erwin drehte den Kopf langsam in Georgs Richtung und meinte kalt: »Was geht es mich an, ob du noch Hunger hast. Dann musst du eben ein paar Scheiben Brot essen. Von mir kriegst du jedenfalls nichts.«

Damit wandte er sich wieder seinem Teller zu und aß nun besonders langsam weiter.

Dem Georg sah man seine Niederlage deutlich an. Verkniffen saß er da und schob sich hastig noch zwei Scheiben Brot in seinen breiten, stets aufnahmebereiten Mund.

Im Beusl musste man zügig essen. Wenn der Präfekt, der gerade Speisesaalaufsicht hatte, in die Hände klatschte, hatten alle Schüler das Besteck aus der Hand zu legen und zum Tischgebet aufzustehen. Anschließend mussten alle Zöglinge, die nicht gerade Tischdienst hatten, den Speisesaal verlassen. Die Reste auf den Tellern waren dann für die klostereigenen Schweine bestimmt.

Als Pater Bruno, der heute das Abendessen überwachte, zum Ende der Mahlzeit klatschte, hatte Erwin noch fast die Hälfte seiner Mahlzeit auf dem Teller. Ruhig legte er das Besteck dazu und sah Georg herausfordernd an. Der war bereits aufgestanden, hatte die Hände zum Gebet gefaltet und starrte zum großen Kruzifix an der Stirnseite des Speisesaales. Das Gesicht unter dem dichten dunklen Haarschopf leuchtete rot vor Zorn.

Das Dankgebet war gleich gesprochen, und schon ging es los in die Abendfreizeit. Ich blieb beim Verlassen des Speisesaals dicht hinter Erwin, denn ich konnte mir gut vorstellen, dass Georg ihm auflauern würde, sobald kein Präfekt mehr in Sichtweite war, um ihm ein paar runterzuhauen. Und wirklich – als wir gerade die letzten Treppenstufen in den ersten Stock heraufkamen, tauchte Georg hinter einem Mauervorsprung auf.

Ich merkte, wie Erwin zusammenzuckte, dann ging er aber scheinbar gleichgültig an Georg vorbei nach links in den Gang, der zum Studiersaal führte. Damit hatte Georg offensichtlich nicht gerechnet, denn er blieb zunächst verdutzt stehen, dann rannte er hinter Erwin und mir her, um uns schließlich kurz vor dem Studiersaal zu überholen. Drohend baute er sich vor Erwin auf und verstellte ihm den Weg, indem er schnell einen Schritt nach rechts oder links machte, je nachdem, auf welcher Seite mein Banknachbar an ihm vorbei wollte. Schließlich blieb Erwin stehen und sah seinem Gegenüber offen ins Gesicht.

»Was gibt's?«, fragte er ruhig, als wüsste er nicht, worum es ging.

»Du bist ein Kameradenschwein«, zischte Georg. »Du hast mit Absicht deinen Leberkäse nicht aufgegessen, aber mir wolltest du ihn auch nicht geben.«

Georg schnaubte vor Wut und trat noch einen Schritt näher an Erwin heran, der sich kein bisschen rührte.

»Am liebsten würde ich dir ein paar runterhauen für diese Schweinerei. Verstehst du?« Georgs Stimme war jetzt lauter geworden und er schubste Erwin mit beiden Händen zurück. »Wenn das mit deinem Vater nicht wär, würdest du von mir eine saftige Abreibung kriegen, damit du in Zukunft weißt, was mit Kameradenschweinen passiert.«

Ich wartete darauf, dass Erwin anfangen würde zu weinen. Ich erwartete eine Entschuldigung, irgendetwas, was die aufgestaute Spannung lösen würde.

Erwin dagegen stemmte seine dünnen Arme in die Hüften und trat einen Schritt auf den viel größeren Georg zu.

»Kannst du mir vielleicht sagen, was dich mein Leberkäse angeht? He, kannst du mir das sagen?«

Georg hatte jetzt einen derart blöden Gesichtsausdruck, dass ich beinahe gelacht hätte.

»Mein Leberkäse geht dich gar nichts an, weil der nämlich mir gehört, mir ganz alleine, und ich kann damit machen, was ich will.« Erwin hatte seinen Kopf nach vorne gestreckt wie ein Gockel, sodass seine Gesichtszüge spitz wurden und seine Nase größer wirkte als sonst. »Ich kann ihn essen, nicht essen, verschenken oder auch nicht. Er gehört nämlich mir, nur mir ganz alleine!«

Die letzten Worte hatte er besonders langsam gesprochen, als würde er mit einem Kind reden. Erwins Furchtlosigkeit erschreckte mich, das ganze Bild wirkte geradezu grotesk. Der größere, kräftige Georg wich nun zurück, während der zierliche Erwin immer noch auf Angriff eingestellt war.

»Schlag doch zu, los, komm schon, schlag mich doch.« Erwin streckte den mageren Kopf noch ein wenig weiter vor. »In diesem blöden Beusl scheint ja nichts anderes zu zählen als Zuschlagen. Du musst keine Rücksicht darauf nehmen, dass mein Vater tot ist. Das hat mir nämlich gar nichts ausgemacht. Nein, es hat mich sogar gefreut. Der konnte auch nichts anderes als zuschlagen, wenn ihm etwas nicht gepasst hat. Und er hat auch gemeint, dass ihm Dinge gehören, die ihm nicht gehört haben. Also los – keine Rücksicht, schlag ruhig zu!«

Georg stand da wie vom Donner gerührt. Die aggressive Röte in seinem Gesicht war einer nervösen Blässe gewichen. Er starrte Erwin an wie ein Gespenst, dann schüttelte er kurz den Kopf, drehte sich um und lief in den Studiersaal.

Ungefähr zehn Mitschüler hatten den Streit ebenso verfolgt wie ich. Alle standen wortlos da und trollten sich schließlich einer nach dem anderen. Ich blieb, wo ich war, gespannt, was Erwin weiter tun würde.

Ich war überrascht von seinem Mut und erschüttert darüber, was er gesagt hatte. Anscheinend hatte ich mich völlig in ihm getäuscht. Er war kein Schwächling, er war nur jedem Streit aus dem Weg gegangen. Er hatte den anderen gegeben, was sie wollten, damit er seine Ruhe hatte und gut mit ihnen auskam. Jetzt hatte er das Kapitel Beusl offensichtlich abgeschlossen und machte deshalb auch keine Kompromisse mehr.

Langsam drehte er den Kopf zu mir herum und blickte mich einige Sekunden an.

»Was willst du denn noch hier?«

Er sprach leise und unsicher, als würde er nicht glauben, dass ich immer noch dastand. Er schien leer und erschöpft wie nach einer großen körperlichen Anstrengung.

»War das, was du grad über deinen Vater g'sagt hast, dein Ernst?« Ich hatte einen so trockenen Mund, dass ich die Frage kaum herausbrachte.

»Jetzt bist du wohl schockiert, Kaspar?« Er schnaufte tief durch und sah dann zu Boden. »Wenn du willst, erzähle ich dir heute Nacht mehr. Dafür musst du mir aber zeigen, wohin Max und du schon ein paar Mal verschwunden seid. Ich hab euch nämlich beobachtet.«

Er drehte sich abrupt um und ging geradewegs in den Studiersaal. Als ich nachkam, saß er bereits an unserem Pult und spielte Schach, diesmal ohne Buch. Ich blieb bei der Tischtennisplatte stehen und sah den Spielern zu.

Erst zu Beginn des Freistudiums setzte ich mich ans Pult neben Erwin, der mich immer noch nicht zu beachtete. Ich wollte nachdenken, also holte ich wieder mein Erdkundebuch heraus und schlug es auf. Welche Seite ich erwischte, war egal. Mich interessierte die Wüste Gobi genauso wenig wie die Sahara oder der Panamakanal.

Erwin wusste weit mehr, als er uns gesagt hatte, so viel stand fest. Wir hatten ihn völlig außer Acht gelassen, obwohl er wahrscheinlich der einzige Mensch war, der uns zum wirklichen Mörder führen konnte. Er war die wichtigste Person in dem ganzen Spiel, doch wir hatten uns von seinem zurückhaltenden Wesen blenden lassen und geglaubt, er wüsste gar nicht, was um ihn herum eigentlich geschieht. Aber was, was genau konnte Erwin verschwiegen haben?

Er hatte seinen Vater nicht gemocht – nein –, er hatte ihn gehasst. Er war froh über dessen Tod gewesen. Aber hatte er irgendetwas mit seiner Ermordung zu schaffen?

Konnte seine Mutter, die er ja offensichtlich liebte wie sonst nichts auf der Welt, mehr mit der Sache zu tun haben, als sie zugab?

Das Herz schlug mir bis zum Hals, als ich darüber nachdachte. Konnte diese zierliche, nette Frau ihren Mann erstochen haben? Natürlich – sie war eine der wenigen Personen, die wussten, dass sich ihr Mann am Sonntagabend in einem Gasthof in Heiligenbeuern aufhielt. Er hatte sie angerufen und ihr Bescheid gegeben. Und da war noch dieser andere Mann, der Herrn Kathan anscheinend ähnlich sah und die Uhr in München verkauft hat. Der konnte doch in dem Gasthof angerufen haben. Und als Herr Kathan dann ans Telefon ging, hat seine Frau mit ihm gesprochen und ihn an einen Ort bestellt, wo der Mörder bereits auf ihn wartete. Vielleicht war Frau Kathan sogar dabei, um ihren Mann abzulenken. Dann hätte der Täter leichtes Spiel gehabt.

Aber der Abt. Warum wurde der Abt ermordet, nachdem er mit Herrn Kathan gesprochen hatte?

Das passte ja überhaupt nicht zusammen. Ich überlegte weiter.

Natürlich – Herr Kathan wollte mit dem Abt reden, mit niemand anderem. War der große Unbekannte, den er an der Pforte getroffen hatte, etwa der Abt selbst gewesen? War das Zusammentreffen der beiden im Zimmer des Abtes vielleicht so unerfreulich verlaufen, dass sich der Abt anschließend das Leben nahm? Das schien mir unwahrscheinlich. Wer alles hat einen Schlüssel zum Krankenzimmer gehabt? Pater Melchior hatte gesagt, dass unter anderem der Abt einen entsprechenden Schlüssel besessen hätte. Also – konnte nicht der Abt zuerst den Herrn Kathan und anschließend sich selbst getötet haben? Doch warum musste zuletzt der arme Pater Melchior noch sterben?

Ich konnte mir das Hirn zermartern, wie ich wollte. Ich kam zu keiner vernünftigen Lösung.

Von mir unbemerkt war das Freistudium zu Ende gegangen und die meisten Schüler hatten sich bereits zum Abendgebet erhoben. Schnell stand ich auf und drehte mich zum Kruzifix an der Längsseite des Studiersaals. Nach dem Abendgebet ging alles seinen routinierten Gang. Wir marschierten schweigend in den Schlafsaal, zogen uns aus, wuschen uns und legten uns ins Bett.

»Gute Nacht, in Gottes Namen.«

Das Licht ging aus. Nun lag ich im Bett. Hellwach.

Sollte ich mit Erwin in die Putzkammer gehen? Es war nicht der richtige Platz für Erwin. Es war das Versteck von Max und mir.

Max konnte oft nicht so früh einschlafen, wie wir ins Bett gehen mussten. Deshalb schlich er manchmal in der

Nacht in die Putzkammer, um noch ein bisschen zu lesen. Aus dem Grund hatte er immer einen Krimi und eine Taschenlampe im Nachtkästchen.

Zweimal waren wir auch miteinander in die Putzkammer gegangen, um uns zu unterhalten. Das war aufregend, denn wenn man dabei erwischt worden wäre, hätte es eine gewaltige Strafe gegeben, vielleicht sogar einen Verweis.

Jedenfalls war es der Platz von Max. Er hatte ihn entdeckt. Zuerst hatte ich ein schlechtes Gewissen, weil ich mit jemand anderem als mit meinem Freund dorthin gehen sollte. Andererseits – was blieb mir anderes übrig? Woanders würde mir Erwin sicher nicht erzählen, was er wusste. Und Erwin – das spürte ich – war der Schlüssel zur Lösung des Falls. Also gab es kein Zögern.

Etwa eine Viertelstunde nach Pater Zenos letztem Kontrollgang stand ich auf und richtete mein Bett, als würde noch jemand drin liegen. Dann ging ich zur Toilette und wartete dort. Nach ein paar Minuten kam Erwin und zusammen liefen wir, die Hausschuhe in der Hand, damit wir auf dem Linoleumboden nicht zu hören waren, in die Putzkammer.

Nach kurzer Zeit in der Dunkelheit der kleinen Kammer, wo einige Besen und Kehrschaufeln an der Wand hingen und außerdem das Brennholz für den Kachelofen im Studiersaal gelagert wurde, hatten wir uns orientiert. Es fiel etwas Licht durch die schlecht schließende Tür. Ich drehte zwei Metalleimer um, sodass wir uns draufsetzen konnten.

Eine Weile saßen wir wortlos da. Mit Erwin hatte ich mich noch nie so eng verbunden gefühlt wie in diesem

Augenblick. Ich hatte keine Ahnung, woran er gerade dachte, jedenfalls schien es ihm mit dem Reden nicht zu pressieren.

Ich brach schließlich das Schweigen: »Geh weiter, Erwin, was hast du mir erzählen wollen?«

»Stimmt das alles, was der Inspektor von der Polizei mir heute Nachmittag gesagt hat?«, presste Erwin heraus. »Stimmt es, dass mein Stiefvater, der Abt und Pater Melchior wahrscheinlich von derselben Person umgebracht worden sind?«

Im Raum war es so dunkel, dass nur Umrisse zu erkennen waren. Doch ich spürte Erwins bohrenden Blick.

»Der Inspektor ist jedenfalls fest davon überzeugt«, entgegnete ich anscheinend nicht sonderlich glaubwürdig, denn Erwin hakte sofort nach.

»Was glaubst denn du? Ist es so, wie der Inspektor gesagt hat, oder lügt er?«

In seiner Stimme war viel Misstrauen. Wenn ich jetzt etwas Verkehrtes sagte, war es aus. Erwin würde mir niemals mehr erzählen, was er wusste, und wir würden die Mordfälle vielleicht nie aufklären können.

Aber was wollte er hören?

Plötzlich wurde mir klar, dass Erwin deshalb mit mir in die Besenkammer gekommen war, weil ihn die Ausführungen des Inspektors beschäftigten. Seitdem der Polizist mit uns gesprochen hatte, war er verändert. Ein völlig anderer Erwin. Also war das der richtige Weg.

»Ich glaub, der Huber hat schon Recht, und der wirkliche Mörder läuft immer noch frei rum.«

»Weißt du, Kaspar«, begann Erwin zögerlich, »ich habe Kinder wie dich immer beneidet. Du bist in einer normalen Familie geboren, hast Vater und Mutter, außerdem auch noch Geschwister. Und das bleibt so, bis du selbst groß bist. Ich habe so etwas nie gehabt.«

Wovon redete er? Und wie redete er? Erwins Stimme war immer leiser geworden, und ich erwartete, dass er gleich anfangen würde, zu weinen. Doch er weinte nicht. Vielmehr rutschte er ein wenig auf seinem Eimer herum, was uns wegen des Gescheppers leicht hätte verraten können.

Dann fuhr er mit fester Stimme fort: »Ich habe euch immer beneidet. Sogar die Kinder, deren Väter im Krieg gefallen waren, habe ich beneidet. Die hatten wenigstens ein Bild von ihrem Vater mit Trauerflor auf der Kommode in der guten Stube stehen. Sie konnten sagen, dass es ihn eben 1943 irgendwo in Russland oder Frankreich erwischt hat. Aber sie hatten einen Vater und ein Foto, das sie jedem zeigen konnten, einen Vater mit deutscher Uniform, einen, der dazugehört hat. Und was hatte ich? Keinen Vater, kein Portrait mit Trauerflor, nur den Spitznamen ›Ami‹. Niemand sagte früher Erwin zu mir, alle nannten mich Ami und fanden das auch noch lustig. Dabei kenne ich meinen Vater nicht einmal. Er ist zurück nach Amerika, als ich noch ganz klein war, und seitdem überweist er jeden Monat Geld. Geld, für das wir uns Lebensmittel kauften, die sich sonst niemand leisten konnte. Als ich sechs Jahre alt war, bekam ich ein Rad, ein nagelneues Fahrrad! Niemand außer mir hatte ein neues Fahrrad, aber das machte die Sache nur noch schlimmer, denn jetzt kam auch noch Neid dazu.«

Erwin sprach monoton, ohne eine Pause zu machen. Wie ein langsam dahin ziehender Fluss kamen die Sätze ganz selbstverständlich aus seinem Mund. Nichts erinnerte an seine frühere Schüchternheit.

»Nicht einmal fahren wollten sie mit meinem neuen Rad. Ich habe es ihnen anfangs angeboten. ›Meinst, wir wollen uns da draufsetzen, wo du deinen Amiarsch schon gehabt hast‹, haben sie gesagt. Ich bin dann nicht mehr Rad gefahren, und Mama war noch trauriger. Sie hatte wohl gehofft, dass ich mit dem Rad Freunde gewinnen könnte.

Schließlich ist sie mit dem Herrn Kathan dahergekommen. Der hat mir immer Schokolade mitgebracht, damit ich am Sonntagnachmittag ein paar Stunden aus der Wohnung verschwinde. Ich habe mich dann in dem Schuppen versteckt, in dem auch das Rad stand, habe es stundenlang angestarrt und gehasst. Eines Tages hat Mama mich gefragt, ob ich mich freuen würde, wenn ich einen richtigen Papa bekomme. Ich sagte, dass es mir schon recht wäre, denn ich merkte, dass meiner Mutter sehr daran gelegen war. Schließlich heiratete sie den Kathan und wir zogen in die Nähe von Wolfratshausen nach Icking, wo mein Stiefvater ein Haus gekauft hatte. Mama und ich hatten die größten Hoffnungen, dass wir jetzt eine normale Familie wären – mit einem richtigen Vater.

Erst ging alles ganz gut. Mein Stiefvater war wegen seiner Arbeit als Versicherungsvertreter viel unterwegs, und ich ging in die Schule. Mutter war zu Hause, machte den Haushalt und kochte. Ich hatte sogar so etwas wie Freunde oder wenigstens Gleichaltrige, die mit meinem Rad fahren wollten. Ich hab sie gelassen, weil mir am Fahrradfahren nicht mehr viel gelegen war. Als ein Nachbarjunge mit dem Rad hinfiel und der Lenker verbogen war, bekam ich von meinem Stiefvater eine Ohrfeige. Er verbot mir, das Rad noch mal auszuleihen. Also fuhr ich damit in eine nahe gelegene Kiesgrube, wo ich dann meine Kameraden fahren ließ. Mein Stiefvater ist mir natürlich draufgekommen, hat mich windelweich geprügelt und schließlich das Rad verkauft. ›Hier wird getan, was ich sage, und Schluss‹, war alles, was er auf die Bitten meiner Mutter hin erwiderte.

Als sie ihn ein paar Wochen später bat, mir wieder ein Rad zu kaufen, hat er sie das erste Mal geschlagen. ›Du kannst froh sein, dass ich dich trotz des Amibalgs geheiratet habe‹, hat er sie angeschrien. Ich stand direkt daneben.«

Erwin schluckte.

»Von dem Tag an habe ich ihn gehasst. Jeden Morgen, wenn er das Haus verließ, habe ich gehofft, dass er nicht wieder zurückkommt, dass er verunglückt oder von irgendjemandem umgebracht wird. Wenn ich größer gewesen wäre, hätte ich es selbst getan.«

Mir lief es eiskalt den Rücken hinunter.

Auch ich hatte einige Male von meinem Vater eine runtergehauen bekommen, aber dabei waren meist zwei unglückliche Umstände aufeinander getroffen. Ich hatte etwas angestellt, und er war gerade schlecht aufgelegt. Ansonsten mischte er sich selten in unsere Erziehung ein. Mutter dagegen war sehr viel schneller mit einer Watsch'n bei der Hand. Dabei konnte es sein, dass sie gerade redete und während ihres brachialerzieherischen Eingriffs weder die Stimme erhob, noch den Satz unterbrach.

Ich war schon öfter böse auf meine Eltern gewesen – aber dass ich sie gehasst hätte?

Erwin ließ mir keine Zeit, weiter über meine Familienverhältnisse nachzudenken, sondern fuhr, nachdem er erneut deutlich hörbar geschluckt hatte, langsam und unaufgeregt fort: »Auch Mama hat ihn von diesem Tag an gehasst. Sie sagte es nie, aber ich konnte es spüren. Bald darauf fing sie an, vormittags bei dem Arzt in unserem Dorf zu arbeiten. Sie sagte, dass es ihr zu Hause auf die Dauer zu langweilig wäre und dass wir das Geld gut brauchen könnten. Meinem Stiefvater war es eigentlich nicht recht, dass Mama arbeiten ging, aber schließlich gab er nach. Seither ist sie Sprechstundenhilfe bei Dr. Wittowski. Den mag ich sehr gerne, und immer wenn ich in seiner Praxis bin, zeigt er mir etwas. Ich habe auch schon sein Hörrohr – Stethoskop heißt das, glaube ich – benutzen dürfen und damit meinen eigenen Herzschlag hören können. Seit ich ihn kenne, möchte ich unbedingt Arzt werden.«

Erstmals in seinem langen Monolog hatte sich seine Stimme gehoben. Man hörte förmlich, wie sehr er den Doktor mochte.

»Einmal bin ich früher von der Schule nach Hause gekommen«, fuhr Erwin fort, »weil der Pfarrer krank war. Deshalb ist der Religionsunterricht in der letzten Stunde ausgefallen. Als ich dann zu Dr. Wittowskis Praxis ging, um meiner Mutter Bescheid zu geben und den Hausschlüssel zu holen, war sie geschlossen. Ich ging also heim, aber unsere Haustür war auch abgesperrt. Ich klingelte ein paar Mal und wollte schon wieder gehen, da hat Mama endlich die Tür aufgemacht. Sie hatte einen ganz roten Kopf und meinte, sie wäre ein wenig krank und deshalb zu Hause. Als ich eintrat und Dr. Wittowski verlegen lächelnd am Küchentisch sitzen sah, sagte sie, dass ihr Chef nach ihr gesehen hätte. Dann versprach sie mir eine Tafel Schokolade, damit ich Papa nichts von der Sache erzähle. Der würde sich vielleicht unnötig aufregen, wenn er erführe, dass meine Mutter in seiner Abwesenheit Besuch bekommt.

Die Schokolade erinnerte mich sehr an die ersten Besuche meines Stiefvaters und so hoffte ich, dass es diesmal genauso liefe. Erst bekomme ich Schokolade dafür, dass ich nicht da bin, später heiratet dann Mama den Mann.«

Ich konnte kaum noch atmen vor Aufregung. Mein Verdacht bestätigte sich. Jetzt passte alles zusammen. Ich überlegte, ob dieser Dr. Wittowski vielleicht groß und stattlich sei, mit dunklen, nach hinten gekämmten Haaren. Vielleicht würde ich Erwin später danach fragen.

»Natürlich sagte ich nichts zu meinem Stiefvater, ich bin ja nicht blöd.« Erwin lachte gezwungen. »Jedenfalls wurde es immer schlimmer zu Hause. Tagelang sprach mein Stiefvater kein Wort mit mir und Mama. Meist wusste ich nicht, warum.

In der Schule habe ich mich furchtbar angestrengt, damit es wenigstens deswegen keinen Ärger gab. Ich galt als Streber – das machte mich bei meinen Mitschülern nicht beliebter.«

Erwin schnaufte tief durch.

»Schließlich beschlossen meine Eltern, dass ich hierher ins Internat kommen sollte. Meine Mutter wollte, dass ich endlich Freunde habe, und mein Stiefvater wollte mich wahrscheinlich loswerden, um meine ›langweilige Visage‹, wie er sich ausdrückte, nicht mehr jeden Tag anschauen zu müssen.«

Ich hörte genau hin. Nichts – kein Schluchzer.

»Als ich dann hier war, hatte ich Heimweh nach meiner Mutter, war aber froh, meinen Stiefvater nicht mehr sehen zu müssen. Dann – endlich – hat ihn jemand umgebracht.«

›Jetzt weiß ich auch wer‹, dachte ich. Dabei war ich schockiert von der Kälte, mit der Erwin über den Tod seines Stiefvaters sprach.

»Ich weiß genau, was du jetzt denkst«, redete Erwin weiter. »Ich habe dasselbe gedacht. Es wurde im Dorf nämlich bereits getuschelt, dass der Doktor an seinen freien Vormittagen so oft einen Hausbesuch bei der Frau Kathan macht. ›Ob da wohl der Kaffee besonders gut schmeckt?‹ Mir wurden solche Sachen natürlich von den Klassenkameraden brühwarm erzählt. Aber ich tat so, als würde mich das Ganze überhaupt nicht interessieren.

Ich konnte es mir zwar nicht vorstellen, dass er jemanden umbringen würde. Der Herr Dr. Wittowski ist nämlich wirklich ein sehr netter Mann. Aber ich liebte ihn dafür, dass er das Schwein aus dem Weg geräumt hat.

Meine Mutter schärfte mir sofort bei unserem ersten Treffen nach dem Mord an meinem Stiefvater ein, dass ich nichts über Dr. Wittowski sagen sollte. Sie hat auch gleich die Stellung bei ihm gekündigt. Aus Trauer, wie sie behauptete. Ich glaube aber, dass sie mindestens so froh ist wie ich, den Mistkerl los zu sein.«

Wieder rutschte Erwin unruhig auf seinem Kübel herum. Ich meinte, genug gehört zu haben, doch Erwin war offensichtlich noch nicht zu Ende.

»Ich war mir also sicher, dass Dr. Wittowski der Täter war. Und ich wollte auf keinen Fall, dass er dafür bestraft würde. Bei den Verhören durch die Polizei sagte ich also nur das, was die Beamten sowieso schon wussten. Wenn sie weiter fragten, fing ich eben an zu weinen. Schließlich haben sie mich in Ruhe gelassen. Aber Inspektor Huber hat heute Nachmittag gesagt, dass seiner Meinung nach einer der Patres der Mörder wäre. Das wäre mir auch egal. Doch er redete von dem Risiko, dass der Täter vor einem weiteren Mord wohl nicht zurückschrecken würde, wenn noch jemand da wäre, der ihn belasten könnte. Seitdem sehe ich die Sache anders.«

Jetzt war ich baff. Es war doch alles klar. Dieser Dr. Wittowski hatte Erwins Stiefvater umgebracht. Was gab es da für eine andere Sachlage?

»Nachdem ich von dir und dem Inspektor weggegangen bin, habe ich mir zum ersten Mal den Abend der Ermordung meines Stiefvaters ganz genau durch den Kopf gehen lassen. Immer wieder und immer wieder, die ganze Studierzeit lang.«

Erwin sprach jetzt lauter. Er war sich seiner Sache sicher.

»Ich versuchte, mir alle Einzelheiten beim Betreten der Pforte noch einmal vor Augen zu führen. Und wirklich – es klappte.« Er machte eine kleine Pause. Ich spürte, dass er nichts Falsches sagen wollte. »Wir sind also durch die große Tür in den Pfortenraum gekommen. Viele Leute rannten da rum, Patres, Eltern und Schüler. Mein Stiefvater stieß plötzlich mit Pater Aurelian zusammen, wonach beide sich entschuldigten. Einige Mönche kamen aus dem Kreuzgang und gingen in das Pfortenkämmerchen. Pater Ignaz stapfte mit eingezogenem Kopf durch die Menge. Er achtete ängstlich darauf, von niemandem berührt zu werden. Mein Stiefvater hatte nach seinem Zusammenstoß mit Pater Aurelian kurz den Koffer abgesetzt. Als er ihn wieder aufheben wollte, hörte man deutlich die laute Stimme von Frater Innozenz. Er schimpfte den Schüler mit den dreckigen Schuhen aus. Meinem Stiefvater glitt nun der Koffer aus der Hand und fiel um. Erst stand er steif da, dann drehte er sich nach rechts in die Richtung, aus der die Stimme gekommen war. Ich sah ebenfalls in die Richtung und bemerkte den Pförtner. Der starrte mit weit aufgerissenen Augen zu uns herüber.«

»Es war ganz g'wiss der Innozenz, der Pförtner, zu dem dein Stiefvater hing'schaut hat?«, fragte ich verwirrt.

»Ja, ganz sicher«, entgegnete Erwin selbstbewusst. »Er hat den Koffer fallen lassen und dann haben sich die beiden angestarrt. Nicht lange – nur einige Augenblicke, aber von da an war mein Stiefvater verändert. Er sprach kein Wort mehr, er fing an zu schwitzen und … Den Rest kennst du ja selber.«

»Und warum sagst das alles erst jetzt?« Ich war sauer auf Erwin und schüttelte ärgerlich den Kopf.

»Ob du es glaubst oder nicht, ich habe nicht mehr daran gedacht. Besser gesagt, es hat mich nicht interessiert. Alles, was ich wollte, war, dass ich meine Mutter nicht enttäusche und Dr. Wittowski in Verdacht bringe. Ich habe also nichts gesagt, und bald interessierte sich niemand mehr für mich.«

Er atmete tief durch.

Plötzlich hörte ich Schritte auf dem Gang. Ganz deutlich. Erst leise, dann wurden sie immer lauter.

Es kam jemand von der Treppe her auf unser Versteck zu, und zwar ziemlich schnell.

Ich erstarrte. Alle hatten uns gewarnt: Huber, Max und Pater Zeno.

Es gab nur eine Person, die den wirklichen Täter belasten konnte. Das war Erwin. Und Erwin war im Augenblick nicht geschützt. Er war nicht auf dem Pausenhof, im Studiersaal oder an einem anderen Ort, wo ihm nichts passieren konnte, weil es jeder gesehen hätte, wenn ihm etwas zustößt.

Erwin war von der Außenwelt völlig isoliert in der Putzkammer. Das ganze Kloster schlief schon seit über einer Stunde. Niemand würde ihn hier hören, wenn er schreien sollte.

Und ich? Ich war ebenfalls kein Problem für einen Erwachsenen. Der Mörder konnte mit einem Messer umgehen, das wusste ich. Ich würde die Sache zwar etwas komplizierter machen, aber nur unwesentlich. Für jemanden, der einen ehemaligen Frontsoldaten ohne Schwierigkeiten abgestochen hat, war ich kein Problem.

Wie konnte ich nur so blöd sein und mich von der Klasse entfernen?

Jetzt kam er. Er kam, um den letzten Zeugen zu beseitigen. Und ich, ich hatte eben einfach das Pech, dass ich auch da war.

Vielleicht sollte ich mich wehren. Oder schreien.

Aber ich konnte mich weder bewegen, noch hätte ich einen Ton herausgebracht. Meine Kehle war wie zugeschnürt, mein Mund staubtrocken. Das Herz raste.

Nur das Gehör funktionierte noch. Unerträglich laut erschien mir Erwins Atem. Konnte der nicht ein bisschen leiser schnaufen? Das musste man doch hören.

Und dann der Lärm der sich nähernden Schritte.

Was waren das überhaupt für Schritte? Kurze, hastige Tapper, und sie wurden immer lauter.

Wer konnte das sein? Wer kam, um uns umzubringen? Jetzt spürte ich meinen gehetzten Pulsschlag im Hals.

Auf keinen Fall Pater Innozenz – der würde humpeln. – Auch nicht Aurelian. Der hatte einen langen, eleganten Schritt.

Es war Pater Zeno, und er kam, um uns zu …

Natürlich Zeno. Er hatte immer alles gewusst. Er konnte alles steuern. Er war die letzte Zeit so verändert, so besorgt, dass uns ja nichts passiert. Alles, was uns auffällt, sollten wir ihm sagen, damit er immer wusste, wie es stand. Mehrmals hat er uns das eingeschärft.

Und – er wusste, wer der einzige Zeuge war und wo sich der gerade aufhielt. Er hatte uns beobachtet, wie wir den Schlafsaal verlassen hatten. Jetzt nutzte er seine Chance.

Alles passte.

Nur noch ein paar Schritte, dann war er vor der Putzkammer. Drei, zwei, eins, jetzt. –

Seltsam. Er blieb vor unserer Tür nicht stehen. Er eilte vorbei, man hörte den Schlüsselbund, und dann schloss Zeno sein Präfektenzimmer auf, das direkt neben der Putzkammer lag.

Ich wagte kaum zu atmen.

»Was Pater Zeno wohl so spät noch macht?«, flüsterte Erwin.

»Psst«, wisperte ich in seine Richtung. Er schien keine Ahnung zu haben, welche Höllenängste ich hier ausstand.

Nach einer kleinen, stillen Ewigkeit hörten wir den Schlüsselbund abermals. Das Präfektenzimmer wurde abgeschlossen, und die Schritte gingen am Putzkämmerchen vorbei in Richtung Treppe, wo Pater Zenos Schlafkammer lag.

Ich hatte mich schon wieder einigermaßen beruhigt, als Erwin von neuem anfing: »Es liegt mir nichts daran, dass der Mörder meines Stiefvaters bestraft wird. Verstehst du? Im Gegenteil – ich finde, er hätte einen Orden verdient. Den Tod vom Abt und von Pater Melchior finde ich natürlich nicht in Ordnung. Wenn aber die Gefahr besteht, dass einer von uns, das heißt Max, du oder ich umgebracht werden könnten, dann muss der wahre Mörder festgenommen werden. Wenn mir etwas zustoßen sollte – das würde meine Mutter nicht ertragen. Und ich möchte ihr doch keine Sorgen machen, verstehst du?«

»Und du bist dir ganz sicher, dass der Pförtner etwas mit der Sache zu tun hat?«

Schön langsam konnte ich mich nach dem Schrecken wieder darauf konzentrieren, was Erwin gesagt hatte.

»Das kann ich nicht behaupten, Kaspar«, gab er jetzt unsicher zurück. »Jedenfalls hat die Stimme oder der Anblick von Frater Innozenz meinen Stiefvater aus der Fassung gebracht.«

Erwin gähnte, und auch ich merkte plötzlich meine Müdigkeit.

»Ist es dir eigentlich recht, wenn ich alles, was du mir erzählt hast, dem Inspektor sag?«

Ich starrte angestrengt in Richtung Erwin, den ich aber wegen der Dunkelheit nicht richtig sehen konnte.

»Sag ihm nur das von Frater Innozenz. Der Rest geht ihn nichts an. Ich habe dir alles nur erzählt, weil wir doch« – er stockte ein wenig – »weil wir doch Freunde sind.«

Plötzlich hatte ich ein fürchterlich schlechtes Gewissen. Erwin wollte mit einem Freund reden, und ich hatte ihn nur ausgehorcht.

Ich stand schnell auf und tastete mich zur Tür. Als ich sie einen Spaltbreit geöffnet hatte, legte Erwin unvermittelt seine Hand auf meine Schulter. Ich drehte mich um und schaute in sein Gesicht, das ich jetzt durch das ungewohnte Licht aus dem Gang deutlich sah.

Die Tränen liefen ihm dick über die Backen, trotzdem lächelte er mich scheu an.

In der Nacht träumte ich schlecht.

Ich wurde verfolgt und wollte davonrennen. Aber die Beine waren so schwer, und ein starker Wind hielt mich auf. Ich ruderte mit den Armen, doch so ging es auch nicht besser.

Wenn ich mich umdrehte, sah ich eine vermummte Gestalt, die immer näher kam. Die Gestalt sah aus wie ein Mönch. Ich wollte schreien, aber ich konnte nicht.

Schließlich war mein Verfolger direkt hinter mir. Er wollte mich packen.

»Auf, auf in Gottes Namen.« Pater Zeno eilte durch den Schlafsaal, um die Vorhänge zurückzuziehen. Er war sich sicher nicht bewusst, dass er mir gerade das Leben gerettet hatte.

Kapitel XI

Der letzte Akt

Während des Mittagessens kam Pater Zeno zu mir und sagte, ich sollte nach der Mahlzeit an der Pforte auf ihn warten, damit wir zusammen ins Krankenhaus zu Max fahren könnten.

Als ich dort schon eine Weile herumstand, kam Frater Innozenz mit seinem Stock aus dem Kämmerchen gehumpelt.

»Na – auf wen wartest du denn?«, fragte er freundlich.

»Ich fahr mit dem Pater Zeno zum Max ins Krankenhaus. Wir wollten uns hier an der Pforte treffen«, erwiderte ich.

Ich dachte an gestern Abend und daran, was Erwin gesagt hatte. Was konnte dieser bärtige, grauhaarige Mönch wissen? Mit seiner freundlichen Art war er sicher eine der beliebtesten Personen im Beusl. Konnten seine hellbraunen Augen irgendein Geheimnis verbergen?

»Dann sag dem Max mal einen schönen Gruß von mir und gute Besserung.« Er lächelte gewinnend. »Und wenn er seinen Onkel, den Polizisten, mal sehen sollte, dann soll er ihm ausrichten, dass ich mich für mein Benehmen entschuldigen möchte. Der weiß dann schon, was ich meine.«

Der Mönch drehte sich um und humpelte in seine Kammer zurück.

Bald darauf kam Pater Zeno und wir fuhren zusammen nach Murnau ins Krankenhaus. Auf dem Weg dorthin sprachen wir kein Wort. Ich war versunken in meine Gedanken über Pater Innozenz. Zeno dagegen musste sich ganz auf den Verkehr konzentrieren, denn er war ein fürchterlich schlechter Autofahrer. Nachdem ihm an einer Kreuzung der Wagen abgestorben war und er kurz darauf beinahe einen Radfahrer erlegt hätte, weil er vergessen hatte, den Blinker zu setzen, erreichten wir doch noch glücklich unser Ziel.

Wir fragten an der Auskunft nach Max Stockmeier und gingen dann in den ersten Stock zu dem beschriebenen Krankenzimmer.

Als wir eintraten, hätte mich bald der Schlag getroffen. Mit einem Stapel Kissen im Rücken saß Max aufrecht in seinem Bett und hatte einen Kuchenteller auf dem Schoß. Am Fußende hockte Inspektor Huber und grinste uns erwartungsvoll an.

Max begrüßte uns ebenfalls freudig, aber als er eine flinke Handbewegung machen wollte, durchzuckte ihn der Schmerz.

Pater Zeno und ich gaben zuerst dem Inspektor und anschließend Max die Hand, dann setzte ich mich neben Huber auf die Bettkante, während der Präfekt stehen blieb.

»Na, wie geht's?«, fragte Pater Zeno meinen Freund, der mir nicht mehr sonderlich krank vorkam.

»Wie soll's schon gehen«, meinte er mürrisch. »Die Rippen tun sakrisch weh, und das Essen hier ist noch schlechter als wie im Beusl. Aber dafür haben wir jetzt die Lösung.«

Max blickte sich vielsagend im Zimmer um. Die Augen der anderen fünf Zimmergenossen – vier Erwachsene und ein Bub in unserem Alter – waren alle auf uns gerichtet.

Inspektor Huber beugte sich vor und sagte verschwörerisch: »Wir müssen uns in Ruhe unterhalten, und das ist hier wohl nicht möglich. Am besten gehen wir ins Schwesternzimmer. Mit der Oberin ist alles abgesprochen. Als sie gehört hat, dass ein Geistlicher bei unserer Runde dabei ist, hat sie gleich ihre Teeküche für eine intime Unterredung zur Verfügung gestellt.«

»Gut, gehen wir rüber«, meinte Pater Zeno. »Die Buben warten so lange im Krankenzimmer.«

Max hatte erschrocken die Augen aufgerissen und wollte schon etwas einwenden, aber Huber kam ihm zuvor: »Max und Kaspar sind weiter in die Sache hineingezogen worden, als ich das wollte. Das können Sie mir glauben. Jetzt sollen sie auch dabei sein, wenn wir, wie ich hoffe, das Ganze zu Ende bringen.«

Ernst blickte er zu Pater Zeno. Dazu nickte er aufmunternd, als wollte er dem Mönch einen Ruck geben, damit er zustimmt.

Der Präfekt kniff die Lippen zusammen. »So geht das nicht. Jugendliche sollten mit derartigen Dingen ohnehin nicht in Kontakt kommen. Und von jetzt an ist das Detektivspielen endgültig vorbei.«

»Aber ich weiß was ganz Wichtiges«, warf ich ein.

Ich wollte nie mehr wieder so viel Angst haben wie letzte Nacht, als Pater Zeno an unserem Versteck vorbeigelaufen war.

Deshalb musste der Inspektor erfahren, was Erwin gesagt hatte.

»Ich auch. Ich weiß ebenfalls was ganz Wichtiges.« Max hatte sich im Bett aufgerichtet und die Hände wie zum Gebet gehoben. »Pater Zeno, Sie können mich doch nicht hier sitzen lassen.«

Max war so verzweifelt, dass er keine Schmerzen mehr hatte.

»Wir brauchen die Buben. Es hilft einfach nichts.« Der Inspektor warf sich für uns in die Bresche.

Pater Zeno verdrehte die Augen und schüttelte ungläubig den Kopf. Er war es nicht gewohnt, dass man ihm widersprach.

Schließlich stand er auf und ging zur Tür. Dort drehte er sich um. »Na, dann kommt endlich. Und zwar alle. Sonst krieg ich ja doch keine Ruhe.«

Huber half Max aus dem Bett und stützte ihn. Zusammen verließen wir das Krankenzimmer und gingen in den direkt gegenüberliegenden Aufenthaltsraum der Krankenschwestern.

Als wir eintraten, war gerade eine Schwester mit dem Teekochen beschäftigt.

»Gelobt sei Jesus Christus«, sagte sie leise in Richtung Pater Zeno, der in seiner schwarzen Kutte natürlich sofort als Ordensmann zu erkennen war.

Der Mönch antwortete gewohnheitsgemäß: »In Ewigkeit, Amen.«

»Mögen die Herren vielleicht einen Kaffee?«, fragte die Schwester geschäftig in Richtung Zeno, wobei sie ihn mit einem beinahe verliebten Augenaufschlag ansah.

»Machen Sie sich bitte keine Umstände«, entgegnete der Mönch. Ihm schien die Situation peinlich, und seine Augen schweiften unruhig in dem ganzen Raum umher.

Das Schwesternzimmer war in etwa so groß wie das gegenüberliegende Krankenzimmer. In der Mitte stand ein großer, rechteckiger Tisch mit acht Stühlen, und an der Längswand die Küchenzeile mit einem Gasherd, einem Spülbecken und einer Anrichte. Die ganze Einrichtung war in diesem ekelhaften, hellbeigen Krankenhauston gehalten, der mich sofort an die Haferschleimsuppe im Krankenzimmer erinnerte.

»Ich könnt schon einen guten Kaffee vertragen, wenn es nichts ausmacht«, meinte Huber.

Ihm gefiel das Spielchen, bei dem ihm eine untergeordnete Rolle neben dem Geistlichen zugedacht war. Er grinste die Schwester breit an, was diese mit einem empörten Gesichtsausdruck erwiderte.

Pater Zeno warf dem Polizisten einen bösen Blick zu, dann sah er freundlich zu der Krankenschwester hin, die offensichtlich nicht bereit war, Befehle von ungeistlicher Seite entgegenzunehmen.

»Ach, wenn der Herr Huber einen Kaffee will, dann würde ich mich auch über eine Tasse freuen.«

Nun lächelte er die nicht mehr ganz junge Ordensschwester an.

Umständlich setzte sie Kaffeewasser auf und werkelte an dem Gasherd herum. Max und ich bekamen eine Tasse lauwarmen Kamillentee, den ich nur kurz zu probieren brauchte, um verstehen zu können, warum Max ihn nicht einmal anschaute.

Bis der Kaffee fertig war, wurde in dem Raum kein einziges Wort mehr gesprochen. Als die beiden Männer dann endlich ihre dampfenden Tassen vor sich hatten, bat Pater Zeno die Schwester, die ihm unbedingt noch ein Stück

Hefezopf servieren wollte, uns allein zu lassen. Man habe etwas sehr Wichtiges zu besprechen. Die Schwester warf den Kopf zurück und verließ grußlos den Raum.

Mit einem Schmunzeln auf den Lippen ergriff nun Inspektor Huber das Wort: »Wir kennen ja alle die Sachlage. Pater Pius sitzt immer noch in Untersuchungshaft. Es ist aber nichts Vernünftiges aus ihm rauszukriegen, und ich glaube immer weniger, dass er es war. Durch den Entzug von Morphium ist er in einem fürchterlichen Zustand. Ich bin sicher, dass er längst gestanden hätte, wenn es etwas zu gestehen gäbe. Meiner Meinung nach ist er der Falsche, aber die Indizien sprechen natürlich gegen ihn. Also wird er in Haft bleiben, bis wir den wirklichen Täter haben. Finden wir den nicht, wird Pater Pius der Prozess gemacht. Und zwar bald.«

Huber nahm einen kleinen Schluck Kaffee, setzte die Tasse langsam auf den Tisch und sah dann Pater Zeno an.

»Warum schauen Sie so komisch?«, fragte der Präfekt nervös.

»Ich denke, dass ich Ihnen vielleicht Folgendes erzählen sollte.« Huber fixierte weiterhin Pater Zeno. »Frater Innozenz, Pater Aurelian und Pater Ignaz weisen eine große Parallele auf. Herr Kathan hat die drei an dem Sonntagabend im Pfortenbereich getroffen. Natürlich ist er noch vielen anderen Leuten dort begegnet, vielleicht auch dem Abt und Pater Pius. Aber wir beschränken uns jetzt einmal auf die ersten drei.«

Pater Zeno hörte dem Inspektor mit zusammengekniffenen Augen angespannt zu. Von Zeit zu Zeit holte er laut Luft, als wollte er etwas einwenden, ließ es dann jedoch bleiben.

»Wir sind in unseren Ermittlungen so weit, dass wir sagen können, dass das Motiv zumindest für die Ermordung von Herrn Kathan in dessen Vorleben liegen muss. Was war nun der dunkle Punkt in seiner Vergangenheit?« Der Inspektor machte eine kleine Pause und sah sich um. »Es war die Zeit des Krieges, an dem Kathan als Unteroffizier der Infanterie teilgenommen hat. Ich habe noch einmal die Unterlagen aus seinem Geheimfach durchgesehen. Er hat bis zum 14. September 1944 regelmäßig Eintragungen in sein Tagebuch gemacht. Dabei hat er den Kriegsalltag und seine persönlichen Erfahrungen beschrieben. Mehrmals betonte er, dass die Kameradschaft das einzig Positive an diesem Wahnsinn wäre. Ein paar Mal schon hatten ihn Kameraden aus scheinbar aussichtslosen Situationen herausgeholt. Dann plötzlich – am 14. September – brechen die Eintragungen ab. Er führte das Tagebuch auch später nicht mehr weiter. Ich habe lange darüber nachgedacht und glaube, es muss sich an dem Tag etwas so Einschneidendes ereignet haben, dass er es nicht einmal seinem Tagebuch anvertraut hat. Die Eintragungen bis dahin waren sehr offen, und ich meine, er wollte nicht mehr weiterschreiben, weil er etwas sehr Wichtiges hätte auslassen müssen. Das hätte wohl seinem Verständnis von einem Tagebuch widersprochen.

Die Umstände an der Ostfront waren gegen Ende des Krieges eher unübersichtlich und meine Nachforschungen für den 14. September ergaben nichts Besonderes. Der Durchbruch der Russen erfolgte erst später. Ich habe dann die Namensliste von Kathans Kompanie angefordert und nachgesehen, ob vielleicht jemand aus dem Kloster im selben Truppenteil gewesen ist. – Fehlanzeige.

– Auffallend war jedoch, dass Kathans Kompanie an diesem 14. September 1944 große Verluste hinnehmen musste. Warum, konnte niemand erklären.«

Wir lauschten gebannt.

»Nun meine Theorie: Herr Kathan betritt am Sonntagabend das Kloster, wobei es im Eingangsbereich drunter und drüber geht. Aus Versehen rempelt er einen Pater an und entschuldigt sich. Er will weitergehen, da entschuldigt sich auch der Mönch. Kathan erkennt dessen Stimme wieder. Etwas Fürchterliches aus seiner Vergangenheit ist ihm begegnet. Erinnerungen tauchen auf. Er kann nicht glauben, dass dieser Mann nun im Kloster lebt. Er geht zum Abt und berichtet ihm von der Vergangenheit des Mitbruders. Welche Anschuldigungen Kathan hatte, wissen wir nicht. Der Abt lässt den Mönch zu sich kommen und berichtet ihm von Kathans Anschuldigungen. Der Beschuldigte will um alles in der Welt verhindern, dass seine wahre Identität entdeckt wird und vergiftet den Abt. Anschließend ruft er in den Gasthäusern in Heiligenbeuern an, um sich mit Kathan zu treffen und auch ihn zu beseitigen. Ich habe keine Ahnung, woher der Mörder wusste, dass Kathan die Nacht in der Stadt verbringen wollte. Vielleicht hat es ihm der Abt gesagt. Jedenfalls trifft der Mann seinen früheren Kameraden und ermordet ihn, damit der nichts mehr ausplaudern kann.«

Stolz blickte der Polizist in die Runde.

»Und wer ist es Ihrer Meinung nach nun gewesen?« Pater Zenos Stimme klang müde, beinahe resignierend.

»Es muss Pater Aurelian gewesen sein. Er ist groß, jung genug, kräftig und –«, Huber machte eine Pause, »und er ist beidhändig. Außerdem kümmert er sich in letzter Zeit besonders liebevoll um unsere beiden jungen Detektive. Auf diese Weise meint er wohl, sie am besten unter Kontrolle zu haben. Nachdem die zwei in der Bibliothek nach einem Buch über Gifte gefragt haben, wusste er, dass sie ihm auf der Spur sind.«

»Und wie hat er an dem besagten Sonntagabend so schnell die Digitalislösung aus der Klosterapotheke besorgt? Pater Aurelian hat doch gar keinen Schlüssel zur Krankenstation«, warf Pater Zeno ein.

Der Inspektor war irritiert. »Das steht doch gar nicht zur Debatte. Außerdem haben die Buben ja g'sehen, wie schnell ich das Schloss zum Krankenzimmer mit einem ganz einfachen Dietrich aufg'macht hab.«

Pater Zeno sah den Polizeibeamten interessiert an. Von dem pikanten Detail wusste er anscheinend noch gar nichts.

»Und Sie glauben, dass auch Pater Aurelian diese außergewöhnlichen handwerklichen Fähigkeiten hat?« Pater Zeno musterte den Inspektor mit einer Mischung aus Skepsis und Ironie.

»Es ist wirklich ganz einfach. Ich hab's selber ausprobiert.« Max konnte einfach nicht mehr still sein.

Pater Zeno quittierte den Einwurf mit einem schnellen, bösen Blick.

»Ich glaub, es ist ganz anders g'wesen«, sagte ich. Max schaute mich verwundert an. Er hatte wohl nicht erwartet, dass ich zu dem Thema etwas beisteuern konnte. »Ich hab gestern noch einmal mit dem Erwin g'redet.« Wann und wo wir uns unterhalten hatten, ließ ich in Anwesenheit unseres Präfekten besser weg. »Wir haben den Erwin ganz falsch eing'schätzt, weil er doch immer gleich losweint, wenn er sich in die Enge getrieben fühlt. Er ist aber unser einziger Zeuge. Er hat als Einziger mitgekriegt, wie sein Stiefvater auf einmal so komisch 'worden ist. Gestern Nachmittag hat er dem Inspektor und mir schon ein paar Details drüber verraten, was an der Pforte wirklich passiert ist.« Ich warf dem Inspektor einen kurzen Blick zu. »Später hat er mir dann die ganze Wahrheit g'sagt: Blass ist der Kathan erst 'worden, als der Frater Innozenz einen Schüler mit dreckigen Schuhen g'schimpft hat. Der Kathan hat den Pförtner dann ernst ang'schaut und der Innozenz ihn genauso. Und von dem Moment an war sein Stiefvater so narrisch verändert. Da ist sich der Erwin ganz sicher.«

Im Schwesternzimmer herrschte jetzt absolute Ruhe. Nur vom Gang her waren Geräusche und Stimmen zu hören.

»Herrschaftzeiten, warum hat der Hundsbub uns das nicht früher g'sagt?« Dem Inspektor war die Zornesröte ins Gesicht gestiegen. »Pater Melchior könnt vielleicht noch leben, wenn wir das eher g'wusst hätten.«

»Ich glaub, der Erwin wollt gar nicht, dass der Mörder von seinem Stiefvater erwischt wird«, erklärte ich, und es sollte eine Entschuldigung für Erwins Verhalten sein. »Der Erwin hat seinen Stiefvater nicht mögen. Er war froh, als er ihn endlich los war. Dass er mit seinem Verhalten noch andere Leut in Gefahr 'bracht hat, hat er sicher nicht wollen.«

Der Inspektor stand auf. Als Max etwas sagen wollte, legte er den Zeigefinger kurz auf den Mund, um meinem Freund anzudeuten, dass er jetzt Ruhe brauchte.

Zweimal umrundete er den großen Tisch. Dann stützte er sich einen Augenblick auf die Rückenlehne seines Stuhls, zog diesen schließlich zurück und setzte sich wieder.

»Jetzt passt's«, begann er. »Pater Aurelian hat ›Entschuldigung‹ zum Herrn Kathan gesagt oder so was Ähnliches. Zur gleichen Zeit hat Frater Innozenz einen Schüler wegen seiner dreckigen Schuhe ausgeschimpft. Was klingt wohl eher nach Militär? Was klingt eher nach Kasernenhof?« Er wartete die Antwort nicht ab. »Der Frater Innozenz ist durch seinen Bart und durch die Mönchskutte kaum zu erkennen für jemanden, der ihn rasiert und in Uniform gekannt hat. Und das noch dazu vor so langer Zeit.«

Huber hatte den Kaffeelöffel in die rechte Hand genommen und schlug sich damit leicht auf seinen linken Handrücken.

»Der Mensch kann aber seine Stimme nur schwer verändern. Herr Kathan muss seinen Mörder also an der Stimme wiedererkannt haben. Der Rest von der Geschichte wird in etwa so g'wesen sein, wie ich schon g'sagt hab.«

»Was ist aber mit dem anderen Toten? Wieso hätt der Frater Innozenz den Pater Melchior vergiften sollen?« Pater Zeno schaute den Polizisten ungläubig an.

»Vielleicht hat Pater Melchior eine Gefahr für ihn dargestellt.« Huber war sehr konzentriert. »Sie wissen doch, dass manche Mönche gerne an die Pforte gehen oder auch ins Pfortenkammerl, um sich dort zu unterhalten. Vielleicht ist Pater Melchior dort hingegangen und hat mit dem Pförtner über seinen Verdacht geredet. Vielleicht hat Frater Innozenz auch das Telefonat mitgehört, das der Apotheker mit mir am Sonntagvormittag geführt hat. Danach hat der Pförtner genau gewusst, dass Pater Melchior noch einmal mit mir reden wollte. Das einzige Telefon im ganzen Kloster steht doch in der Pforte, oder?«

Pater Zeno nickte versonnen. Er stand auf, ging ans Fenster und sagte leise: »Jetzt haben wir also neben Pater Pius noch einmal zwei Tatverdächtige, den Pater Aurelian und den Bruder Pförtner. Diese Unterstellungen müssen aber endlich einmal aufhören. Gibt es denn keine Möglichkeit, die Sache bald zu Ende zu bringen?«

Nun sah er den Inspektor herausfordernd an. Dieser rutschte verlegen auf seinem Stuhl hin und her und machte eine hilflose Handbewegung.

Pater Zenos Gesicht rötete sich merklich.

»Mir wird das schön langsam zu blöd.« Er war vom Fenster zu uns an den Tisch herangetreten und giftete los: »Zuerst soll es der Pater Melchior gewesen sein. Der ist jetzt tot. Dann war es der Pater Pius. Der sitzt jetzt im Gefängnis. Aber der Herr Inspektor glaubt trotzdem nicht, dass er es war. Und ich glaube es auch nicht. Dann kommen die neuen Verdächtigen: Pater Ignaz, Pater Aurelian und nun der einarmige Frater Innozenz. Letzterer deshalb, weil er einen Schüler wegen seiner dreckigen Schuhe ausgeschimpft hat und anschließend von Herrn Kathan angeschaut wurde.«

Mittlerweile hatte er sich mit beiden Händen auf den Tisch gestützt und weit in Richtung Inspektor vorgebeugt. »Beweise brauchen Sie, mein Lieber, Beweise. Nicht irgendwelche Hirngespinste und ein paar Buben, die gerne Detektiv spielen.«

Er stieß sich vom Tisch ab und ging wieder zum Fenster, von wo aus man in den herbstlichen Krankenhausgarten sehen konnte. Kopfschüttelnd und mit gedämpfter Stimme fuhr er fort: »Und ich habe mich für einen solchen Unsinn hergegeben. Mein Gott, wie konnte ich nur so dumm sein.«

Betreten sahen wir zu dem Präfekten, der sich ans Fensterbrett angelehnt hatte und seinen kurzen Körper streckte.

Wir alle schienen dasselbe zu denken: Er hat Recht. Pater Zeno hat Recht.

Eine Weile waren wir wie gelähmt. Gerade als wir geglaubt hatten, die Mordfälle wären gelöst, wurde uns klar, dass wir keine Beweise hatten. Nichts.

Plötzlich überkam mich die Angst von gestern Nacht und fuhr mir wie Blei in die Magengrube. Ich wusste Dinge, die ich besser nicht wissen sollte. Und dieses Wissen brachte mich in Gefahr. Immer wieder würde ich Angst haben, immer wieder schlecht träumen. So lange, bis der wirkliche Täter gefasst war.

Max kaute auf seiner Unterlippe herum und schien eine Weile seine Umgebung gar nicht wahrzunehmen. Unvermittelt kam wieder Leben in meinen Freund und er wandte sich an Pater Zeno, der immer noch am Fenster stand: »Frater Innozenz hat doch immer schon die Fußballmannschaft im Stift trainiert. Wie geht denn das, wo er so schlecht zu Fuß ist.«

»Er klagt erst seit ein paar Wochen über diese starken Schmerzen im Bein. Bis zum letzten Schuljahr war er noch mindestens zweimal in der Woche auf dem Sportplatz.« Pater Zeno hatte sich beim Reden nicht einmal zu uns hergedreht. »Wollt ihr ihm das kranke Bein jetzt auch noch zum Vorwurf machen?«

Ich dachte angestrengt nach. War Frater Innozenz bereits in den ersten Wochen, die ich im Kloster verbracht hatte, so elend herumgelaufen? Ich konnte mich beim besten Willen nicht erinnern, denn zu viele neue Eindrücke waren damals auf mich eingestürmt, zu viele neue Menschen waren mir begegnet. Außerdem begriff ich nicht, was das kranke Bein des Pförtners mit den Morden zu tun haben sollte.

»Natürlich wäre das Hinken eine weitere Tarnung für den Frater Innozenz gewesen, neben der Kutte und seinem Vollbart. Außerdem traut man einem hinkenden Einarmigen nicht zu, dass er einen großen, kräftigen Mann ermordet und anschließend in die Loisach wirft.« Der Inspektor hatte inzwischen das Zigarettenetui aus der Jacke gezogen und sich eine Zigarette in den Mund gesteckt, ohne sie aber anzuzünden. Während er nuschelnd sprach, hüpfte sie lustig auf und ab. »Natürlich ist es möglich, dass er wirklich Beschwerden mit seinem Bein hat und wir ihm Unrecht tun. Wenn die Beschwerden aber zu seiner Tarnung beitragen sollten, so frage ich mich, vor wem er sich tarnen wollte? Vor der Polizei, vor Herrn Kathan oder vor beiden?«

Pater Zeno hatte sich am Fenster zu uns herumgedreht, die Arme vor der Brust verschränkt, und sah den Inspektor halb gelangweilt, halb mitleidig an.

»Beweise, mein Lieber, Beweise.«

Hier war sie wieder, Pater Zenos kalte Arroganz. Die Mundwinkel leicht nach unten gezogen, musterte er den Inspektor wie einen dummen Schulbuben.

Dem platzte jetzt aber der Kragen. Mit einer plötzlichen Bewegung riss er sich die Zigarette aus dem Mund und warf sie achtlos auf den Tisch, während er wie von der Tarantel gestochen aufsprang. Sein viereckiges Gesicht war puterrot angelaufen, und er fixierte den verdutzten Pater mit weit aufgerissenen Augen.

»Von schlauen Sprüchen hab ich aber jetzt endgültig genug«, brach es aus ihm heraus. »Ich hab nämlich ein sehr großes Problem, falls Pater Pius nicht der Mörder ist.« Er nahm die Zigarette mit der rechten Hand wieder auf und spielte nervös mit ihr herum. »Wenn also Pater Pius nicht der Mörder ist, dann läuft der Täter immer noch frei rum. Und das könnte für den einen oder anderen der Leute, die mehr über die Morde wissen – also für uns –, schlimme Folgen haben. Pater Melchior musste sterben, weil er zu viel wusste, und ich bin sicher, dass der Mörder auch vor einer weiteren Tat nicht zurückschrecken würde, um unentdeckt zu bleiben. Sehen Sie, Pater Zeno, aufgrund der Umstände muss ich auch Sie verdächtigen, ob ich will oder nicht. Eigentlich müsst ich auch Ihr Zimmer durchsuchen lassen und Sie in der Dienststelle nach allen Regeln der Kunst befragen. Sie wissen schon, mit Fangfragen, Verwicklungen in Widersprüche, Wiederholungen der Fragen und so weiter und so weiter.«

Pater Zeno hatte sich inzwischen hingesetzt und rührte mit seinem Löffel in dem bereits kalten Kaffee.

Huber ließ ihn nicht aus den Augen und fuhr fort: »Das müsste ich alles machen, da ich die Befürchtung hab, dass sonst noch mal ein Unglück geschieht. Und ich wäre für dieses Unglück verantwortlich, nachdem mir der Fall übertragen worden ist. Sie verstehen das doch sicher.«

Man konnte Hubers enorme Angst vor einem Fehler geradezu spüren.

Pater Zeno blickte von seiner Kaffeetasse nicht auf. Er holte tief Luft und sagte dann mürrisch, wobei seine Nasenflügel leicht zitterten: »Mein lieber Herr Inspektor, Sie können sich wohl vorstellen, dass Sie damit mein Leben zerstören würden. Ich bin es nicht gewesen, das versichere ich Ihnen. Sollte aber nur der leiseste Verdacht auf mich fallen, so würde mir niemand mehr seine Kinder anvertrauen. Und ob Sie es glauben oder nicht: Ich liebe meinen Beruf oder besser gesagt meine Berufung. Ich glaube nämlich nicht, dass man den Beruf des Priesters und Erziehers mit einem anderen gleichstellen kann.« Wieder war diese Arroganz in seiner Stimme, die den Inspektor offensichtlich irritierte. »Sehen Sie, Herr Huber, der Konvent der Patres ist meine Familie, und die mir anvertrauten Kinder sind meine Kinder. Glauben Sie nicht, dass auch ich große Angst um die beiden habe?« Er machte eine Kopfbewegung in die Richtung von Max und mir. »Ich weiß nicht, ob die zwei es gemerkt haben, aber ich hab sie seit einiger Zeit nicht mehr aus den Augen gelassen, damit nichts passiert. Allein der Gedanke an einen weiteren Mord macht mich wahnsinnig.«

Jetzt nahm er doch einen Schluck von dem kalten Kaffee und hob den Kopf, um den Inspektor mit seinen klugen, blauen Augen anzusehen.

»Mein lieber Pater Zeno. Sie werden es mir vielleicht auch nicht glauben, aber ich nehme Ihnen das ab.« Huber schnaufte laut durch. »Sie verstehen jedoch sicher auch meine Problematik. Ich brauche den Mörder – und zwar den richtigen und nicht einen körperlich und seelisch ruinierten Morphinisten in Untersuchungshaft, der für eine Dosis Rauschgift alles erzählen würde, was ich hören will, ob es nun wahr ist oder nicht. Ich fürchte, dass im Kloster immer noch eine Zeitbombe tickt. Und ich kann momentan nicht mit Sicherheit ausschließen, dass Sie diese Zeitbombe sind.«

Die beiden Männer musterten sich eine Zeit lang, bis Pater Zeno endlich sagte: »Gut. Wenn es etwas gibt, was ich tun kann, damit dieser Irrsinn endlich aufhört, mache ich es.«

Dem Inspektor zog ein breites Grinsen über sein Gesicht. Er fuhr sich mit der rechten Hand über die Stirn und meinte: »Ich muss wissen, wann Frater Innozenz angefangen hat zu humpeln.«

Der Präfekt überlegte einen Augenblick. »Das war zu Beginn dieses Schuljahres. Bis dahin konnte man kaum erahnen, dass Frater Innozenz ein verletztes Bein hat. Plötzlich klagte er über Schmerzen im Knie und meinte, dass er das Fußballtraining bald nicht mehr machen kann. Das Spiel gegen Ettal letzten Samstag war wohl sein letzter Einsatz. Für mich war das ohne Belang, da die achte Klasse ohnehin nie an seinem Training teilnehmen durfte.« Missmutig strich der Pater sein lichtes, blondes Haar nach hinten. »Mir fiel auf, dass er immer öfter seinen Stock zur Hand nahm und in letzter Zeit gar nicht mehr ohne Gehhilfe anzutreffen war. Er sagte erst kürzlich zu mir, das käme alles von dem Unfall, bei dem er auch seinen rechten Arm verloren hat.«

»Wann war dieser Unfall?« Der Inspektor hatte seinen Block aus der Jacke gezogen und machte sich mit hastigen Bewegungen Notizen.

»Das muss irgendwann vor dem Krieg gewesen sein«, erwiderte Pater Zeno kühl.

Huber verzog sein Gesicht. »Dasselbe hat er mir auch gesagt.«

Die Spur schien nicht ergiebig.

»Der Stock. Der Stock.«

Max schlug sich mit der flachen Hand an die Stirn. Die Augen hatte er weit aufgerissen und sein Blick wanderte zwischen dem Inspektor und Pater Zeno hin und her. Er schnaufte wie nach einer großen Anstrengung. Mehrmals holte er Luft und setzte zum Sprechen an. Offensichtlich wollte er zu viel auf einmal sagen und brachte deshalb gar nichts heraus. Schließlich beruhigte er sich und begann:

»Der Stock könnt des Rätsels Lösung sein. Pater Zeno hat doch g'sagt, dass der Frater Innozenz in der letzten Zeit, also nach den Mordfällen, nimmer ohne den Stock anzutreffen war. Dafür gibt's zwei Erklärungen.« Max sah in die Runde, um sich zu vergewissern, dass alle ihm folgen konnten. »Entweder ist sein Knie in der letzten Zeit wirklich schlechter 'worden – das wär natürlich ein ganz komischer Zufall – oder aber…«, jetzt machte er eine kleine Pause und hob den rechten Zeigefinger, als wollte er sich im Unterricht melden, »oder aber er will den Stock einfach nimmer aus der Hand geben. Wenn das so wär, müssen wir uns überlegen warum.«

Mit einem breiten Grinsen schaute er dem verblüfften Inspektor ins Gesicht.

Pater Zeno starrte angespannt in seine Kaffeetasse. Langsam bewegten sich die Kaumuskeln in dem breiten Gesicht. Die Knöchel der rechten Hand, mit der er den

Kaffeelöffel hielt, färbten sich weiß. Warum saß unser Präfekt so angespannt da?

Endlich brach der Inspektor das Schweigen. Sein Tonfall hatte sich geändert. Er sprach jetzt sehr langsam, überlegte jeden Satz.

»Herr Kathan wurde niedergeschlagen. Der erste Angriff des Mörders ist demnach mit einem Prügel oder etwas Ähnlichem erfolgt. Wenn der Täter mit einem solchen Ding zu dem Treffen gegangen wäre, hätte Herr Kathan sicher Verdacht geschöpft. Niemals hätt er sich weggedreht, sodass ihm der andere den Prügel von hinten über den Kopf ziehen kann.« Er kaute ein wenig auf seiner dünnen Unterlippe. »Ein Gehstock dagegen ist unverdächtig, vor allem bei jemandem, der hinkt.« Während der Inspektor dies vor sich hinmurmelte, nickte er beständig wie ein buddhistischer Mönch bei der Gebetsstunde. »Herr Kathan musste sich nur einen Moment umdrehen und – peng.«

Ich zuckte zusammen, als hätte man mir gerade auf den Kopf geschlagen.

»Aber das Messer, wo ist das Messer?« Max sagte das so leise, als würde er mit sich selbst reden. »Es muss doch eine Klinge von fast dreißig Zentimetern haben. Das kann man doch nicht einfach im Hosensack rumtragen.«

Wieder Stille.

Ich wartete darauf, dass Pater Zeno etwas sagen würde, um seinen Mitbruder zu verteidigen. Aber er saß immer noch unverändert da und starrte vor sich hin.

»Ich habe davon gehört, dass es Stöcke gibt, in denen ein Stilett versteckt ist.« Huber redete wie ein Lehrer in der Polizeischule. »Früher hat es so etwas öfter gegeben.«

Pater Zeno sah auf. Er schaute den Inspektor lange an. Dann ließ er den Kaffeelöffel los, der scheppernd auf den Tisch fiel. Ich konnte seinen Blick nicht deuten, er war nicht feindlich, kein Verlagen mehr nach irgendwelchen Beweisen. Er machte auch keine Anstalten, etwas sagen zu wollen. Er schien einfach nur müde.

»Den Stock bräuchten wir, den Stock«, murmelte Max und sah den Inspektor an.

Huber hob unschlüssig die Schultern. »Bis jetzt ist das alles noch graue Theorie, nur eine recht wacklige Hypothese.«

Er war puterrot im Gesicht geworden und zog jetzt mit seinem schmalen Mund eine Schnute. Der Pförtner hatte ihm anständig Respekt eingejagt.

»Ich überleg schon die ganze Zeit, wie man ihm des Ding am besten stibitzen…« Max hielt im Satz inne. Anscheinend hatte er Zenos Anwesenheit für einen Augenblick vergessen.

»Was machen wir eigentlich, wenn wir die Klinge aus dem Stock nicht rausbringen? Wir können ihn doch nicht einfach auseinander schneiden?« Mir gefiel die Idee, dem armen Mönch den Stock abzunehmen und kaputtzumachen, gar nicht.

»Dafür gibt es Spezialisten in München im kriminaltechnischen Labor«, wandte Huber ein und lehnte sich zurück, als würde ihn das Ganze überhaupt nichts angehen.

»Wir bräuchten das damische Ding doch bloß hier im Krankenhaus röntgen lassen.« Max war wieder ganz der Alte. »Wenn die Ärzte in meinen Brustkasten hineinschauen können, dann können sie dasselbe mit einem

Stock machen. Ruckizucki hätt der Frater Innozenz dann sein Stöcklein wieder zurück – falls keine Klinge drin ist.«

Max sah sich triumphierend im Kreis um. Sein Blick blieb am Inspektor hängen, von dem er offenbar erwartete, dass er sogleich ins Kloster fahren würde, um den Stock dort zu holen.

Dieser sah mit hochgezogenen Augenbrauen zu Pater Zeno, der sich inzwischen zurückgelehnt und die kurzen Arme vor der Brust verschränkt hatte.

»Theorie, alles Theorie«, murmelte der Mönch vor sich hin. »Mit Sicherheit ist dieses Mordgerät ein ganz normaler Spazierstock.«

»Das ist natürlich möglich. Aber wir müssen es genau wissen und deshalb brauchen wir Sie. Sie sollen uns das elende Ding beschaffen.« Huber wirkte hilflos. »Verstehen Sie doch endlich. Wir brauchen den Stock, um ihn zu untersuchen, ob darin vielleicht ein Messer versteckt ist. Vielleicht hat Frater Innozenz den Stock mitgebracht, als er kurz nach dem Krieg in das Kloster eintrat. Seine Vorgeschichte hat nichts ergeben. Er war früher Schuster und stammt aus Pommern. Aufgrund seiner Behinderung war er nicht einmal im Krieg. Mit einer Röntgenaufnahme könnten wir letztlich klären, ob sich ein Metall in dem Holzstock befindet, da hat der Max Recht. Ich bin überzeugt, dass diese Untersuchung notwendig ist, aber ich habe ehrlich gesagt nicht den Schneid, noch mal zu dem Pförtner zu gehen, nachdem er mich das letzte Mal so übel runtergeputzt hat. Ich möcht nicht gern in der Zeitung lesen, dass hier im Landkreis die Polizeibeamten behinderten Leuten ihre Gehhilfen abnehmen.«

Huber sah Pater Zeno Hilfe suchend an.

Dieser überlegte einen Augenblick, dann stand er auf und ging zur Tür. Dort drehte er sich um und sagte: »Gut, Herr Inspektor, aber es ist das letzte Mal, dass ich etwas für Sie tue. Und ich tue es nicht für Sie, sondern für die Buben.«

Mit einer Handbewegung forderte er mich auf, zu ihm an die Tür zu kommen. Wir verabschiedeten uns knapp von Herrn Huber und Max und gingen.

Auf dem Gang begegneten wir wieder der netten Krankenschwester.

»Gelobt sei Jesus Christus«, sagte sie mit niedergeschlagenen Augen.

»In Ewigkeit, Amen.« Pater Zeno blieb unsicher stehen. Er meinte wohl, noch etwas Nettes sagen zu müssen. »Also, der Kaffee war ganz ausgezeichnet. Mein Kompliment an die Köchin.«

»Das freut mich aber.« Endlich traute sie sich, den Mönch, der etwas kleiner war als sie, anzusehen. »Dann bring ich Ihnen noch schnell ein paar Rohrnudeln, zur Stärkung für die Fahrt. Ich bin gleich wieder da.«

»Nein, um Gottes willen. Machen Sie sich keine Umständ'. Ich darf sie ja doch nicht essen. Wegen der Exerzitien, Sie verstehen?«

»Ja, es ist eine harte Last, ein Diener Gottes zu sein.« Mit traurigem Gesicht nickte sie ein paar Mal. »Die Geistlichkeit, das ist kein Spaß nicht.«

Ernst ging sie davon in Richtung Teeküche.

Mich hätte sie auch fragen können wegen der Rohrnudeln. Ich hätte nicht nein gesagt.

Auf dem Weg ins Internat sprach Pater Zeno kein Wort. An den mahlenden Bewegungen seines breiten Kiefers konnte ich sehen, dass es schwer in ihm arbeitete.

Als wir am Kloster ankamen, gingen wir gemeinsam die Freitreppe zur Pforte hinauf und betraten das Gebäude.

»Du gehst sofort in den Studiersaal. Ich komm gleich nach.«

Nachdem Pater Zeno dies gesagt hatte, würdigte er mich keines Blickes mehr. Er ging direkt nach rechts zur Pfortenkammer.

Ich öffnete die große Gittertür, schlüpfte hindurch und lief links die Treppe in den ersten Stock hinauf. Oben drehte ich um und schlich die Treppe so weit wieder hinunter, dass ich um die Ecke herum freien Blick auf die Tür zum Pfortenzimmer hatte.

Dort stand Pater Zeno und sprach mit Frater Innozenz. Erst ganz ruhig, doch nach und nach wurden die Gesten der beiden immer energischer und sie redeten schließlich so laut, dass ich sie gut verstehen konnte.

»... Geben Sie mir doch endlich den Stock, damit dieser dumme Verdacht ein für alle Mal aus der Welt g'schafft ist.«

»Nichts dergleichen werde ich tun. Was bildet sich dieser Polizist überhaupt ein. Er ist schuld an all den fürchterlichen Sachen, die hier passiert sind. Er bringt bloß Unglück über alle, die mit ihm zu tun haben. Aber ich habe ihm das letzte Mal meine Meinung gesagt, und jetzt traut er sich wohl nicht mehr her. Und überhaupt.« Der Pförtner machte einen Schritt auf unseren Präfekten zu. »Auf welcher Seite stehen Sie eigentlich?«

Die Stimme von Frater Innozenz war klar und deutlich, hatte jedoch einen metallenen und befehlerischen Unterton, den ich an ihr nicht gekannt hatte.

»Mein lieber Mitbruder, Sie verdrehen die Dinge etwas. Ein Polizeibeamter ist nicht ursächlich schuld an den Verbrechen, die er aufzuklären hat. Wir kommen doch um die Untersuchung des Stocks nicht herum.«

Pater Zeno versuchte den Pförtner zu beschwichtigen.

»Pater Melchior hat er ins Unglück gestürzt, Pater Pius hat er ins Gefängnis gebracht. Und auch vor mir, einem verkrüppelten Menschen, macht er nicht Halt. Ich will mit ihm nichts mehr zu tun haben.«

Das klang endgültig, doch Pater Zeno gab nicht auf.

»Sie brauchen mit ihm nichts mehr zu tun zu haben. Sie geben mir den Stock und die Sache hat sich. Ich bringe ihn zur Polizei, dort wird er untersucht, und spätestens morgen bekommen Sie ihn wieder zurück.«

»Sehen Sie doch. Das ist ein ganz einfacher Spazierstock. Was will der Inspektor denn damit? Der macht ihn mir bloß kaputt. Ich will das nicht.«

Der Pförtner schien jetzt verzweifelt, seine Stimme überschlug sich.

Dabei hielt er Pater Zeno seine Gehhilfe unter die Nase, damit dieser sich aus nächster Nähe von deren Harmlosigkeit überzeugen sollte.

»Dem Stock wird nichts geschehen«, sagte der Präfekt ganz ruhig. »Sie wollen ihn nur röntgen, damit man sieht, ob sich ein Messer im Schaft befindet.«

Plötzlich war Stille.

Ich sah lediglich den Rücken des Präfekten, der in der Tür zum Pfortenkämmerchen stand. Da hörte ich ein metallisches Klicken. Zeno wich einen Schritt zurück und riss die Arme nach vorne.

Ich streckte nun meinen Kopf ganz um den Mauervorsatz, um besser sehen zu können. Da stand der große Pförtner aufrecht in der Tür, in der linken Hand den Knauf des Gehstocks mit einer etwa dreißig Zentimeter langen, schmalen Klinge daran. Den Holzschaft hatte er unter den Stumpf des rechten Armes geklemmt.

Pater Zeno – gut einen Kopf kleiner als der jetzt voll aufgerichtete Pförtner – stand da wie hypnotisiert. Er starrte sein Gegenüber an wie das Kaninchen die Schlange.

Der krumme Buckel und die zuletzt zur Schau gestellte Hilflosigkeit waren gänzlich aus der Gestalt des Frater Innozenz verschwunden. Er sah aus wie der Erzengel Michael, jederzeit bereit, mit seiner Waffe einen tödlichen Streich zu führen.

»Warum läuft er nicht weg? Warum um Gottes willen läuft er nicht weg?«, war das Einzige, was ich denken konnte. Aber Pater Zeno stand da, starr, wie in Gips gegossen.

Mir ging es nicht anders. Auch ich konnte mich nicht mehr bewegen. Ich wollte nicht sehen, wie Frater Innozenz den Präfekten gleich abstechen würde. Aber ich konnte nirgendwo anders hinschauen.

Ich zitterte am ganzen Leib und wusste, dass ich schreien sollte, damit der Pförtner wenigstens einen Augenblick abgelenkt wäre. Dann könnte Pater Zeno fliehen. Es kam nichts. Kein Laut. Ich fühlte mich so machtlos und starr vor Angst.

Und diesmal war es nicht wie am Abend zuvor in der Putzkammer. Diesmal war es keine Einbildung. Hier war alles Ernst, alles Realität. Der Pförtner, der Präfekt, das Messer.

Eine Zeit lang standen sich die beiden regungslos gegenüber, da ging plötzlich das Eingangstor auf, und eine Horde Fünftklässler stürmte in den Pfortenraum. Augenblicklich fiel die hoch aufgerichtete Gestalt des Pförtners wieder in sich zusammen. Scheppernd schlug der Holzschaft am Boden auf.

Die Augen des großen Mannes blickten müde, als er Pater Zeno den Knauf mit der Klinge in die Hand drückte, etwas zurücktrat und die Tür zu seiner Kammer schloss. Zeno stand noch einige Sekunden steif da. Dann hob er mit sichtlicher Anstrengung den Holzschaft vom Boden auf. Mit hängenden Schultern betrachtete er das Stilett und dessen hölzerne Hülle.

Die Fünftklässler staunten nicht schlecht, als er sich mit den beiden Gegenständen in der Hand zu ihnen umdrehte. Wie in Trance stieg er die Treppe herauf, wo ich auf ihn wartete. Er sah mich kurz an und ging wortlos an mir vorbei. Als er im ersten Stock angekommen war, blieb er kurz stehen. Er drehte sich noch einmal zu mir um und schob die Klinge in den Stockschaft.

Es läutete das erste Mal.

In fünf Minuten musste ich an meinem Platz sein.

Epilog

Max war mit dem zweiten Stück Käsesahnetorte beschäftigt, ich hatte mich beim zweiten Durchgang für Nusstorte entschieden, weil ich Marzipan so gerne mag. Inspektor Huber, der uns gegenübersaß, grinste immer noch von einem Ohr zum anderen, zumal er gerade von seiner Belobigung durch den Polizeipräsidenten erzählte.

Wir saßen also an einem Samstagnachmittag ein paar Wochen nach der Festnahme von Frater Innozenz in unserem Stammcafé Lugauer in Heiligenbeuern und Huber hörte gar nicht auf zu reden. »…und dann hat der Polizeipräsident noch gesagt, dass ich eine leitende Stelle bekommen soll, sobald hier bei der Kripo etwas frei wird. Und den Kommissar Kurzer hat er sich zur Brust genommen wegen schlampiger Beweisaufnahme. ›Wenn der noch mal so etwas liefert‹, hat der Präsident gesagt, ›dann kann er in Zukunft Radfahrer aufschreiben, bei denen das Rücklicht nicht funktioniert.‹«

Ein triumphierendes Lächeln erschien auf Hubers breitem Gesicht. Den Kurzer hatte er anscheinend ganz besonders lieb.

Max nutzte die kleine Unterbrechung, um sein Anliegen vorzubringen: »Der Kaspar und ich erscheinen aber nirgends in Ihren Aufzeichnungen, gell. Sonst schickt mich meine Mutter in ein Mädchenpensionat in die

Schweiz, und vorbei ist es mit der humanistischen Bildung im Oberland.«

»Ich weiß zwar, dass es Momente geben wird, in denen ich diese Aussage bereuen werd«, schaltete sich jetzt Pater Zeno launig in das Gespräch ein, »aber ein wenig wollen wir dich schon noch behalten. Die humanistische Bildung hat auch noch keinem geschadet. Der Erwin wird uns aber wohl am Ende des Halbjahres verlassen, vielleicht sogar schon früher.«

Ich war mit meiner Nusstorte fertig und wollte endlich einige Einzelheiten zu den Morden erfahren, die nicht in der Zeitung gestanden waren. »Warum hat der Frater Innozenz die Leut alle um'bracht?«

Die beiden Erwachsenen wechselten einen Blick und dann begann unser Präfekt: »Ich hab schon mit dem Herrn Inspektor drüber gesprochen. Wir glauben, ihr habt ein Recht darauf, zu erfahren, was hinter den schrecklichen Ereignissen steckt. Wir werden euch die ganze Geschichte aber möglichst ohne schmutzige Details erzählen, denn dafür seid ihr wirklich noch zu jung.«

Er machte eine Pause und sah uns ernst an. »Frater Innozenz kam kurz nach Kriegsende in unser Kloster und sagte, er wäre aus Ostpreußen vertrieben worden. Da seine Familie in den Kriegswirren umgekommen sei, wollte er den Rest seines Lebens in der Zurückgezogenheit unseres Stiftes verbringen. Als Klosternamen, den ja jeder Mönch beim Eintritt in den Konvent selbst auswählt, entschied er sich pikanterweise für Innozenz, was auf Deutsch ›der Unschuldige‹ heißt. In seinem Pass stand Hans Staupe aus Königsberg. Was hier natürlich niemand wusste, war, dass Frater Innozenz ganz andere

Beweggründe hatte, um ins Kloster zu gehen. Er hatte Angst, furchtbare Angst. Auch die Morde, die er schließlich begangen hat, sind nur mit seiner Todesangst zu erklären.«

Etwas unsicher sah der Pater jetzt zu dem Inspektor hin, der ihm am Tisch gegenübersaß.

Huber trank noch schnell einen Schluck Kaffee, richtete sich in seinem Stuhl etwas auf und erklärte: »Frater Innozenz hatte gute Gründe für diese Angst. Im Krieg war er Hauptmann einer Kompanie Infanterie gewesen, die er im Herbst 1944 in den Tod gejagt hat, um sein eigenes Leben zu retten.«

Max und ich sahen den Inspektor fragend an, und der fuhr mit hochgezogenen Augenbrauen fort zu erzählen: »Frater Innozenz – oder besser Hauptmann Gerhard Bock, wie er eigentlich geheißen hat – verließ während eines russischen Angriffs seine Truppe zusammen mit seinem Adjutanten. Er sagte, dass er Unterstützung anfordern würde. Dafür wollte er der Artillerieabteilung, die hinter seiner Kompanie in Stellung lag, genaue Anweisungen für den Beschuss des Gegners geben. Weil der Feind aber schon sehr nahe herangekommen war und stark vorwärts drängte, ließ er von der Artillerie ein Sperrfeuer in die eigenen Linien legen. Bei einem Durchbruch der Russen wäre ja auch sein eigenes Leben in Gefahr gewesen. Das mörderische Sperrfeuer hielt zwar den Feind zurück, aber es überlebten nur fünf Leute der Kompanie.«

»Was ist denn das überhaupt, ein Sperrfeuer?« Wollte Max wissen.

»Ein Sperrfeuer schaut folgendermaßen aus.« Huber nahm seine Kaffeetasse, das Zigarettenetui, sein Feuerzeug und den Kuchenteller. Dann baute er die vier Gegenstände der Reihe nach auf. »Stellt euch das so vor: Der Kuchenteller, das sind die Russen, das Feuerzeug ist die Front, das Zigarettenetui ist die Kompanie von Frater Innozenz.«

Pater Zeno räusperte sich protestierend.

»Ach Unsinn, von Hauptmann Bock natürlich. Und dahinter die Kaffeetasse, das ist die deutsche Artillerie. So.«

Huber schob jetzt den Kuchenteller in Richtung Zigarettenetui, wobei das Feuerzeug unter dem Tellerrand verschwand.

»Seht ihr, was passiert?« Der Inspektor, sichtlich begeistert von seinem eigenen strategischen Sachverstand, trieb die Schlacht auf dem Kuchentisch ihrem Höhepunkt entgegen. »Die Russen greifen an, aus dem breiten Frontstreifen zwischen den Gegnern wird ein direkter Kampf Mann gegen Mann. Normalerweise«, Huber zog die Kuchenteller-Russen zurück, sodass die Feuerzeugfront wieder zu sehen war, »normalerweise legt man ein Sperrfeuer in die Linie vor den eigenen Reihen, in unserem Fall auf das Feuerzeug. Wenn einem der Feind aber im Genick sitzt«, der Kuchenteller drängte wieder nach vorne, das Feuerzeug verschwand, »geht das nicht mehr. Um sich selbst zu schützen, schoss die Artillerie jetzt aus allen Rohren in die eigenen Reihen.« Huber machte mit dem Zeigefinger einen Bogen von der Kaffeetasse zum Zigarettenetui und demonstrierte so die Flugbahn der Geschosse. »Und das, obwohl Hauptmann Bock genau wusste, was das für die Kameraden bedeutete. Er hätte so etwas niemals zulassen dürfen. Niemals.«

Huber schüttelte den Kopf. Dann fuhr er mit zusammengekniffenen Augen fort: »Die fünf Überlebenden jedenfalls schworen, den Hauptmann, seinen Adjutanten und den Befehlshaber der Artillerie umzubringen, sobald sie einen von ihnen erwischen. Einer der Überlebenden war der Unteroffizier Eduard Kathan.

Die deutsche Front brach wenig später zusammen und dabei wurde Hauptmann Bock schwer verletzt. Er verlor den rechten Arm und kam zusammen mit seinem Adjutanten in ein Sanatorium. Der Chef der Artillerieabteilung wurde bereits einige Tage nach dem Vorfall während einer Gefechtspause aus dem Hinterhalt erschossen. Bock und sein Adjutant waren also gewarnt.

Als das Ende des Krieges absehbar wurde, ließ sich Bock für ein Pfund Butter einen Pass auf den Namen Hans Staupe ausstellen. Der Adjutant hat wohl etwas Ähnliches gemacht, aber wir wissen darüber wenig, denn Bock sagt über seinen Komplizen kein Wort.«

»Woher wissen Sie das alles?« Die Augen meines Freundes leuchteten neugierig.

»Zufall«, meinte Huber. »Als Frater Innozenz ins Untersuchungsgefängnis eingeliefert worden ist, hat der Beamte an der ›Rezeption‹ seinen Pass angeschaut. Und –«, der Inspektor blickte uns verschwörerisch an, »dem ist gleich aufgefallen, dass der Hans Staupe im Pass 1,74 Meter groß ist. Frater Innozenz ist aber fast zehn Zentimeter größer. Er hat's dann zugegeben, wie er zu dem Pass gekommen ist. Er hat ihn von einem Beamten, der einen noch nicht fertig ausgefüllten Passrohling für ihn ausgestellt hat. Der Ausweis wäre eigentlich für jemand anderen gewesen, der wesentlich kleiner war als Hauptmann Bock.« Wieder schüttelte Huber kurz den Kopf. »Nach dem Krieg schwebte also ständig das Schwert dieses Schwures über Bock. Deshalb wagte er auch nicht, in seinen früheren Beruf als Sportlehrer zurückzukehren. Seine Einarmigkeit hätt ihm das ohnehin nicht leicht gemacht. Er muss aber wirklich sehr viel Angst gehabt haben, dass er sich entschlossen hat, in einem Kloster Unterschlupf zu suchen. Zur weiteren Tarnung ließ er sich einen Bart wachsen. Den Kontakt zu seinem Adjutanten brach er aber nie ganz ab. Der ist dann auch ins Haus der Kathans eingebrochen und hat neben möglichem Belastungsmaterial aus Kathans Vergangenheit die Tischuhr gestohlen. Verkauft hat er das gute Stück allerdings ohne Bocks Wissen. Nun zurück zu dem entscheidenden Sonntagabend.«

Huber zündete sich umständlich eine Zigarette an. »Viel ist aus diesem Bock ja nicht rauszukriegen, aber so muss es sich in etwa abgespielt haben: Herr Kathan brachte an dem besagten Abend den Erwin zurück ins Internat. Als er die Stimme von Gerhard Bock, also dem jetzigen Frater Innozenz, an der Klosterpforte hörte, tauchte die Erinnerung an seine toten Kameraden wieder auf. Vielleicht hat Herr Kathan den Pförtner bei seinen früheren Besuchen im Kloster nicht gesehen. Vielleicht hat er ihn einfach nicht erkannt wegen der Kutte, des Bartes und der Verstümmelung, von der er unter Umständen ebenfalls nichts wusste. Wahrscheinlich war es gar nicht das Äußere von Gerhard Bock, das ihm auffiel, sondern nur dessen Stimme.

Bock seinerseits hatte den ehemaligen Untergebenen bereits am ersten Schultag erkannt, als Kathan seinen

Stiefsohn ins Internat brachte. Als zusätzliche Tarnung neben Bart und Kutte fing er dann auch noch an, stärker zu humpeln als vorher, wobei er über starke Schmerzen im Bein klagte. So hatte er einen triftigen Grund, die einzige Waffe, die er noch besaß, also seinen Stock, ständig bei sich zu tragen. Jedenfalls erkannte Herr Kathan seinen ehemaligen Vorgesetzten an jenem verhängnisvollen Sonntagabend. – Der Schwur, Bock und die anderen beiden umzubringen, war zwar schon über zwanzig Jahre her, aber Kathan fühlte sich immer noch daran gebunden. Er ging zum Abt und erzählte ihm von Bocks Vergangenheit. Wahrscheinlich dachte er, dass der Abt den Pförtner sofort aus dem Kloster werfen würde wegen seines Vorlebens. Im Kloster war er ja mehr oder weniger geschützt.

Der Abt war bestürzt über den Bericht, wollte sich jedoch erst Klarheit verschaffen und selbst mit dem Pförtner sprechen. Offensichtlich ging er von einer Verwechslung aus. Frater Innozenz hatte noch nie Anlass zu irgendwelchen Beschwerden gegeben. Dass sein braver Pförtner schuld am Tod von fast zweihundert Soldaten sein sollte, wollte er nicht glauben.

Schließlich bat der Abt Herrn Kathan, die ganze Sache wenigstens zu überschlafen. Am nächsten Tag wollte er noch mal mit ihm darüber reden. Von dem Schwur und der tödlichen Gefahr, in der sich Frater Innozenz jetzt befand, konnte der Abt nichts wissen.

Er verabschiedete Erwins Stiefvater und ging wenig später zum Pförtner, um ihn für ein Gespräch in seine Räume zu bitten.«

Max fragte dazwischen: »Wie hat der Frater Innozenz wissen können, dass er noch die Gelegenheit kriegt, den

Kathan aus dem Weg zu räumen, bevor die ganze Wahrheit ans Tageslicht kommt?«

Ich fand das eine sehr gute Frage.

Der Inspektor lachte kurz auf und lehnte sich in seinem Stuhl zurück. »Bevor Kathan das Kloster verließ, machte er einen tödlichen Fehler. An der Pforte war kein Mensch mehr. Alle Schüler waren bereits in ihren Studiersälen, und die Eltern hatten das Kloster längst verlassen. Kathan ging zum Pförtner hin und sagte ihm, dass morgen abgerechnet würde. Er werde das Dorf nicht verlassen, bevor Innozenz nicht für seine Taten bezahlt hätte. Am nächsten Tag wollte er seinen noch lebenden vier Kriegskameraden Bescheid geben. Innozenz wusste nun, was er zu tun hatte, um vielleicht doch noch seinen Kopf zu retten.

Er ging ins Krankenzimmer, den Schlüssel dazu hatte er ja, und brach dort den Arzneimittelschrank auf. Er entnahm einen großen Teil der wässrigen Digitalislösung und füllte den Rest mit Wasser auf. Die Flüssigkeitsmenge stimmte also mit der Markierung an der Flasche wieder überein. Beim Verlassen des Krankenzimmers ließ er die Türe unverschlossen. Damit würde der Verdacht nicht gleich auf ihn fallen, falls man das Fehlen des Giftes bemerkte.

Dann ging er zum Abt und versicherte ihm, alle Vorwürfe gegen ihn wären erstunken und erlogen. Als Beweis dafür, dass er seinem Mitbruder glaubte, trank der Abt mit dem ›unschuldigen‹ Frater Innozenz noch ein Glas Wein. Die Flasche hatte der Pförtner mitgebracht. Jeder wusste, dass der Abt nur ungern einen guten Tropfen ausließ.«

»Das tut überhaupt nichts zur Sache«, fuhr Pater Zeno den Polizisten an.

»Entschuldigen Sie, Pater Zeno.« Hubers viereckiges Gesicht rötete sich etwas. »In das Glas des Abtes hatte der Verbrecher jedenfalls einen Teil des entwendeten Giftes geschüttet. Nachdem der Abt gestorben war, was bei einer Überdosis Digitalis ja nur einige Minuten dauert, räumte der Mörder die Flasche und die Gläser weg und ging zurück an seine Pforte.«

»Und dort an der Pforte ist das einzige Telefon im ganzen Kloster.« Ich schlug mir mit der Hand an die Stirn.

»Daran hätten wir denken müssen.« Max schaute mich ungläubig an. »Niemand außer dem Pförtner hätt so spät noch vom Kloster aus telefonieren können.«

Huber zog eine Schnute, als würde ihn das alles gar nichts angehen, und berichtete ungerührt weiter: »Frater Innozenz rief also in den verschiedenen Gasthöfen des Dorfes unter falschem Namen an und fragte nach einem gewissen Herrn Kathan. Als er diesen endlich gefunden hatte, überredete er ihn zu einem Treffen. Anfangs wollte sich Kathan nicht darauf einlassen. Frater Innozenz log ihm dann etwas von einem Zwillingsbruder bei der Infanterie vor. Als er schließlich behauptete, Kathan würde allein mit dem ungeheuerlichen Verdacht das Leben eines unschuldigen Mannes zerstören, der für die Verbrechen seines Bruders büßen soll, gab er nach.«

»Demnach hat Herr Kathan gar nicht gewusst, dass Hauptmann Bock einen Arm verloren hat. Sonst hätte das nicht geklappt.« Max kaute an seiner Unterlippe. »Trotzdem war der Kathan ganz schön damisch, dass er da hingegangen ist.«

»Das kann man wohl sagen«, meinte Huber. »Jedenfalls brachte Hauptmann Bock Herrn Kathan bei dem anschließenden Treffen am Loisachufer mit seiner letzten Waffe, dem Stilett, um. An der Klinge haben die Experten von der Spurensicherung noch Reste vom Blut des Ermordeten gefunden.

Der Einstich, der auf einen Rechtshänder hindeutete, kam folgendermaßen zustande: Bock hat sein Opfer zuerst mit dem Stock von hinten niedergeschlagen. Herr Kathan stürzte zu Boden, konnte sich aber noch einmal kurz aufrichten. Also stieß der Mörder mehr oder weniger über seinem Opfer stehend mit der Waffe in der linken Hand zu. Wir haben nie daran gedacht, dass der Stich eines Linkshänders von hinten genauso aussieht wie der eines Rechtshänders, wenn er vor dem Opfer steht.«

Während er dieses Detail schilderte, demonstrierte der Inspektor mit knappen Bewegungen seiner beiden Arme den Tathergang.

»Schließlich hat er im Kloster ein Leiterwagerl geholt, die Leiche draufgezogen und ist so an die Loisach gefahren. Da hat er den Toten dann ins Wasser geschmissen. Den Leiterwagen hat er gleich hinterher geworfen, weil er so voll Blut war. Den haben ein paar Bauernkinder vom Edenhof, das ist bei Penzberg, aus der Loisach gefischt und versteckt, damit er ihnen nicht abgenommen wird. Erst als wir über die Zeitungen nach einem Transportmittel, das in der Loisach sein muss, gesucht haben, haben die Kinder ihren Fund angezeigt. Der Klosterverwalter hat seinen Leiterwagen zwar vermisst, aber den Verlust nicht gemeldet. Zu mir hat er gesagt, dass ihm die ›Bluadsgymnasiasten‹ mindestens einen Leiterwagen im

Jahr stehlen und damit an abschüssigen Waldwegen Rennen fahren. Manchmal findet man das Gefährt wieder, aber bloß wenn es schon hin ist.«

Huber machte jetzt eine kleine Pause und zündete sich eine Zigarette an. Max und ich waren ganz gebannt von seinen Ausführungen. Unser Kakao war kalt geworden und schmeckte nicht mehr besonders.

»Nun war die Sache für ihn eigentlich erledigt«, fuhr der Inspektor fort, »zumal die ersten Ermittlungen der Polizei ganz in seinem Sinne verliefen.« Huber grinste. »Er wollte aber alle Spuren mit preußischer Gründlichkeit beseitigen. Deshalb brach sein Spezl und ehemaliger Adjutant am Tage der Beerdigung ins Haus der Kathans ein. Das war nicht schwer, weil Bock seinem Opfer ja die Schlüssel und Papiere abgenommen hatte. Vielleicht war der Einbruch ein Fehler. Jedenfalls nahm sein Kumpan einige Fotoalben mit. Um die Polizei abzulenken, stahl er auch einige Wertgegenstände, unter anderem die Tischuhr. Das Geheimversteck in Kathans Schreibtisch mit dem Tagebuch und den Bildern fand er nicht.

Eigentlich war der Einbruch Unsinn. Die Bilder gaben nichts her. Selbst die vom Militär, die ich mir so oft angeschaut habe, zeigten den Hauptmann Bock ja nicht als einarmigen Mönch, sondern als eitlen, arroganten Offizier in Uniform. Selbst wenn ich mir die Bilder heute noch einmal ansehe, erkenne ich kaum Ähnlichkeiten zwischen dem glatt rasierten Hauptmann Bock und Frater Innozenz in seiner Kutte und mit Vollbart.« Huber richtete sich in seinem Stuhl auf. »Nun aber weiter in den Geschehnissen. Bock fühlte sich also wieder sicher in seiner Tarnung als Mönch, bis ich hier auftauchte.«

Huber warf Pater Zeno jetzt einen schelmischen Blick zu. Der verzog sein Gesicht und drehte die Augen zur Decke, als wollte er Gott bitten, ihm so etwas nie mehr zuzumuten.

Der Inspektor erzählte munter weiter: »Jedenfalls nahm mir der Pförtner die Sache mit der Ohnmacht und der plötzlichen Genesung an dem Samstag, als wir die Apotheke inspizierten, gleich schon nicht ab. Als ich das Kloster dann verlassen hatte, ging er zu Pater Melchior. Der rannte völlig aufgelöst im Krankenzimmer rum. Er redete dem Apotheker gut zu, und dafür war dieser natürlich dankbar. Schließlich erzählte Melchior ihm alles über den aufgebrochenen Schrank und dass er und Pater Pius jetzt unter Mordverdacht stehen würden. Was Pater Melchior nach längerem Nachdenken aber stutzig machte, war, dass er an dem Abend der ersten zwei Morde die Tür zum Krankenzimmer ganz sicher zugesperrt hatte. Er hat in seinen Aufzeichnungen nachgesehen und einen Eintrag für die Abgabe von einer Wundsalbe für den nächsten Tag gefunden. Eigentlich wollte ein Schüler aus der neunten Klasse, der sich an der Hand verletzt hatte, am Sonntagabend etwa um acht Uhr noch eine Salbe holen. Aber das Krankenzimmer war abgeschlossen. Deshalb hat er sie erst am Montag bekommen. Und Melchior war an dem Abend nicht mehr in die Krankenstation gegangen. Das wusste er sicher.«

Huber hob belehrend den rechten Zeigefinger: »Es musste also jemand den Arzneimittelschrank aufgebrochen haben, der einen Schlüssel zu der Krankenstation besaß, da die Eingangstür nicht beschädigt war. Pater Melchior erzählte dem Pförtner ganz vertrauensvoll, dass er mir dies am morgigen Sonntag sagen würde. Und so war Frater Innozenz wieder unter Zugzwang, wenn er nicht entdeckt werden wollte. Schließlich haben ja nur einige Präfekten, der Krankenpfleger, der Abt und der Pförtner einen solchen Schlüssel. Es durfte zu keinem weiteren Treffen zwischen mir und Pater Melchior mehr kommen. Außerdem musste Frater Innozenz den Verdacht von sich ablenken. Am besten mit ein paar Bildern aus den Fotoalben vom Kathan bei den beiden Hauptverdächtigen.

Da die Pforte direkt neben der Küche liegt, wusste Innozenz, dass Pater Melchior am Sonntag nach dem Mittagessen immer einen Tee bestellte. Der stand dann meist einige Zeit unbewacht in einem Regal im Gang zur Küche, bis der Apotheker ihn abholte. So hatte Frater Innozenz die Möglichkeit, das Gift in der Tasse zu applizieren. Dabei fasste er sie dummerweise an. Nachdem der Apotheker mit seinem Tee wie jeden Sonntag ins Krankenzimmer gegangen war, ließ der Pförtner noch eine Viertelstunde vergehen. Dann schaute er nach seinem Opfer. Melchior war bereits tot und lag am Boden, genau so, wie Pater Zeno ihn später gefunden hat. Der Mörder legte noch schnell einige Fotos in den Arzneimittelschrank, um die Schuld von Pater Melchior zu dokumentieren. Anschließend wusch er die Tasse aus und wischte sie trocken, um seine Fingerabdrücke zu beseitigen.«

»Den Schlüssel zum Medikamentenschrank hat er auch abg'wischt«, warf Max ein.

›Klugscheißer‹, dachte ich.

Der Inspektor ließ sich nicht beirren. »Anschließend ging er zurück zur Pforte. Während der Sonntagsmesse am Vormittag, bei der Pater Pius die Orgel spielte, hatte er bereits einige Fotos von Herrn Kathan in der Zelle des Organisten deponiert. Als Pförtner hatte er ja den Schlüssel für alle Klosterzellen. Falls die Polizei nämlich den Selbstmord des Apothekers nicht als solchen sehen sollte, so würde man bei der Durchsuchung des Zimmers des zweiten Hauptverdächtigen weitere Beweise finden. Und er wäre wieder aus dem Schneider. Er selbst hatte die Fotoalben in einem großen Holzstoß im Keller des Klosters deponiert. Dort konnte sie jeder der Mönche versteckt haben.«

Huber war mit seinem Bericht zu Ende und bestellte für sich und Pater Zeno einen Cognac. Max hatte den Ausführungen des Polizisten aufmerksam gelauscht und rutschte jetzt unruhig auf seinem Stuhl herum.

»Warum haben Sie dann eigentlich unseren Präfekten in Verdacht g'habt?«, fragte er schließlich den Inspektor.

»Das möcht ich auch gerne wissen.« Pater Zeno sah Huber gespannt an.

Der lehnte sich gemütlich zurück, schwenkte das Cognacglas in seiner Hand und meinte süffisant: »Zum einen haben ja doch einige Verdachtsmomente bestanden, zum anderen brauchte ich einen Verbündeten im Kloster, der schon volljährig ist.« Er warf Max und mir einen freundlichen Blick zu. »Auch wenn Ihre Mitarbeit wohl nicht ganz freiwillig war, so war sie doch letztlich sehr hilfreich. Und außerdem, mein lieber Pater Zeno«, der Inspektor zeigte ein breites Lächeln, »bin ich nur ein dummer Polizist, und im Gegensatz zu Ihnen mache ich Fehler.«

Weitere Bücher von Georg Unterholzner

Schlachttage
304 Seiten
ISBN 978-3-475-54022-6

Die alte Bäuerin wird von einem einstürzenden Dach erschlagen. Kaspar, Max und Inspektor Huber haben Zweifel. Zu undurchsichtig erscheinen die Umstände ihres Todes. An Verdächtigen mangelt es indes nicht, denn von der Erbschaft können einige profitieren.

Mörderlatein
288 Seiten
ISBN 978-3-475-54051-6

Die Internatsschüler sind mitten in den Abiturprüfungen und können sich daher nicht um die Leiche kümmern, die sie in einem Jaguar finden. Doch als sich herausstellt, dass ihre Lateinlehrerin in den Fall verwickelt ist, nehmen die beiden die Ermittlungen auf.

Die Gezeichneten
304 Seiten
ISBN 978-3-475-54133-9

Eli, eine Kommilitonin von Kaspar, die im Rollstuhl sitzt, ruft um Hilfe. Ihr Zivi wurde erschlagen. Kaspar kümmert sich um sie und kann schließlich auch Max überreden, in diesem Fall zu ermitteln. Doch Eli erzählt den beiden nicht die ganze Wahrheit ...

Der Schnitter
272 Seiten
ISBN 978-3-475-54251-0

Max ist mittlerweile Bräu vonWolfratshausen. Als in seinem Gasthaus ein Kölner Geschäftsmann tot aufgefunden wird, macht er sich zusammen mit Kaspar auf die Suche nach dem Täter. Schon bald stellt sich heraus, dass es mehr als einen möglichen Mörder gibt.

Weitere Informationen zu unserem Verlagsprogramm finden Sie unter www.rosenheimer.com